钱锺书文学思想研究

The study on Qian Zhongshu's literary thought

罗新河 著

中国社会科学出版社

图书在版编目(CIP)数据

钱锺书文学思想研究/罗新河著. —北京：中国社会科学出版社，2017.9

ISBN 978－7－5203－1507－4

Ⅰ.①钱…　Ⅱ.①罗…　Ⅲ.①钱锺书(1910—1998)—文学思想—研究　Ⅳ.①I206.7

中国版本图书馆 CIP 数据核字(2017)第 279279 号

出 版 人　赵剑英
责任编辑　陈肖静
责任校对　刘　娟
责任印制　王　超

出　　版　中国社会科学出版社
社　　址　北京鼓楼西大街甲 158 号
邮　　编　100720
网　　址　http://www.csspw.cn
发 行 部　010－84083685
门 市 部　010－84029450
经　　销　新华书店及其他书店

印　　刷　北京君升印刷有限公司
装　　订　廊坊市广阳区广增装订厂
版　　次　2017 年 9 月第 1 版
印　　次　2017 年 9 月第 1 次印刷

开　　本　710×1000　1/16
印　　张　14.75
插　　页　2
字　　数　265 千字
定　　价　59.00 元

凡购买中国社会科学出版社图书，如有质量问题请与本社营销中心联系调换
电话：010－84083683

国家社科基金后期资助项目

出版说明

后期资助项目是国家社科基金设立的一类重要项目，旨在鼓励广大社科研究者潜心治学，支持基础研究多出优秀成果。它是经过严格评审，从接近完成的科研成果中遴选立项的。为扩大后期资助项目的影响，更好地推动学术发展，促进成果转化，全国哲学社会科学规划办公室按照“统一设计、统一标识、统一版式、形成系列”的总体要求，组织出版国家社科基金后期资助项目成果。

全国哲学社会科学规划办公室

略论钱锺书先生的性情与学术
——罗新河《钱锺书文学思想研究》序

王攸欣

近读吴学昭著《听杨绛谈往事》（生活·读书·新知三联书店 2016 年版），颇感兴味。此书实际上是杨绛先生暮年之口述自传——笔录转叙者乃钱锺书先生的老师和世交吴宓先生之女，杨绛本人称之为好友——当时年近百岁的杨绛，仍具有过人的记忆力，为读者提供了此前无从得知的一些她与钱锺书生存经历的细节。杨绛的回忆，总体说来淡定而超然，表达了她朴实无华的价值观念和人生思考，表彰着在残酷的现实中抗衡人性之恶的人物和品格，也审视着诸种人性的表现、历史的得失。

钱锺书曾任教于湖南蓝田国立师范学院，这是我的母校湖南师范大学的前身，故我对他的这段经历有些特殊的兴趣，何况《围城》本事，颇多源于他这段时期的遭遇见识。但钱锺书之勉强离开西南联大，奔赴湖南，后思归而不得，即使堪称详细的《吴宓日记》，也未能展示足够充分的前因后果。杨绛的口述则提供了生动的细节、复杂的原因，昭示了人性中的自私、猜疑、嫉妒之情如何排斥异己、难容优异，又如何通过巧妙的权力运作，复杂的人际关系，达到目的。她也述说了为中西文化所熏陶的西南联大知识分子，既有宽厚、爱才、光明、执着的人物，也有苟且、自私、阴险、投机的品类。当然，杨绛并没有着意于叙述人性本身的多面性，无意彰显即使同一个人，也可能贤愚俱备。就特定个人如吴宓而言，杨绛面对其女儿，讲述旧事，不免于相关人事有意的委婉、避讳，或有代钱锺书曾经之狂傲无羁、伤及恩师赎过之意，亦未可定。作为读者，不一定完全认同杨绛的人生态度、价值取向以至文化心态，对某些人物行迹，也许还会有些异议。杨绛的口述特意略去了青年钱锺书恃才傲物、俾睨天下的性情之具体表现。我倒认为，钱锺书的这种性情，恰恰是理解其文学生存的密钥，因为这影响着他的学术目标以及具体方式。他晚年待人处世、月旦人物，以久经磨砺因而更为温和的方式呈现其性情，仍偶有锋芒毕露之时，每每学界传扬。

20世纪是中西文化大融汇的时代，实质上，主要是西方文化以一种先进文明的强势，改变着中国文化的价值取向和实质内涵。西方学术方式和中国化西学话语在这一历史文化语境中，也获得了权力话语的地位。西方学术以其较为严整的体系，构成不同于中国传统学术的重要特征。钱锺书天赋卓越，博闻强识，因其家学渊源、地域文化等方面的原因，青年时期于中国传统学术已浸润甚深，泛览四部，于集部之学尤为精深，颇多独得之见。据说他十八岁即代父亲钱基博为钱穆之《国学概论》作序，一字未易。西学方面，他在读中学时期也奠定了出色的英语基础。大学先入清华西方语言文学系，掌握了多种欧洲语言。庚款留英考试，成绩之突出，一骑绝尘。后赴牛津埃克塞特学院（Exeter College）深造，更是博览经典，遍寻秘籍，钩深索隐，直探文心。甫归故国，即名震上庠。钱锺书洞悉人性的幽暗、深谙历史的悲凉，无意在权力场中争胜。他因顺其天赋性情，涵泳载籍，肆其才情，乐在其中，并由此获得广泛而带传奇性的学术声誉，也获取基本的甚至优裕的生存资源。钱锺书在学术上自视甚高，似欲与古今中外之文人学者一较高下。不管公开讲座还是私人会谈，钱锺书都倾其学力，出语惊人。据说20世纪80年代初，傲视群伦的哈佛名师、英美文学与比较文学教授哈里·莱文（Harry Levin）先生，拜访钱锺书，会谈以后，即告人云：我自惭形秽（哈里·莱文原话为：I'm humbled!）。在著述中，钱锺书恣意炫其博学，纵其别悟，灵心妙解，机变百出。不止于此，钱锺书出于个性偏好和民族自尊，明确贬低体系性学术的价值。如《读〈拉奥孔〉》（1962）中云：

> 更不妨回顾一下思想史吧，许多严密周全的思想与哲学系统经不起历史的推排销蚀，在整体上都垮塌了，但是它们的一些个别见解还为后世所采取而未失去时效。好比庞大的建筑物已遭破坏，住不得人、也唬不得人了，而构成它的一些木石砖瓦仍然不失为可资利用的好材料。往往整个理论系统剩下来的有价值东西只是一些片段思想。

诸如此类，不一而足。钱锺书之论，看似有理，实则不然。思想、哲学系统很可能改变我们对世界的整体看法，影响深远，如康德、黑格尔、叔本华等人的哲学体系，让人类以崭新的眼光看待世界、人性和文化，尽管不能视为绝对真理，留下的却是思想史上最有价值的成果，后人无论如何绕不过去，并非如锺书先生所言，只有对世界的零星体悟，才是切实的有价值的东西。就文学艺术思想而言，钱锺书对中国的文艺典籍如《乐记》《诗品》《文心雕龙》等，亦有所讥议，认为多陈言空话，反观诗、词、随笔，倒时有真知灼见。他自己的名著《谈艺录》《管锥编》，都选择了笔札体写作，授人口实，以为钱锺书对于文艺并无系统的见解，尽皆碎金玉屑。在我看来，钱锺书的这种论断，或许只不过是他语不惊人死不休的刻意立异的特殊修辞，不能当真。从钱锺书的著述看，他对人性、社会乃至世界，有着通透的领悟，整体的观念。对于文学，更不待言，他有着相当系统、周密而精微的见解：无论是文学之所以为文学的"文学性"——文学之根本性质，文学生成的过程，各类文体的特质，文学修辞的奥秘，还是文学与文化、历史语境的关系，各国文学的异中之同、同中之异，文学接受的复杂性和奇妙性等，无不体察深透，细致入微。不过，有学者鉴于钱锺书自己对体系的明确解构，他的主要著作形式的笔记体特征，颇为怀疑对其学术思想进行系统化整理的价值，我并不太认同。所以，罗新河 2007 年提出对钱锺书的文学思想进行系统化梳理和研究这样一个论题，作为其博士学位论文的选题时，我就表示赞同，让他尝试，相信他在积累已较深厚的钱锺书研究上，能够做出自己的特点来，独树一帜。果然，他狠下功夫，反复细读钱锺书的著作，广泛地了解相关研究成果，三年多的时间，就顺利地完成了博士论文。论文由五位专家匿名评审，专家们予以高度评价，并提供了有益的建议。以北京外国语大学教授汪剑钊先生为主席的答辩委员会，也充分肯定论文具有创新性的论题和客观可信的结论，显示了作者实事求是的研究态度和甚为扎实的学术功力，评为优秀论文——这里应特别表达对赵炎秋先生的感谢，当时我因故无法参加新河、陈娟两位弟子的博士论文答辩，委托赵老师代为组织，多蒙他尽心劳力，让答辩顺利进行——剑钊兄事后与我相见时还提及该文，甚加赞赏。前几年，新河又充实、修改，申报国家社科基金后期资助项目，获得立项。

近两年，罗新河博士又投入不少精力，力求完善。自开题之初探，至此定稿，历时已逾十年。初稿、改稿我先后通读过，最后定稿因索序甚迫，仅能略览。不过，他前后长达七年的硕、博阶段的学习和学位论文写作，都与我有所交流，我对他研究和论述的特点，尚称了然。他对钱锺书原著的谙熟体悟，论述行文的言必有据，整体结构的严整有序，章节标目的适切简要，都是并不易得的长处。最为突出的还是他在梳理、分析钱锺书文学思想及其思维理路中表现的逻辑思辨能力。

在我看来，逻辑思维能力是人类几百万年乃至生命亿万斯年的演化史形成的，是人类适应世界而普遍具有的潜能——当然，生命的进化并未终止，逻辑虽然具有人类文化观念迄今为止的最大普适性，却又并非具有绝对的真理性——但是，因为人类文化本身演化的繁复，使得逻辑规则的运用变得极为复杂，每一个体要实现自身的逻辑潜能，掌握文化的规则是并不容易的。即使在以求真为根本准则的学术界，思维、行文的逻辑混乱，仍然是相当普遍的状态，以至于让人怀疑学术研究对于理解世界、追求真理的价值。造成这一状态的根源究竟是什么？很少人追究。我认为还是在于生命资源的分配这一文化产生的终极原因上。生命对于自然环境的适应和人类基因群体在自然基础上创化出人文环境，尽管一体同根，一脉相承，却是处于两个不同的层面上，不能通约，所以生命演化出来的逻辑潜能，难以充分实现于每一人类个体的人文生存。这在我近年的著述中有所探讨，这里不必详述。新河的这部著作，显示了他的逻辑潜能得到了相当充分的实现，为一般论者所不及，这是殊为难得的，这使得他对钱锺书文学思想的梳理和推论，具有坚实的基础，可信的论断。

当然，学无止境，由于学科的界限，兴趣的取向，论题的范围，新河在钱锺书最为用心费力的中国古典与西文载籍上，并未太专门用功，锺书先生一些甚为精彩的学术妙论，此书稿未能着意去充分阐释其价值，自然也难有超越性的判断。我相信新河在以后的岁月里，仍能致力于学术创新的更高追求，实现对钱锺书其人其学的新解读。

最后，征引锺书先生的一首集外佚诗，略作述论，以结短序。此诗既表现了钱锺书一空依傍的高傲心气，转益多师的读书心得，又显示了他自己人弃我取的学术方法，珍惜情谊的处世态度。锺书先生素性谨严，力求完美，晚来尤甚，于少作“讳莫如深”（钱锺书致黄裳信中语），颇不愿别人搜其集外佚文佚诗，以作表曝。不过此诗堪见其性情学问，在此援引，或不见责于前贤：

> 石遗未曾师，越缦堪尚友。一长有可录，二老亦不朽。伊余陋独学，闻道生已后。敢逐康成车，朴簌嗤囊垢。无师转多师，守墨非墨守。惟其空诸傍，或可虚尽受。町畦稍得化，人弃我有取。持平到李陈，薄言逢疾首。怨宿自前修，怒迁及下走。强以二豪压，讐首覆之臼。彼哉洵凉薄，交谊多所负。旧闻鉴隙末，与子当敬久。见犯吾勿校，得情吾何咎。但问逞嘲诙，于意今解否？

诗题为：“答孝鲁见嘲”，孝鲁即其诗友冒效鲁。诗中“守墨”即

《老子》“守黑”之意：“知其白，守其黑”。此言素来歧解纷纭，我略览诸家，综合解会，以为大意是：了解认识得很清楚，却保守着暗昧混沌是非不分的状态。这一箴言我自己虽有所解悟，却甚难践行，也无意以为“式”，故颇经历了些挫折。愿新河亦有所领会。

2017 年 9 月 15 日于乐是居

内容提要

对人类共通的“诗心”、“文心”矢志不移的探讨与追求，贯穿钱锺书理论文本始终，形成了广博精深的思想体系，其旨归显示出对“五四”主流功利主义文学倾向的明显偏离与纠正意向。本成果对其进行了整体观照与研究，主要以审美性为线索，分别围绕文学的本质、文本、创作、发展以及阐释等范畴展开，具体梳理与分析钱锺书在这些问题上的认识、态度、方法与意图及其形成的历史文化语境和学术系谱，尤其注意抉发其沟通中西、融汇古今的特点，进而以此探测和把握钱锺书独特文学选择与思想倾向的成因、特征与意义，从而充分彰显其在中国现代文学理论史上的突出贡献与历史地位。具体内容如下：

绪论述评相关研究成果，并说明写作缘起、价值、方法与创新之处。

第一章　钱锺书的学术生存与理论形态

钱锺书的家学渊源、求学经过、治学经历以及社会文化变迁等独特学术生存语境，积极参与其思想建构并赋予其独异的“现代性”品格。它呈现这样一种复杂情境，一方面因为对于“世界的认识”不过是一种“诗意的认识”，因此“不耻支离”、执着现象、解构体系，便成为“文章所包含的态度”；另一方面在前者的深层，又隐含一个以审美性为立足点，不断探讨文学规律与现象的潜在体系。这两方面相反相成，构成一种悖论性存在，显示出钱锺书文学思想内在的张力。

第二章　文学的“定指”：“文学性”

独特的思想方法与审美选择，决定了钱锺书对文学的相对主义认识：“存在判断与价值判断合而为一”，但“文学虽无定义”，却“固有定指”。根据前者，他将文学与社会文化系统沟通，表明其心理特征。根据后者，他将文学与哲学、历史、情感体验等逐一联系甄别，突出其形象性、虚拟性与情感性；又将文学与禅宗、音乐、绘画等艺术门类予以比较区分，强调其语言特征。这种对文学的相对主义处理与同期西方形式主义对文学所采取的态度是一致的：充分考虑文学的复杂性，不给明确的定义，只是探讨它的“文学性”，从而避免了决定论与绝对论倾向。同时，正像后者在西方向“历史的或意识形态的功利观”所致力的批驳一样，钱锺书立足本土语境，向“功利观”的中国形态猛烈抨击，力图使文学确立自己的独立地位。

第三章 文学文本：审美价值结构

“文学性”认知的审美意向反映在钱锺书的文本观上，就是文本被视作一个审美价值结构，而非主流一向认为的，是一个“载物”或“载道”的容器。对此，他以辩证思维为理论透镜加以阐述。首先他反对将“题材与体裁或形式分为二元”，指出“言即是物，表即是里”，二者对立统一，不可外在拆分；并借鉴中西文论中把文本视为一个不同质整体予以层次分析的做法，将文本分为语音、语意与神韵三个层面，前两者与后者一实一虚，相辅相成。进而又从谋篇、布局、语言等不同视角，分别提出“首尾俱应，乃为尽善”“一与不一相辅成文”“诗歌乃反常之语言”等深富辩证意蕴的命题，以揭橥文本内在秩序与审美空间的紧张与充实。一反以“有物”论为代表的“五四”启蒙主流文本工具化认识论倾向，而真正把文本当作审美载体看待。

第四章 文学的创作主体：“妙悟”与“力学”

钱锺书文本中存在一个重要理念：“文人为高出学人”，两者的区别就是“才”：“诗有别才”，以致“艺之成败，系乎才也”。钱锺书语意中的“才”，不是一般意义上的能力，而是人最高层面的那种超越性智能，即中西神秘主义诗学所强调的“悟性”、“直觉”，它是审美创造的关键。同时他又认为“夫悟而曰‘妙’，未必一蹴即至也”，“悟亦必继之以躬行力学”，具体途径乃“化书卷见闻作吾性灵”，强调文化积累与后天学习对于创作主体的重要性，由此与神秘主义区别开来。

第五章 文学创作：“得心应手”

文学实际是一个“得心应手”的具形化过程。钱锺书猛烈批评感伤主义“执情强物”创作方法，而对具有直觉主义倾向的“即物生情”观却大加推崇，要求文学应创造美的“妙境”，而不是简单机械的“镜子”式模仿与反映。“得于心”还得“应于手”，钱锺书以为应“执心物两端而用厥中”，而不能像克罗齐那样“执心弃物”。本质上这是一种艺术形塑的过程，有才情更需技巧：“歌者情感之艺术表现也”。其创作真实体现了这一智性化倾向，是中国现代理性主义文学思潮的有力组成部分。

第六章 文学在“对话”中发展

在钱锺书看来，文学应该按照艺术的内在规律与审美尺度判定价值，并在古今、中西、学科的“对话”交流中发展自身。于是从纵的维度，他为“复古”论辩护，反对以进步主义的“后来居上”的价值观为尺度裁断文学优劣，并对建基在功利观上的白话文、新文学持批评态度，而对不求创新，一味剽窃的“仿古”风习深恶痛绝；从横的维度，他强调“打通”与“对话”，主张文学跨学科、国界的互参、互识、互补与互利，反对自我封闭、固守一隅。这种既坚守又敞开的“对话”原则，正是文学不断发展的内在动因。

第七章 文学的接受与阐释：“作者未必然，读者何必不然”

“作者未必然，读者何必不然”一语蕴含丰富的阐释学思想。它体现了作者—文本—读者之间的三角关系。逻辑起点是作者，通过言意矛盾、非理性力量，反映在文本上，显示审美复杂性，表征文本对作者的超越，为阐释提供必要性与可能性。落脚点是读者，需经历两个循环，一个是文本释义的循环，一个是读者理解的循环，前者为寻求“正解”，后者则为突破“正解”，表征读者对文本的超越。三者之间互为主体，双向超越，形成一种循环反复的对话关系。而中心是文本，一切都紧紧围绕审美复杂性的形成、构成与理解展开。其中内含古今中外各种阐释理念，融化于钱锺书对各种文化文学现象的理解与阐释之中。钱锺书的文学阐释论是其对整个“文学性”认知的全面回顾与综合。

结论部分，总结概括钱锺书文学思想的精神品格及其意义与价值。

目　　录

绪　论

一　本书题的缘起及理论与实践价值

21世纪的今天，世界进入了一个前所未有的信息时代，“高速信息网络、电子邮件等等使快速的跨文化传递成为现实，全世界各种文化的地区和人民，都可以在同一时间接收到同一信息，以致任何自我封闭、固守一隅、逃避交往的企图都可以受到成功的抵制。”[①] 在这样的时代里，中外文化与文学的交流和对话较以往任何时代都更深入和频繁，世界文化和文学在互看、互识、互补、互利的过程中，达至多元共存，呈现出极其浓厚的文化相对主义色彩。[②] 因而，如何在这一文化转型过程中，既积极参与世界文论话语的对话和建构，发表属于自己的声音，又适当地、合理地吸收世界文论的精华以丰富自身，并做到不迷失自我、保持传统的民族风貌，从而彻底摆脱“西方中心论”的阴影，以一种多元借鉴和自力更生的方式臻至新的繁荣，这是时代赋予本一时期文艺工作者的重大文化使命。

王瑶先生曾对中国学术的现代转型的内涵及历程有过非常精辟的阐述，值得注意的是，他认为从王国维、梁启超，直至胡适、陈寅恪、鲁迅以至钱锺书（指作为中西贯通的标志性的大学者而言），构成一条近代学术发展的线索和链条，他说：

> 从中国文学研究的状况说，近代学者由于引进和吸收了外国的学术思想、文学观念、治学方法，大大推动了研究工作的现代化进程……从王国维、梁启超，直至胡适、陈寅恪、鲁迅以至钱锺书，近代在研究工作方面有创新和开辟局面的大学者，都是从不同方面、

---

① 乐黛云：《比较文学与比较文化十讲》，复旦大学出版社2004年版，第2页。

② 同上。

> 不同程度地引进和汲取了外国的文学观念和治学方法的，他们的根本经验就是既有十分坚实的古典文学的根底和修养，又用新的眼光、新的时代精神、新的学术思想和治学方法照亮了他们所从事的具体研究对象……王国维的《宋元戏曲史》、《红楼梦评论》、《人间词话》，梁启超的《中国韵文的变迁》和《饮冰室诗话》等，以及钱锺书的《管锥编》，都可以从中很明显地看出他们所取得的卓越成就和所受到的外来影响……近代学者的研究成果至少使文学的范围比较确定和谨严了，文学观念有了现代化的特点，叙述和论证都比较条理化和逻辑化；这些都可以说明，即使是研究中国古代的东西，也必须广泛从外国的学术文化中汲取营养。①

王瑶先生所论，不但给我们描绘和再现了一个钱锺书学术和文艺思想生成的时代语境。而且也表明了在现代中国，所谓中西的空间范畴在很大程度上可以转化为新旧或现代传统的时间范畴。诚如一位学者所言："由于现代化过程在中国是植入型而非原生型，现代性裂痕就显现为双重性的，不仅是传统与现代之冲突，亦是中西之冲突。"② 所以王瑶先生在论述传统学术的现代转型时，是始终以外来影响作为参考标准的。这样来讲，现代学者的借鉴异域，会通中西，就并非只是一种自我单纯的知识追求和学术操作，而是自觉不自觉地汇入到了由传统趋向现代的历史进程中。就钱锺书而言，其中西贯通的学术研究，实际上即是一种对传统的现代审视，即以一种结构化了的、融合了新或者西学与旧或者中国古典的知识谱系所产生的整体的眼光，来探究中国传统文学思想在现代社会重生的可能性，或者说现代转化的可能性。

这一点美国学者胡志德曾经有敏感的发现。他在研究了《谈艺录》之后指出："从1932年到1965年，钱锺书的批评论文提出的观点多方涉及，富于独创，但从中可以辨别出一个内核，关注着这样重大的论题：中国文学传统与西方理论间的关系，和这一传统与中国文学在一个社会、思想动乱的时代延续的可能性之间的关系"，"钱力图使文学传统对他的同辈人变得可以理解，并有所助益，这个意图早在他发表于《新月》的第一组评论当中便清晰可见……那时钱努力把传统与当代文化的创新需求调

---

① 转引自陈平原《中国文学研究的现代化进程小引》，北京大学出版社1996年版，第1页。

② 刘小枫：《现代性社会理论绪论·前言》，上海三联书店1998年版。

和起来。”[①] 这种文化追求当然不限于从1932年到1965年期间钱锺书（此著写于70年代末80年代初，此时《管锥编》尚未进入他的研究视野）的文本，后来的《管锥编》完全可以涵括在内。

钱锺书曾有一句深得克罗齐“一切历史都是当代史”内在精神的名言：“古典诚然是过去的东西，但是我们的兴趣和研究是现代的，不但承认过去东西的存在并且认识到过去东西的现实意义。”[②] 不难看出，对于钱锺书自己而言，这种“过去东西”现实意义的追求，即是对传统的现代转化，以使之“与当代文化的创新需求调和起来”的终身一贯的努力。

从《管锥编》等文本来看，这种“与当代文化的创新需求调和起来”的学术实践，包含着两个方面：一是沟通中西、穿越古今，这也是前述所论学者大力倡议和实践的；二是致力于各人文学科的广泛对接和互文。[③] 钱锺书以为，“人文学科的各个对象彼此系连，交互映发，不但跨越国界，衔接时代，而且贯串着不同的学科。”[④] 因此他发出宏愿，“吾辈穷气尽力，欲使小说、诗歌、戏剧，与哲学、历史、社会学等为一家。”[⑤] 于此，他以文学审美作为立足点，广泛论述和涉猎，包括美术、音乐、哲学、心理学、历史学、伦理学、文化人类学等人文学科各个知识领域，以求在一个跨学科的知识平台上，达到对人类文化的通观圆览，从而建立自己融会贯通的文艺思想谱系。按照乐黛云先生的观点，这是一种文化相对主义的典型表现，此种理论不但承认跨文化传播，更强调学科之间的打通交流，不同民族、不同语境下的现象、观念，都在话语空间占据它固有的位置，从各自的视角和立场发出自己的声音，并与他者互识、互补、互证，共同映现人类文化的规律和本质。[⑥] 就此说来，钱锺书不仅是自王国维以来在中国近代学术现代转型过程中具有标志性特征的学者的一个终结，同时也完成了对前者的超越，寓示着一种新的可能和前景，在他身后，一个文化多元共生的时代扬帆起航。[⑦]

---

① ［美］胡志德：《钱锺书》，张晨等译，中国广播电视出版社1990年版，第51、61页。

② 钱锺书：《写在人生边上·人生边上的边上·石语》，生活·读书·新知三联书店2002年版，第178页。

③ 参见季进《钱锺书与现代西学》，上海三联书店2001年版，第85页。

④ 钱锺书：《七缀集》，生活·读书·新知三联书店2002年版，第129页。

⑤ 钱锺书：《谈艺录》，生活·读书·新知三联书店2001年版，第76页。

⑥ 参见季进《钱锺书与现代西学》，上海三联书店2001年版，第52—53页。

⑦ 乐黛云认为，“文化相对主义的提出使我们不能不承认我们面临的是一个文化多元共生的现实。”参见乐黛云《比较文学与比较文化十讲》，复旦大学出版社2004年版，第35页。

然而一个不可回避的事实是，钱锺书是一个非体系论者，他在进行自己的学术实践时所采取的方式，是一种非体系的方式，这使得钱锺书文学思想的外在型范呈现一种零散的、非系统的存在面貌，尽管从根本上看，这顺应和还原了事物和现象的本真形态，正如李凯尔特所说，事物只是一种渐进的转化，“现实在其每一部分中都是一种异质的连续”，“世界上没有任何事物和现象是与其他的事物和现象完全等同……每个现实之物都表现出特殊的、特有的、个别的特征”①，而理论是一种人为归纳与抽象，因而“与现实本身相比，认识总是一种简化”。② 然而，人类总有一种理论化冲动，这一方面能加深人们对事物的整体性认识，一方面也有助于人们对事物的把握和运用，因此即使理论的抽象和系统化有着这样和那样的缺陷，它的积极意义也还是不言而喻的。

正因为此，深入钱锺书文本，将其中处处珠玑而又自成一脉的理论碎片进行系统化挖掘、梳理、联系和总结，使之呈现出现代体系性理论形态和构架，从而被更多的人认识和关注，这对于展现钱学对于新世纪文学理论研究、比较诗学研究以及创作实践的重大学术意义和价值，是很为必要的。关于这一点，著名的钱学专家王水照教授有着深刻认识：“钱先生在《读〈拉奥孔〉》的同一段文字中说过：‘自发的简单见解正是自觉的周密理论的根本。’在他的数量惊人的‘具体的文艺鉴赏和评判’中是可以抽象出‘自觉的周密理论’的。因此，‘钱学’研究的重点或中心点不能不是从其学术著作中努力阐发其义蕴，寻绎其本身固有的‘自觉的周密理论’，这是一项需花大力气的严肃困难的科学工作，但于我们后辈学人完全值得。”③ 已逝学者胡河清也表示，“用现代社会的理论表述形式准确地把这些见解概括出来并加以系统化，是钱锺书研究极为重要的课题。”④

本著的研究正是致力于这项“严肃困难的科学工作”和“极为重要的课题”，相信诚如王水照先生所言，它于我们后辈学人来说，是“完全值得”的。

二 本书的研究现状与本书的研究思路

由前文所论可知，钱锺书的文学思想不仅是跨文化的，也是跨学科

---

① ［德］李凯尔特：《文化科学与自然科学》，涂纪亮译，商务印书馆 1986 年版，第 31 页。

② 同上书，第 30 页。

③ 王水照：《记忆的碎片——缅怀钱锺书先生》，李明生、王培元编《文化昆仑：钱锺书其人其文》，人民文学出版社 1999 年版，第 100 页。

④ 王晓明等编：《也说“钱学”》《胡河清文存》，上海三联书店 1996 年版，第 177 页。

的，是一种典型的比较诗学，对它的研究，不单单涉及的是纯粹文学批评与理论问题，更关涉到比较诗学、比较文化等问题；两者水乳交融，密不可分。但以往的研究却往往将两者割裂开来，分别讨论，形成了钱锺书文学批评与理论研究和比较诗学研究这两大领域。下面就从这两方面入手进行述评。

《管锥编》一出版，对它的研究就开始了。已故厦门大学教授郑朝宗在《文学评论》1981年第6期上发表的《研究古代文艺批评方法论上的一种范例——读〈管锥篇〉与〈旧文四篇〉》是其中较早也是较为突出的成果，该文指出："如果有耐心通读全书，特别是其中的有关文艺的部分，并参阅《旧文四篇》，就会明白作者实际致力的是'诗心'、'文心'的探讨，亦即是，寻找中西作者艺术构思的共同规律"。"诗心""文心"探寻一说，是对隐含于钱锺书理论实践中的基本线索与内在特征的揭示。稍后郑氏师徒出版了《〈管锥编〉研究论文集》，除收录上文之外，还结集了其弟子们的钱锺书研究文章，他们或是从历史，或是从哲学，或是从方法论等角度，对钱锺书的理论观念进行挖掘与梳理，在研究上构成一种规模化和集束效应。郑氏文章对《管锥编》具体理论碎片的整理也开启了后来者这一方面的工作，紧接着，其弟子陆文虎即重点梳理了《谈艺录》及《宋诗选注·序》中的文论思想，对其内涵进行了一定分析，相比其师，涉及的范围更广，也更深入。由于时代的原因，郑氏师徒一方面开启和支撑了钱锺书诗学研究的新天地，一方面——从现在的眼光看来——也不可避免存在某些缺陷，如研究的深广度不够、知识结构陈旧，等等。这些都有待一个新的时期的到来。

进入90年代，随着国内学者学术视野的开阔，从此对钱锺书诗学观念中的单一理论范畴的讨论越发深入，涉及面更广，关注的问题也更细。或者讨论钱锺书的语言观（胡河清：《钱锺书语言研究的当代文化意义》）；或者探究钱锺书的史学观（李洪岩：《钱锺书先生论六经皆史说》；林校生：《钱锺书史学观刍说》）；或者讨论钱锺书的修辞观（高万云：《钱锺书的修辞观》，黄刚：《诗与通感》）；或者抉发钱锺书的创作论（郑淑慧：《钱锺书荒诞文学创作论刍议》）；或者考察钱锺书诗学研究的意义（黄志浩：《钱锺书诗学研究的现代启示》），等等，可以说文学理论的各类问题，全面铺开，无论大小，都有所论涉。

微观研究的发展，为宏观研究准备了条件，到了一定程度，后者自然展开。最早从体系的角度研究钱锺书诗学观念者，是周振甫、冀勤1990年左右编著的《钱锺书〈谈艺录〉读本》。不过此书严格说来只是一本注释性著作，是为一般读者作“辅导”用途的参考性读物，并没有对钱锺书诗学观念做深入阐析，在深度上尚不能与纯粹研究意义上的学术著作相提并论。在《读本》之后，陈子谦出版了他的钱学专著《钱学论》，从品格论、情境论、比喻论、方法论四个方面解读钱锺书的文学思想。其中，对钱锺书学术方法论——辩证法思想，挖掘尤深。相比周著，此书在深度上有了长足进步，但它只是由独立的单篇文章组合而成，彼此之间并不具备前后相贯之理路。可以说，它也还算不得严格意义上的体系性研究专著。

进入21世纪后，上述状况有了实质性改观。2006年，许龙《钱锺书诗学思想研究》出版，此著是对钱锺书诗学思想——诗歌之学的首次全面梳理、阐析与总结。其特点是以现行的文艺理念对钱锺书所提出之概念和范畴进行深入浅出的现代阐释，有不少地方有发微探幽的妙笔，体现出相当的识见，以及扎实的理论基本功。但许著仅仅局限于讨论观念本身之内涵，而不能超越出来，全方位地探究主体提出、阐发此一观念的目的、意图，以及时代意义与价值。写作于2009年的陈颖的博士论文《对话语境中的钱锺书文学批评理论》也是对钱锺书文学思想的系统整理。从论域范围来说，陈著较许著又有所拓宽，从对单个文体的讨论，扩展到对整个文学批评理论的研究，是目前为止对钱锺书文学思想考察中最全面的专著。此文框架严整，界限分明，范畴清晰，体现了相当的体系性。但此文重点并非对钱锺书文学理论具体观念之内涵的阐发，而是对钱锺书整体批评理论特点——对话性质的分析与描述，即它以对话理论为支点，将钱锺书批评观念从本质论到接受论进行整合，整合的过程，也是演示对话性质的过程。尽管不可否认此种学术操作确实能够显示钱锺书批评理论开放辩证的一面，但仅仅以对话性质对之加以概括，在一定程度又必然会造成对钱锺书文学观念内涵与价值的遮蔽①，从而妨碍对研究对象进行全面理解与把握。

由上观之，关于钱锺书文学理论的研究成果，无疑是丰厚和扎实的，从文学的本质到文学的接受的各个范畴、命题、概念都有一定程度的抉发

① 笔者以为，对话理论作为一种理论形态，其内涵是非常有限的，并不能穷尽一切文艺现象，对于个体来说尤其如此。钱锺书的很多观念就不具备对话性质，即如文章所列“持情强物”与“物我情契”，事实上在钱锺书那里不构成对话关系。他几乎全然否定前者，而推崇后者（参见本文第四章），并非作者意义上的互为主体的对话关系。将“对话”作为一种理论方法去解释钱锺书文学理念中的某些对立统一的现象是可以的，但以之为支点来统领钱锺书整个文学批评观念，则勉为其难。

和探讨，为进一步研究提供了可资借鉴的宝贵理论资源。不过上述理论成果仍有值得进一步完善和开拓之处。首先，在广度上，仍没有一本专著就钱锺书的整个文学思想进行梳理和总结，可开掘的空间仍然不小。其次，很多研究只是就理论而谈理论，更为关心的是钱锺书“说了什么”，“怎么说”的问题，而往往忽视“为什么说”的问题，换言之，钱锺书学术研究的目的、意图，以及当下意义与价值，没有得到应有关注与重视。值得进一步思考与开掘。

关于钱锺书比较诗学的研究，相比前者，稍微靠后。比较诗学的研究不仅要求对钱锺书相关理论有精确把握，而且也必须对这些理论所关涉的西方背景有深入了解，具备一定的外国文学理论知识。这对于刚刚面向西方开放的中国学者来说，需要一个知识结构调整与更新的过程。因而这方面的研究最早的不是对钱锺书文学观念的比较研究，而是对钱锺书文本比较文学方法论的发掘。可以说整个 80 年代都是如此。据笔者查阅，涉及这方面研究的文章主要就是如下几篇：赵毅衡《〈管锥编〉中比较文学平行研究》（《读书》1980 年第 2 期）、张隆溪《钱锺书谈比较文学和“文学比较”》（《读书》1981 年第 10 期）、张文江《文学批评和比较文学的一本早期著作——读〈谈艺录〉》（《读书》1981 年第 10 期）、陆文虎《〈管锥编〉与比较文学》（《厦门大学学报》1983 年增刊）、乐黛云《中国比较文学现状与前景》（《中国社会科学》1986 年第 4 期）等。此时学界对钱锺书比较文学方法论的研究的重视，一方面固然存在上面提到的原因，另一方面恐怕也与钱锺书文本所显示的比较文学意识、眼光和方法，对于比较文学这一新鲜学科在中国的建构所具有的示范意义与价值密不可分。

甘阳为卡西尔《语言与神话》中译本 1988 年版写了一篇《从“理性的批判”到“文化的批判”》的序言，可算是较早的从比较诗学角度对钱锺书的研究，此序给我们梳理了一条现代语言学诗学化发展的脉络，在最后他将钱锺书的语言研究纳入到这一发展潮流中，指出：“钱锺书《管锥编》以‘周易三名’开篇，正是极其深刻地抓住了中国语言（以及中国人文文化）这种‘一字多义且可同时并用’的基本特征，实为《管锥编》之纲。”① 虽然只是简单一句话，却深刻揭示了钱锺书语言学研究与诗化研究内在相通之处，即都强调隐喻性和多义性。后来的学者对此反复征

① ［德］卡西尔：《语言与神话》，于晓等译，生活·读书·新知三联书店 1988 年版，第 25 页。

引，可见其具有深远的理论辐射性。稍后李洪岩发表的《诗化哲学与钱锺书》一文，明显就是对此观点的发挥与扩展。

随着90年代中国学者对西方了解的广泛与深入，从比较诗学角度对钱锺书文本的开掘开始，成为钱学研究的一个重点。或立足实证，考察渊源，进行影响研究，或普遍联系、内在沟通，予以平行研究。具体地说，从这几个维度展开：一是考察钱锺书与某一具体国别文学的关系，如许丽清《钱锺书与英国文学》（复旦大学，2010年）；二是考察钱锺书与单个西方理论家的关系，此方面研究成果较多，涉及的人物主要有休谟、康德、尼采、海德格尔、瑞恰慈等；三是考察钱锺书与西方某一时代的关系，如季进的《钱锺书与现代西学》；四是考察钱锺书与西方某一学说的关系，如钱锺书与阐释学、形式主义、符号学、心理学、新历史主义等。从具体研究状况来看，二、四两项研究较充分，这主要是因为涉及的面较窄，容易驾驭和把握。而在这其中，对于钱锺书与阐释学和形式主义关系的研究尤其深透，成果很丰富，这是因为这两派学说特征较分明，钱锺书在文本中论述也较多。相比较而言，一、三两项的研究是相当薄弱的，季进与许丽清的论著，就笔者目力所及，是仅有的成果。它们涉及的是宏观研究，似乎很不好下手，即如季进著作所论，是钱锺书与现代西学的关系，但这现代的内涵不好确定，季进将它限定在20世纪，但问题是他讨论的学说很多都是20世纪以前的，比如心理学，他论到詹姆斯，其成果主要在19世纪末；他论到狄尔泰的阐释学循环，此人也基本属于19世纪，似乎他讨论的是现代阐释学，但他在论到"循环无穷的阐释境界"一节时却不知不觉又回到了传统阐释学论域。而且季进之所以讨论钱锺书与20世纪西学的关系，是因为20世纪西学的学科界限似乎更明确，更具特征性，便于以此为参照对钱锺书思想观念进行针对性梳理。许丽清关于钱锺书与英国文学的研究也可做如是观。至于钱锺书与西方古代文学、近代文学，或者钱锺书与法国文学、德国文学、意大利文学等的关系却没有人进行专门梳理。恐怕一时也很难有人去开展这方面的工作。之所以如此，是因为钱锺书文学接受的特殊性。众所周知，钱锺书是一个博览群书的人，具有宏阔的学术胸襟，善于采纳百家之言，但他不盲从，不迷信，不固守，我们很难看到他对哪家哪派，表现出无保留的推崇和接受。一切知识与观念的接受，在他那里都是一种消纳的过程，最终化为了自我的一部分，犹如水中之盐，而非眼中之屑，可感觉，而不能指明。有似艾略特所谓传统，是一种无形的影响，了无痕迹，无法把捉。相比钱锺书，现代文学其他学者对西方接受的情形似乎相对要明确些，如王国维对叔本华康德、朱光潜对克罗齐，都是非常偏嗜的，后者对前者的影响很大，不但在外在的学问上，甚至在内在的心理气质上也有影响，大多能找到一条由接受到疏离的发展演变之轨迹[①]，而这种情况在钱锺书这里却非常模糊，让人很难感觉它的存在。更为重要的是，钱锺书的思维是非常辩证的，论到一个问题时牵涉的作家、学者很多，往往不拘泥一家，正反都有，我们常常不能确定他到底认同哪一方，有时他似乎只是搭建一个对话的平台而已，自己隐身在后，不显山露水。即如他讨论到梅圣俞的“以俗为雅”时联系到了俄国形式主义的陌生化原则，但同时却又认为“好奇务新，乃诗之病”，有学者根据前者，认定钱锺书认为“文学创作中往往反常的程度越高，就越具美学价值”[②]，显然不符合事实，将钱锺书文本简单化了。诚然，比较阐述框架，确实能够较为集中深入探讨钱锺书的文学对外关系，但同时又会为框架所限，无形之中，忽视了对象的多样性、复杂性、交叉性，容易将问题导入以我为主的简单化，从而有碍对钱锺书的思想渊源进行客观全面的理解和把握。

显然，对于钱锺书这样的独特个体来说，与其设立一个甲与乙式的封闭的、排他性的宏观模式[③]，不如以具体理论问题的探讨为立足点，对古今中外的所有对象进行广泛联系，将钱锺书的诗学观念与比较视野沟通起来，毋庸煞费心思去考虑个体、派别、国家、时代等界限或壁垒，从而在论证上获得更大的包容性和开放性。本著即采取此一思路，一方面深入钱锺书文本，全面寻绎、梳理、总结其片段思想，建构为现代逻辑结构；另一方面广泛参阅古今中外各种文化典籍，将钱锺书文学理念置于人类文化宏阔背景中进行参照、比较，同时又紧密联系时代语境，回到钱锺书理论发生“现场”，考察其产生之意图、目的等，通过这三方面的研究，力图呈现钱锺书文学思想的整体面貌，揭示其贯通中西，横越学科的特点，阐发其对文艺理论研究的长远意义与普泛价值。

三 本书研究方法与创新之处

（一）本书研究方法

本书研究对象是一个学贯中西、穿越古今、横跨学科的学术巨匠，因

---

① 参见王攸欣《选择·接受与疏离——王国维接受叔本华/朱光潜接受克罗齐美学比较研究》，生活·读书·新知三联书店 1999 年版。

② 参见季进《钱锺书与现代西学》，上海三联书店 2001 年版，第 134 页。

③ 笔者不是意在排斥此种模式，只是考虑到钱锺书接受的特殊性与复杂性，以为从宏观上以此模式考察，将会带来巨大的局限性。

此对他的思想的研究，必须采取与这种特点相适应的研究方法，方能真正把握其精神命脉与思想肌质。

1. 历时溯源与共时扫描相结合。从历史的视角抉发钱锺书与传统文化及文学的渊源，从中西文化的视野梳理钱锺书与外国文化及文学的关系。

2. 跨语际、跨文化的比较视角。运用阐释学、后殖民主义、比较文学、跨文化交际学等相关学科的理论多学科多角度地来研究钱锺书，以达到对其基本文化面貌和思想内蕴的把握。

3. 点面结合的方法。从微观方面，采用西方“新批评”的文本细读理论，对钱锺书的文本做精细而具体的分析，将抽象的理论概括建立在具体直观的感性把握上；宏观上，以比较的方法、阐释学理论进行理论抽象和整体观照。

（二）本书创新之处

本书创新之处主要体现在以下三个方面：

1. 对钱锺书文学思想进行整体观照与研究，在论域上突破了此前钱学研究的格局。

2. 以“审美性”为线索，考察钱锺书文学思想对“五四”主流功利主义文学的反叛与纠偏意向，显示钱锺书文学思想的时代意义与社会参与意识。改变学界一直以来抽象研究钱锺书文学理论，忽视其学术意图、当下针对性等关涉主体问题意识的研究现状。

3. 具体研究上，一方面旁搜远绍，将钱锺书文学思想的精华予以阐幽发微，悉心提炼，有很多独到认识；另一方面大胆质疑，审慎探讨，发现了不少钱锺书的学术缺失，尤其在对《读〈拉奥孔〉》一文研究上有重大创获，推翻了此文的立论基础（请参见“诗中有画而又非画所能表达”一节）。另外发现《管锥编》中论及一字多义时，“意”“义”不分；在使用概念时常常不遵守逻辑同一律，以致意义表达模糊，等等。这些问题都是首次提出，或许不免冒失与鲁莽，但也许能一定程度使目前较为沉寂的钱学研究局面激起一点涟漪。

第一章　钱锺书的学术生存与理论形态

第一节　钱锺书学术生存的内在理路

钱锺书是中国现当代学术巨擘，整个一生创建了极其辉煌的学术大厦，其研究历程相当典型地反映了中国传统学术向现代转型的历史过程，当审视和考察后者时，前者构成一个不可或缺的个案。依钱锺书学术演进的内在理路与个体存在的生命轨迹，可以大致将其划分为以下三个阶段。

一　“博览中西”与“思想发萌”

相传钱锺书清华求学之时，曾“横扫清华图书馆”，“终日博览中西新著书籍”，这种勤敏和博学无疑使少年钱锺书在知识的视野上，学问的深广度上，以及看待问题的方式方法上都体现出令人惊叹的成熟和不凡。这些在很大程度上都集中反映在他此期间所发表的那些才华超逸、见地独特的中英文文章上。它们一是对文学问题的探讨；一是立足于文学，对心理学哲学问题的研究。

《小说琐征》是迄今所发现的钱锺书最早的学术研究文章，令我们感兴趣的是，此文在具体的研究路数和方法上，显示出他后来以“打通”为主要特点的治学路径的雏形，如以正史、笔记、戏曲、佛经、诗话、野史中的相关记载和论述，进行连类、比勘，从而考证来源的治学方法。稍后的《中国新文学的源流》是一篇针对周作人同名著作的批评文章。此文认为周作人根据“文以载道”与“诗以言志”来分派，失之斟酌，因为“诗以言志”和“文以载道”在传统的文学批评上，似乎不是两个格格不相容的命题，谈不上是彼此截然独立的两个派别。《谈艺录》曾重点论述“概难一论”观念，表明事物往往系连交叉，难以概论。于此可见端倪。

钱锺书此时也开始了具体的文学批评。《落日颂》几乎是可以找到的钱锺书唯一评论中国现代作家的文章。此文可注意两点：一是对语言修辞尤其是比喻的论述，后来的《谈艺录·长吉曲喻》、《读〈拉奥孔〉》和《管锥编·周易正义·归妹》等篇中关于比喻的精妙论述均源于此。二是首开《谈艺录》《管锥编》中对神秘主义的讨论。这两个问题也是西方现当代文学理论极为重视的论题。

此时，钱锺书更多是对文学理论一般性问题的关注和探讨。在《旁观者》一文中，他从文学与历史的关系角度，发表了对文学本质性问题的看法。首先强调历史观的相对主义性质，指出："讲史观的人对于史迹，只求了解，不能判断；只可接受，不能改革。因为，从演化的立场上讲，每一个存在着的时代都是应当存在，每一个过去的时代都是应当过去，每一个现象的存在就是它的充足的理由。"① 所以"虐今荣古"或"贱古荣今"都是不可取的。这不无黑格尔历史主义观念的影子。由历史，他转向文学，指出文学不过是各种平行发展的心理形态之一，并告诫那些妄谈文学造因的人，与其以政治制度、社会形式来解释文学，不如以文学来解释实际生活近情一些。此文凸显了钱锺书对文学自主性的诉求，于当时流行的社会学文艺思想无疑构成一种有力反驳。

此时钱锺书的学术视野不只是局限在文学领域。中西各种书籍的泛览和研读，使其思维的触角和话语空间具有极强的扩展性。对心理学、哲学、生物学等问题他也积极发表见解。《美的生理学》一文是一篇谈文艺心理学问题的书评。撇开具体的批评不论，此文最让人关注的，是钱锺书对心理学的重视。他认为，"我们在钻研故纸之余，对于日新又新的科学——尤其是心理学和生物学，应当有所借重。"② 这一理论追求，为他后来在《谈艺录》《管锥编》中广泛运用西方现代心理学知识对文学和文化现象进行鞭辟入里、精细周到的阐析奠定了良好基础。清华期间的文章还有诸如一系列哲学书籍的书评，如《为什么人要穿衣》《一种哲学的纲要》《大卫·休谟》《休谟的哲学》《鬼话连篇》等，这些书评显示出钱锺书对西方哲学"特殊的见地"与灵活机智的思辨力。

30年代的中国，仍然处于中西文化交融碰撞的时期。中国文化如何在保存民族自我与吸纳"他者"的矛盾或者说新和旧的关系中取得平衡，是摆在当时中国学人面前的时代课题。这其中的问题之一，便是如何看待

---

① 钱锺书：《写在人生边上·人生边上的边上·石语》，生活·读书·新知三联书店2002年版，第279页。

② 同上书，第265页。

旧，又如何对待新。因此在这一时期，文学史的撰写成为一种潮流，而其中核心问题乃是文学史观问题，即治史者应以一种怎样的态度、眼光和方法看待以往文学史事实和现象，这关系到对传统的认识和评价，实际折射的却是对现实问题的观念和认识。对于这些问题，钱锺书有着强烈的参与意识，在光华期间的几篇主要文章都与此有关。

《中国文学小史序论》系统表达了钱锺书的文学观、文学史观、批评观。从文章所表现出的内在精神看，明显有一种对主流的社会学治史方法的批判和反驳倾向，如反对"因世求文"，反对以文学感人的多寡判定价值，主张历史地、客观公正地看待中国古代文学的发展，以及其价值和意义。这一思想也反映在其写于同一时期针对郭绍虞《中国文学批评史》的批评文章《论复古》一文中，该文反对郭以历史进化论判定文学的演变和价值，而忽视文学内在品质和规律从而机械地批判"复古"的做法。上述文章对文学自律性和自主性的强调以及对社会学文艺观的批评，实际上与当时整个西方文艺理论界强调返归文本，注重"文学性"，把文学研究的重点从文学的外部环境转移到文学作品本身上来，从而构成对流行于19世纪后期的实证主义社会学文艺观的反动潮流是高度合拍的。事实上"文学性"问题，也是钱锺书此后学术研究的根本出发点。

《与张君晓峰书》一文超越了当时新文学派与守旧派非此即彼的二元对立式的文学史观念。采取一种公正开放的眼光来看待在中国现代文学史上绵延了近20年的文言白话之争，指出"若从文化史了解之观点论之，则文言白话皆为存在之事实；纯粹历史之观点只能接受，不得批判；既往不咎，成事不说，二者亦无所去取爱憎"，并预言"将来二者未必无由分而合之一境"。[①] 尽管从现在来看，并没有实现，不过此种对文言白话不偏不倚的公允态度和公正评价无疑在中国现代文学史上，有着重要意义。

与后来的学术实践相比，钱锺书在清华、光华期间的学术研究尚缺乏明显的自觉意识。一是方法论上的，尽管《小说琐征》已开始显示了以"打通"为特点的学术方法的雏形，但还远远谈不上是一种比较文学方法。二是尚没有发现和找到一个真正适合其学术特点的具有可持续性开掘前景的学术矿床。此时他所发表的文章涉及极广，随性所至，包括人文学科的很多门类，哲学和心理学尤为重点，就当时的情形看来，甚至可以认为他很有可能会成为一个哲学家和心理学家，而不一定是后来我们所熟知的中国古典文化和文学研究者与比较文学研究专家。显然，此时钱锺书正

① 钱锺书：《钱锺书散文》，浙江文艺出版社1997年版，第409—410页。

在努力尝试和探索着自己的学术方向。三是他此时的文章从文体上看，以书信、书评、序言等散文类文体为主，虽具有一定的学术性，但学术意识不够强，严格意义上来说还称不上是学术文章，尽管不能否认此时的钱锺书实际上已经走上了学术的道路。总之，这一时期钱锺书还没有形成自己的特点和风格，但已预示了种种可能和前景。

二　“走向西洋”与“回归自身”

1935 年 8 月，钱锺书在《天下月刊》上发表了英文文章《中国古代戏曲中的悲剧》一文。此文看似普通，一直以来也没有得到钱学专家特别的青睐。然而，相比于钱锺书以前的文章，此文在研究方法、内容以及学术的自觉意识上的鲜明特点，显示出一种转折性意味，或者说构成一个界碑，标志着钱锺书的治学历程由致力于尝试的发生期转入到了具有高度自觉意识的发展期。①

此文探讨的是中西不同的“悲剧”观，通过对白仁甫的《梧桐雨》、洪昇的《长生殿》与德莱顿的《爱是一切》、莎士比亚的《安东尼与克丽奥帕特拉》的横向比较，以表明中国古典戏剧无法和伟大的西方戏剧“等量齐观”，从而批驳了王国维将《窦娥冤》《赵氏孤儿》等剧“即列之于世界大悲剧中，亦无愧色”② 的观点。如此具体而系统地对中西文学观念与作品进行比较研究，在钱锺书整个一生学术实践中尚属首次。

不光如此，在文章结穴之处，钱锺书还专门对比较文学方法论进行了阐述，指出“对中国古典文学批评史的修习者来说，就具体文学作品进

---

① 对于钱锺书学术发展早期的大致起点，学术界一般没有异议，大多数人都将之确定为 1929 年，也就是钱锺书进入清华大学，并开始在公开发行的刊物上发表文章之时。然而在第一时期至第二时期的分界点的确立上，却存在不同的意见，有的主张 1938 年（见党圣元《钱锺书的文化通变观与学术方法论》，《中国社会科学》1999 年第 4 期），有的主张 1945 年（见许龙《钱锺书诗学思想研究》，中国社会科学出版社 2006 年版，第 16 页），还有的主张 1949 年（见张文江《钱锺书著作的分期和系统》，《钱锺书研究》第二辑，文化艺术出版社 1990 年版），不难看出无论是 1938 年、1945 年抑或 1949 年都采取的是一种以外在重要社会“事件”为标志的分期方法。当然这些分期点的时间的确立，都有其合理之处，重大事件的发生总会在人的思想意识中产生不可估量的影响，从而决定着主体在治学和创作方法、内容、风格和特点的转移，所以文学史往往断代分期。不过对于个体来说，情况又有所差别，地点的转换和事件的发生，尽管可以影响到主体的思想和风格的变化，但也不一定是决定性的，或者说明显的。这样说来，我们与其选取一个在人生方面具有转折意味的外在标志作为分界点，还不如选取一个确实体现了主体“转变”性质的思想观念事件作为分界点。

② 钱锺书：《钱锺书英文文集》，外语教学与研究出版社 2005 年版，第 53 页。

行比较研究尤为重要”，并表示“为了充实我们的某些审美经验，我们必须走向外国文学；为了充实我们的另一些审美经验，我们必须回归自身。文学研究中的妄自菲薄固然不可取，拒绝接受外国文明成果的爱国主义就更不可取。”① 此文意义在于两点：一是主张充分尊重中西文学双方的价值和作用，强调文学文化之间的互识、互证、互补，从而中西兼收并取、和而不同的文学研究原则。二是显示了钱锺书学术研究转折之意向，第一次明确了从具体的古典文学作品和现象入手，打通新旧，融汇中西，旁征博引，孜孜不倦地探求和抉发人类文化文学共同诗心文心的比较文学的研究。此种思路和方法的自觉形成，标志钱锺书的学术研究由此迈入一个新的阶段。

稍后在留学期间所写的硕士论文《17 世纪、18 世纪英国文学中的中国》和《中国固有的文学批评的一个特点》两篇学术论文，就是两篇比较文学论文。前者通过游记、回忆录、翻译、文学作品等文史资料，第一次系统翔实地梳理论述了 17 世纪、18 世纪英国文学中的“中国”形象，对其中的传播媒介、文化误读以及英国看中国的视角趣味的变化等都做出了深入剖析。比如中国人一般认为 18 世纪的英国人也崇尚中国文化。然而钱锺书却这样说：“如果我们的考察没有错的话，对中国表现出高度崇尚的应该是在 17 世纪的英国。事实证明，在 18 世纪的英国文学中，中国实际上已被剥去一切原有的光环。她也许还不为人知，但已绝不再是完美的了。”② 在钱锺书看来，文学中对中国文化的热情在 17 世纪就已经达到最高点了，18 世纪的一些文人见证了这种衰退。③ 后者通过中西资料的梳理、对比，发掘出了中国固有的文学批评不同于西方文论的一个显著特点：人化倾向，即“把文章通盘的人化和生命化”④。

1938 年，欧洲战事风雨欲来、一触即发，钱锺书积极赶回国内，一直到 1949 年新中国成立，这期间中国社会经历了一系列重大历史变故和政治动荡。然而，就是在这样一个艰难的环境和时势下，钱锺书依然保持他那份内心的宁静，坚持不懈地从事于名山事业。学术上除有诗学批评名著《谈艺录》问世外，亦有数量可观的学术文章发表，其中备受研究者关注的是《中国诗与中国画》、《谈中国诗》。

---

① 钱锺书：《钱锺书英文文集》，外语教学与研究出版社 2005 年版，第 64 页。

② 同上书，第 129—130 页。

③ 同上书，第 142 页。

④ 钱锺书：《写在人生边上·人生边上的边上·石语》，生活·读书·新知三联书店 2002 年版，第 119 页。

这是两篇典型的比较文学论文，前文再次强调了《中国古代戏曲中的悲剧》一文所表明的研究旨趣，探讨中国文学中的“具体”现象，立足文学史事实对中国文艺批评史上中国传统批评对于诗画关系的论述进行了澄清、阐明和比较评价。后文与其说是谈中国诗，不如说是谈中西诗歌之同。一方面虽指出中国诗和西洋诗在诸如发展演化历程、篇幅、音韵、声调、风格等方面存在明显区别，一方面却又认为在更为重要的审美本质和内容上，却“无甚差异”：“中国诗里有所谓‘西洋’的品质，西洋诗里也有所谓‘中国的’成分”，“因此，读外国诗每有种他乡忽遇故知的喜悦，会领导你回到本国诗。”[①] 这启示我们，人类有着共同的诗心文心，中西文学文化本质相通，因而打破中西壁垒，进行必要而充分的交流和沟通，求同存异，是可能的。

如果说《中国古代戏曲中的悲剧》一文所谈之内容以及所论之比较方法，主要还是强调“不同”，主张互补，那么此文在研究内容和方法论上，就显示出了一种新的发展，它恰恰强调的是“同”，而非“不同”。这与稍后的《谈艺录》序言所宣称的“攸同”“稍通”观高度互文。

《谈艺录》的出版一定程度上确立了钱锺书作为一个文学批评和理论家的坚实地位。它的博集群书、学贯中西在其出版之初即引起学界震惊和赞叹。[②] 它所表明的会通中西、兼采百家的著述方法和原则，历来被学界重视和引用，成为读解和阐释钱锺书学术方法论的重要文献。它一方面立足于具体问题和文本现象，进行精辟分析，提出了不少超越前贤的创见卓识，“可以作为鉴赏的典范”[③]；另一方面又在此基础上广泛论涉了传统诗学的几乎所有理论范畴。不难看出，《谈艺录》是对钱锺书此前所论文艺思想问题在主题、方法、原则上的总结和综合，显示其学术研究的新高度。

1949年后[④]，钱锺书的研究活动一度陷入沉寂，不过也并非乏善可陈。此时最重要的学术成果，是其耗时两载完成的《宋诗选注》。其序在钱学研究中尤具意义，它是钱锺书多年潜心研究宋诗之后凝成的一篇重要

---

① 钱锺书：《写在人生边上·人生边上的边上·石语》，生活·读书·新知三联书店2002年版，第167页。

② 参见周振甫、冀勤编著《钱锺书谈艺录读本》，上海教育出版社1992年版，第23页。

③ 周振甫：《鉴赏的典范——〈谈艺录〉论李贺诗》，选自陆文虎编《钱锺书研究采辑》(1)，生活·读书·新知三联书店1992年版，第94页。

④ 人们一般将1949年视为钱锺书学术和思想发展上的一个分水岭，这无疑符合断代分期的方法。而我们以为就钱锺书学术发展的内在特点和理路看来，1949年并非转捩点，即他在学术和思想上并未发生根本性变化。

诗学论文，不仅对中国古典诗歌的基本理论多所建树，对宋诗的历史地位及其成败得失有独到见解，而且对诗文选政也颇有创见。从表面看，此文似乎附和了当时盛行的主流社会学文艺观，以现实主义乃至阶级的观点看待文学问题。然而钱锺书并没有放弃文学的自律性和独立地位，而是为之辩护和抗争。明确提出“诗歌、小说、戏剧比史书来得高明”的观点。在一个政治标准第一、文学标准第二，文学实际被降格为政治意识的留声机和传声筒的时代，这无疑是需要足够的学术胆识和良心的。恐怕也是《宋诗选注》直到今天仍不失其价值的一个重要原因。

此一时期钱锺书值得关注的文章，还有《通感》和《读〈拉奥孔〉》。《通感》一文给我们系统梳理、分析和论述了通感这一文艺心理学现象。《读〈拉奥孔〉》一文是对莱辛《拉奥孔》一书有关诗与画的审美功能和特点的论述的补充和深化。

尽管钱锺书的人生伴随着社会的急剧变化，跌宕起伏，漂浮不定，而且其学术思路及其文学观念严格说来也在不断拓进，然而相比于前后期，从整体上看，仍然具有相当的共性。这就是，基本上遵循了《中国古代戏曲中的悲剧》一文所提出的研究思路——立足古典文学，参照外国文学，以一种中外文学互参、对比和互补的方法和模式展开自己的研究，一种视野开阔的、纯粹的比较诗学研究。

三　“打通”与“照明”

1976 年，中国社会进入新时期，钱锺书也悄然完成了不朽巨著《管锥编》，臻至学术研究的顶点。这期间，钱锺书的研究呈现出这样的特点，一方面不断著述和撰写新的文章和著作；一方面对旧作进行大量的修订和补充。

历史具有惊人的相似性，即拿 20 世纪的二三十年代和七八十年代相比，就能鲜明地看到这一点。它们都脱胎于蒙昧和专制时代，启蒙是社会共同的主旋律。翻阅钱锺书文章，可看到一个很突出的现象，那就是在其文章中，总是以一个很大的篇幅讨论方法论问题，这在新中国成立前以及 80 年代左右发表的那些文章中尤为显著，这表明钱锺书是一个方法论意识很强的学者。在一个思想蒙昧、视野狭隘、正欲冲开历史迷雾走向开放之旅的时代来说，无疑极具学术启蒙意味。翻翻上述那几篇文章，再回过头来另眼相看已在第一、二部分所讨论的那些文章，会发觉它们几乎又在重复和强调同样的问题。《意中文学的互相照明：一个大题目，几个小例子》的“照明”说，以及《美国学者对中国文学的研究简况》提出的放宽视野和接触面的问题所表征的中西互参、互证、互补的文学和学术思想，一定程度上正是对几十年前的《中国古典戏曲中的悲剧》、《谈中国诗》等文观念的重申。

不过，历史也不会简单重演，而是往往在新的条件下有着新的发展和超越。如果说，在钱锺书的理论范畴中，比较文学的概念，在新中国成立以前，还只是影响研究的模式，那么在此时就明显地带有平行研究的味道了，特别是其中跨学科研究的意识和方法，体现着一种新的可能和变化。《谈艺录·序》所提出的中西文化与心理“攸同”“稍通”观，是就跨文化意义而言的，与跨学科无涉。但是写作于此一时期的《致郑朝宗》信中所谓“打通”说，《诗可以怨》结尾所论“人文科学的各个对象彼此系连，交互映发，不但跨越国界，衔接时代，而且贯串着不同的学科”，以及《谈艺录》增订本所发出的愿望：“吾辈穷气尽力，欲使小说、诗歌、戏剧，与哲学、历史、社会学等为一家”，等等，就明显的是一种跨学科的口吻了。它们体现了钱锺书学术研究的新发展，而这也内在感应与契合着世界比较文学观念演变的基本态势和走向。

此时钱锺书也对旧著进行不断的修订、补充、扩展，有的甚至内容远远超过了初版本。《谈艺录》补订本序说：“犹昔书，非昔书也”。这些补订融入了钱锺书晚年的思考，实际上是钱锺书在一种新的思维视角、新的文化视野下的新的创作，应视为此一时期的作品，反映出其与时俱进、精益求精、追求完美的学术品格。

《管锥编》是钱锺书晚年的代表作，具体内容是对《周易正义》、《毛诗正义》等中国古代十部典籍的评骘，冶中国古典文化四大门类即经、史、子、集于一炉。从现在出版的情况看，包括补订修订，已达四大本，一百多万字。然而按照他的写作计划，这还仅只是其晚年学术著述冰山之一角，“锥指管窥，先成一辑。假吾岁月，尚欲赓扬”，“尚有论《全唐文》等书五种，而多病意倦，不能急就”①。

《管锥编》虽言“锥指管窥”，但所论涉的问题却涵盖整个人类文化。不过，钱锺书本质上是一个文人，一个文学评论家，所以它实质上渗透的是钱锺书对文学的看法，一种广义的、泛文学的观念。这从他所认可的书名英译中可以鲜明看出：“Limited views：Essays on Ideas and Letters（有限的观察：关于观念与文学的札记）”②。《管锥编》实际是以谈艺衡文为基

① 钱锺书：《管锥编》（第一卷），生活·读书·新知三联书店2001年版，第1页。

② 参见陆文虎《“管锥编”释义》，《“围城”内外》，解放军文艺出版社1992年版，第30页。

本立足点，广泛涉猎了哲学、历史、心理学、伦理学、文化人类学、军事、艺术等各人文领域的知识和现象。因此郑朝宗先生读罢《管锥编》等著作，认为“作者实际致力的是‘诗心’、‘文心’的探讨，亦即是，寻找中西作者艺术构思的共同规律”。可以说《管锥编》是我们了解、分析、阐发钱锺书文学思想的一个很全面很集中的文本。

无疑，萌发于清华时期的钱锺书的文学批评理论思想，经由《谈艺录》《宋诗选注》的发展演变，到了《管锥编》的打通百家、综合融贯，已臻至成熟，成为中国现代文学理论宝库中的一个不可或缺的部分。

第二节　“非体系”:对现代西方模式的反动

钱锺书是中国现代学术史上一位非常独特的学者，其中一个不容忽视的重要表现，就是其思想在外在表现形态上，呈现出一种零散的、经验式的、随感式的、直感式的面貌，而非章节紧密联系、环环相扣的体系性结构。这在学术操作普遍讲究逻辑性、系统化的现代学术界，无疑是特立独行的。

其实这是他有意为之。在一封致朋友的信中，他曾这样表达他的“文章所包含的态度”:

“我一贯的兴趣是所谓‘现象学’”①。

当然不能“循名责实”，将这里的“现象学”一词等同于西方现代著名的哲学流派现象学派。其内在的隐喻意应是指具体的事实和现象。这句话的意思是，只对具体问题和现象有兴趣。这其实是钱锺书自青年时代以来做学问的一个基本方法和态度。《中国古典戏曲中的悲剧》一文强调研究“具体文学作品”，《中国诗与中国画》表明“我想探讨的，只是历史上具体的文艺鉴赏和评判”，《管锥编》表示“不耻支离事业”②，等等，都可作如是观。理论上这样提倡，实践上也是这样做的。可以看到，钱锺书的整个学术操作，从微小的文学文化现象的追源蹑迹，各种修辞技巧的讨论比较，具体诗文的赏析评骘，以至于一字一词的训诂推敲，包括中国乃至中西文化的方方面面，应有尽有，不厌其烦，所谓“拾穗靡

① 钱锺书:《致朱晓农信》，未刊，转引自胡范铸《现象：观察活动与观念体系的根本起点》，陆文虎编《钱锺书研究采辑》（一），生活·读书·新知三联书店1992年版，第312页。

② 钱锺书:《管锥编》（第三卷），生活·读书·新知三联书店2001年版，第1377页。

遗，扫叶都尽，网罗理董，俾求全征献”[①]。

之所以痴迷现象，不耻支离事业，钱锺书是有他的理论认识做基础的。他曾这样谈到现象与本质的关系：

> “现象”“本质”之二分是流行套语，常说“透过现象，认识本质”。愚见以为“透过”不能等于“抛弃”，无“现象”则“本质”不能表示。例如“索隐派”的文论以为文艺作品是真人真事的化妆，就是对“现象”不够尊敬。[②]

这里当然不是否定事物的本质性存在，而是强调在现象与本质的二元对立模式当中，处于基础性地位的是现象，它是认识事物的根本性前提。显然这话中隐含一种悬置本质问题讨论的意味。这不由使人想起胡塞尔的“现象学还原”方法论。事实上学术界大多数学者正是立足现象学角度对钱锺书的非体系思想进行考察的。应该说，此种思路基本切合钱锺书学术思想的实质，抓住了其非体系性诉求的理论关键，对我们深刻理解钱锺书的学术方法论内涵具有重要意义。诚然如此，但我们以为，仅仅将钱锺书的学术选择的理论源头局限在现象学，过于狭隘，有简单化之嫌。在我们看来，这个过程应往前上溯到现代非理性主义的先驱休谟[③]康德那里，才更全面与准确。

稍通近现代西方哲学的人即知道，在导源于休谟，发展于康德，鼎盛于现象学的西方非理性哲学看来，事物本身——唯物主义和本体论哲学所谓“本质”，是无法真正确认和把握的，因而将其悬置起来，存而不论，而把哲学关注的焦点转向了现象。如休谟不对现象之间的联系做本质考察，认为所谓因果只是一种主体的“习惯联想”。在康德那里，对人类理性而言，世界实质就是现象世界。我们的理性虽具有接受、整理、总结、塑造现象世界的能力，但从根本上来说是无法探及事物本身的，康德意念中的“物自体”是神秘的，理性无法把握，因而他一反几千年来西方形而上学传统，悬搁本体论讨论。这一点在20世纪兴起的现象学那里得到了极端发展，胡塞尔直接认为“现象”不是事物对人类理性的作用，而就是人类理性本身，于是放弃对本质做抽象的形上追索，主张回到现象，

① 钱锺书：《管锥编》（第三卷），生活·读书·新知三联书店2001年版，第1377页。

② 见钱锺书致胡范铸信《钱锺书研究》，文化艺术出版社1992年版，第316页。

③ 罗素以为休谟是非理性主义先驱，见马元德译《西方哲学史》（下卷），商务印书馆1976年版，第310页。

对事物做“现象学还原”。可以说，从休谟到胡塞尔，其中有一种内在理路和线索，这就是非理性主义怀疑论。

种种迹象表明，西方近现代非理性主义怀疑论思想对深谙西方哲学的钱锺书是深有影响的，甚至可以说，它直接构成其方法论的理论基础。[①]在《中国文学小史序论》一文中，钱锺书谈到事物的因果关系时，虽不赞成休谟的无因果论——“习惯联想说”，但却对因果的探寻持不可知论态度；又如在《汉译第一首英语诗〈人生颂〉及有关二三事》一文中，他引用休谟的话道：“‘是这样’（is）和‘应该怎样’（ought）两者老合不拢。”从此出发，他得出结论：

> 在历史过程里，事物的发生与发展往往跟我们闹别扭，恶作剧，推翻了我们定下的铁案，涂抹了我们画出的蓝图，给我们的不透风、不漏水的严密理论系统捅上大大小小的窟窿。[②]

这里表达的是一种对理论概括及把握世界能力的怀疑，彰显出一种很强的怀疑论色彩。如果说本质性认识在现实性上不可能，人们的所谓理论概括实质上构成一种伪命题，会在某种特定情况下被证伪和否定，那么由之所建构起来的体系性大厦，自然就是一幢经不起风吹雨打、推排销蚀的空中楼阁，是迟早都要坍塌的。既然这样，又何必劳心费神来建立体系性结构？何不就直接经营那些“木石砖瓦”呢？

很显然，钱锺书正是基于此种思维和认识来考量和审视体系性问题的，在一篇文章中他强调指出：

> 许多严密周全的思想与哲学系统经不起时间的推排销蚀，在整体上都垮塌了，但是它们的一些个别见解还为后世所采取而未失去时效。好比庞大的建筑物已遭破坏，住不得人、也唬不得人了，而构成它的一些木石砖瓦仍然不失为可资利用的好材料。往往整个理论系统剩下来的有价值东西只是一些片段思想。[③]

---

① 参见拙文《论钱锺书对人类理性能力的质疑与反思》（上、下），《船山学刊》2006年第4期、2007年第1期。

② 钱锺书：《汉译第一首英语诗〈人生颂〉及有关二三事》，《钱锺书散文》，浙江文艺出版社1997年版，第365页。

③ 钱锺书：《七缀集》，生活·读书·新知三联书店2002年版，第34页。

在此认识支配下，可想而知他为何会拒绝写什么《文艺概论》之类的书，而且简直就认为“作概论就是傻瓜”，并在其文本中反复论证“概难一论”，同时说出“自发的孤单见解是自觉的周密理论的根苗”的话了。[①] 可以说，对于支离事业的重视和对体系的反对，相辅相成，一体两面，而这正建基于他对事物本质性认识的怀疑论思想之上。

而在 1987 年 10 月 14 日致友人的信中，他又这样说道：“我不提出‘体系’，因为我认为‘体系’的构成未必由于认识真理的周全，而往往出于追求势力或影响的欲望的强烈。标榜了‘体系’，就可以成立宗派，为懒于独立思考的人提供了依门傍户的方便……马克思说：‘我不是马克思主义者’；马克·吐温说：‘耶稣基督如活在今天，他肯定不是基督教徒’；都包含这个道理。”[②] 从师门宗派传授、流弊丛生的角度来显示自己对“体系”的拒绝。李慎之先生在 2003 年 2 月 10 日的一封信中提道：“钱先生曾对我说过，自己不是‘一个成体系的思想家’”[③]。这样看来，反对“体系”，进行非体系化操作，在钱锺书那里是一种有原则、有方法甚至是有着哲学基础的高度自觉的意识和行为，并非因缺乏体系建构能力，无可奈何，只能如此（当然钱锺书是否真正具有这种能力，现在无法确证，也无须在此讨论）。质言之，非体系性是钱锺书对现代体系化学术操作潮流的反动而特意追求的一种结果。

然而，文本一经产生，就脱离了作者，不再由其控制，只能任人评说。更何况，后辈学人面临着高山仰止的学术昆仑，不由生发“影响的焦虑”之感，也许在这种情绪支配下，对钱锺书的挞伐在其逝世前夕和逝世不久，接踵展开。非体系性是钱锺书的自觉追求，然而学术界恰恰就有人拿他学术思想的非体系性特征作为一种严重缺失来批评他。蒋寅在《在学术的边缘上——解构钱锺书的神话》（《南方都市报》1996 年 11 月 1 日）一文中，认为：“大师之学有学理贯穿，知识倾向于系统化，博学家之学只有知识积累，或不免流于饾饤；大师之学树立新的学术规范，博学家之学则只能沿袭旧的学术规范”，在他看来，钱锺书的学问没有系统性，所以他只能称为博学家，称不上大师。这一观点在更年轻的一些学人那里获得了共鸣，展开了更猛烈的“驱神”运动。王晓华《钱锺书与中国学人的欠缺》（《探索与争鸣》1997 年第 1 期），

---

① 钱锺书：《七缀集》，生活·读书·新知三联书店 2002 年版，第 34 页。

② 钱锺书：《钱锺书致舒展》，《财经》2006 年 9 月 4 日。

③ 李慎之：《李慎之致舒展》，《财经》2006 年 9 月 4 日。

王晓华、葛红兵、姚新勇《偶像的黄昏》（《中国青年研究》1997年第2期）等文章对蒋文作了引申发挥。他们把有成就的学人分为三个层次：第一个层次是创造了独立的思想体系并开创了一个文化时代者，如孔子、马克思、弗洛伊德等；第二个层次是创立了比较有影响的具体学科或对此具体学科进行了体系性建构者，如皮亚杰、苏珊·朗格等；第三个层次是对某一具体学科有很深造诣并在细节上有贡献者，如陈寅恪、钱锺书等。或者把学人分为两种类型：一是思想家型，这种人有体系性建构的能力；一是知识积累型，只研究知识细节，是移动的"图书馆"。很明显，"体系性"是他们衡量一个学者能力和层次高低的杠杆。在他们看来，钱锺书之所以是第三层次或第二类型的学者，就在于他没有进行体系性建构，因为"没有体系性建构，就没有真正突破性的发现"。据此，他们反对将钱锺书及其著作的位置摆得过高。而且他们批判的目标不仅仅是钱锺书，还扩大至钱锺书得以产生的不重视体系性建构的整个中国古代文化传统，认为"在中国古代文论中只有刘勰一人在《文心雕龙》中达到了体系性建构的高度"，而这一点还是受印度佛教逻辑思维的影响。就此，他们认为中国文化落后于西方。不难看出，体系性仿佛体系论者手里的一根法力无边的魔棍，他们挥舞着，将整个中国文化打翻在地。

有趣的是，衡量的支点一样，结果却不同。在王晓华等人那里，钱锺书与陈寅恪的学术都没有体系，同属第三层次，但在蒋寅那里陈寅恪的学问是有体系的，高于钱锺书一筹，称得上是大师。更为有趣的是，王晓华等人明明说，中国古代文论中只有刘勰的《文心雕龙》具有体系性——尚是源于西方，言下之意，孔子的思想不具备体系性——事实上也是这样，但还是把孔子摆在了所有学人的最高等级。他们的观点是如此自相矛盾！

众所周知，西方人与东方人的思维方式，因历史原因存在很大差别，前者更擅长理性思维，后者则习惯于直觉思维，由之形成的文化相应不同，前者往往是体系性的，后者则是零散的、非体系的。如果稍作比较的话，体系性长于说理，适合于表达抽象复杂的问题，缺陷是容易僵化，不利于表现现象的多样性；而非体系的随感方式，则更灵活自由，更利于展现人瞬息即逝的灵感和创造，但又失之零散和肤廓，不利于对事物做抽象的深层思考。可以说，它们各有所长，也各有所短，彼此难分优劣。因此，不宜将它们作为一种根本性的价值标准来衡量文化水平的高低和程度。

进一步说，尽管从本质上看，体系性或非体系是文化的一种建构方式，跟文化属性无关，不宜给它贴上文化标签，但事物的存在又并非如此简单，文化的发展事实往往表明，如果一种方法与一种文化的发生发展存在着根本性联系的话，它就自然而然打上了该种文化烙印，粘附其文化属性，这一点毋庸置疑。“体系性”是与西方模式紧密联系在一起的，其中就包蕴着浓郁的西方价值意识，体系论实际呈现出一种西方中心论色彩。将“体系性”作为一种普世标准来估量和评价一切文化价值，特别是在与西方文化完全不同的思维方式和哲学理念下形成的非体系的东方文化形态及其文化人，其公正性和客观性就很值得怀疑。因为它无法解释后者的伟大成就——它们恰恰就呈现出与体系性相反的特征——非体系性。可见，以是否具有体系性作为衡量一个学术大师水平及成就高下的根本条件，甚或作为鉴定一种文化是否优越的标准的做法，在方法论上是行不通的。

尤其有必要指出的是，从更长远的历史时期，而不仅仅是现代来看，非体系的中国文化是丝毫也不逊色于体系化的西方文化的，甚至更高级、发达。故而将文化发展的程度与体系化的学术建构方式捆绑在一起的做法是极其错误的。否则，如体系论者一样，简单地以果导因，势必得出中国古代文化之所以先进或者程度高于西方，就因为它的“非体系性”的荒谬结论来。

的确，钱锺书独特的思想表述方式，在现代重逻辑推理、概念演绎与术语堆砌的体系性建构潮流中，显得独树一帜，尤其在中国。然而放眼世界，特别是20世纪以来的世界思想主潮，我们则又会发觉钱锺书的学术路向并不孤立，或者说，钱锺书的思考与现代社会的学术主流是相一致的。美国学者莫尔顿·怀特曾说：“几乎20世纪的每一个重要的哲学运动都是以攻击那位思想庞杂而声名显赫的19世纪的德国教授（指黑格尔——引者）开始的。”① 这句话应该大致上是符合世界学术发展事实的，不过此种情况从19世纪就开始了。黑格尔是体系性建构的集大成者，他的那种由理性主义决定论、因果联系所构筑的思想庞杂、自给自足、无所不包的理论体系，被休谟、尼采以来的非理性主义所深深怀疑，并不断攻击。休谟是现代非理性主义的源头，他的怀疑主义，他的对因果率的不信任，是与体系的理性主义建构根本对立的。叔本华、尼采的理论就是从攻击黑格尔的理论开始。

---

① ［美］莫尔顿·怀特编著：《分析的时代》，杜任之主译，商务印书馆1987年版，第7页。

尼采是现代非理性主义的一位重要人物，他曾直接表示对体系的反对态度，“总是贬低体系，甚至对体系的追求，视之为‘缺少品格’”[①]，尼采《各种意见及准则》作为《人性，太人性》的附录初版于1879年，其中第201节写道：“哲学家相信，他的哲学价值存在于他揭示的整体，存在于思想大厦之中。他的后裔是在他用以建筑思想大厦的砖块中发现了这种大厦，而后这种砖块又被用来建筑更美好的大厦。事实上，那就是说：这种大厦可以被摧毁，他所具有的价值只不过是材料。”[②] 这段话与前引钱锺书的“片段思想价值论”何其相似，钱锺书对尼采著作手胝口沫，应该不会是无意的暗合。

意大利文学批评史家德·桑克蒂斯也是一位体系的反对者，他“否认要将一种美学形诸程式，他引以为豪的是笃好具体者，怀疑任何体系”，“特别在后期，看出黑格尔体系由于受到现代科学的冲击而支离破碎”。[③] 从钱锺书的著作我们可以发现很多德·桑克蒂斯的理论观点，其中一个著名的观念：理想、意图与具体实践有差距，被钱锺书反复引述和运用。

由于20世纪对理性主义、逻格斯主义以及决定论的彻底的怀疑，因而对体系性建构的反对之声更加强烈，如现象学、心理分析、存在主义、象征主义、解构主义等都是以非理性、反体系而著称的，而这些理论几乎没有不在钱锺书著作中被反复采撷。这一切表明，钱锺书在文学思想上、哲学理念上与西方近现代以来的非理性主义的反传统、反教条、反体系的思潮紧密相连，这种联系增强了钱锺书对前者的批判力度，以及对支离事业的自觉追求。

当然，影响是复杂的，我们也不能忽视中国传统的思维方式对钱锺书学术理念创生的内在作用，中国古代的学术著作多数是零散的、经验式的、随感式的、直感式的，冯友兰先生曾对此现象做过很好的概括：

> 人们开始读中国哲学著作时，第一个印象也许是，这些言论和文章都很简短，没有联系。打开《论语》，你会看到每章只有寥寥数语，而且上下章几乎没有任何联系。打开《老子》，你会看到全书只

---

① ［美］韦勒克：《近代文学批评史》（第四卷），杨自伍译，上海译文出版社2009年版，第481页。

② 转引自钱碧湘《钱锺书散论尼采》，《文学评论》2007年第4期。

③ ［美］韦勒克：《近代文学批评史》（第四卷），杨自伍译，上海译文出版社2009年版，第137、167页。

> 约有五千字，不长于杂志上的一篇文章，可是从中却能见到老子哲学的全体。习惯于精密推理和详细论证的学生，要了解这些中国哲学到底说了什么，简直感到茫然。他会倾向于认为，这些思想本身就是没有内部联系吧。①

这种著述方式作为一种传统，无疑以一种潜在的力量进入到了钱锺书的思想模式中，与西方的非理性潮流一起，共同构成了钱锺书学术方法论的宝贵资源。

第三节 “潜在体系”:内在整一性

任何学说，既称之为“学”，就必然会产生一个“体系”的问题，这一点钱学也不例外②。诚然，钱锺书的思想在外在表现形态上是非体系的，不成系统，然而如果从内在的、整体的、非线性视角来看，却又感觉是深思熟虑的，具有某种内在的整一性与体系性。这种现象颇具悖论意味，然而却在人类思想意识领域普遍存在。从宏观方面说，谁都知道中国古代的思想是直觉的、非体系的，但谁又能否认它的体系性?③ 这从中国近代以来对古人的思想和文论的体系性梳理和总结就能看出。从作者个体来说，许多不具有外在体系或者说以反对体系性建构而著称的学者，他们的文化实践的最终结果往往违背了自己的初衷，不自觉地建立了别具一格的理论体系，这从孔子、尼采、德·桑克蒂斯、解构主义者④等人物那里即可以得到印证。那么，钱锺书的思想又呈现出怎样的体系性面貌呢?

---

① 冯友兰:《中国哲学简史》，北京大学出版社 1996 年版，第 10—12 页。

② 见张培锋《钱学“体系论”》，冯芝祥编《钱锺书研究集刊》(第一辑)，上海三联书店 1999 年版，第 78 页。

③ 童庆炳先生指出，中国古代文论著作多数是零散的、经验式的、随感式的、直感式的、点到即止的，但我们不可看轻这样的形态，实际上在它们的深层隐含着一个潜在的体系。见童庆炳《中华古代文论的现代阐释》，中国人民大学出版社 2010 年版，第 7 页。

④ 孔子的《论语》就是非体系性的语录体;“尼采总是贬低体系，甚至对体系的追求，视为缺少品格”，德·桑克蒂斯“否认要将一种美学形诸程式，他引以为豪的是具体者，怀疑任何体系”。而解构主义的一个根本的理论主张就是反自德谟克利特、柏拉图、亚里士多德以来逻格斯主义的体系化。

一　整体论述构架——通观圆览

钱锺书的学术著作主要有：《谈艺录》、《宋诗选注》、《七缀集》、《管锥编》，此外亦有《钱锺书英文文集》，以及其曾经规划和构想中的《感觉·观念·思想》、《宋诗纪事补正》、《管锥编》续辑等。从研究对象的时间顺序上看，其宏阔的学术思路，一目了然，《管锥编》论述的范围是从先秦到唐代，《谈艺录》涉及的时间段是从唐到清，《宋诗选注》、《宋诗纪事补正》则衔接前两者，此外《管锥编》续辑据云："续论《全唐文》《少陵》《玉谿》《昌黎》《简斋》《庄子》《礼记》等十种，另为一编。"[①] 这是以唐宋为主，又兼及先秦，对中国典籍的进一步研究。由上可以清晰地看到，钱锺书对中国几千年以来几乎所有时期的具有代表性的重要文化典籍进行了有计划有目的的综合研究。

如果横向考察，则不光有论述中国的，还有论述外国的。他论述外国文化的著作有《钱锺书英文文集》，《感觉·观念·思想》，以及其他一些零散的文章。关于《感觉·观念·思想》，钱锺书曾在1972年的《管锥编·序》中披露："又于西方典籍，褚小有怀，绠短试汲，颇尝评泊考镜，原以西文属草，亦思写定，聊当外篇。"[②] 关于这一点，在《钱锺书手稿集·外文笔记》首辑出版时，杨绛先生这样说道："锺书在国内外大学攻读外国文学，在大学教书也教外国文学，'院系调整'后，他也是属于文学研究所外国文学组的。但他多年被派去做别的工作，以后又借调中国古典文学组，始终未能回外文组工作。他原先打算用英文写一部论外国文学的著作，也始终未能如愿。"[③] 由此可见，在钱锺书的学术意识里，是有着中（内篇）外（外篇）文化、双管齐下、内外兼顾、予以通盘研究的充足准备与宏伟规划的。可惜的是此种愿望从现在来看，并没有完全实现。

正是基于以上两方面，可以说钱锺书整个文本呈现出一种恢宏的局面，一是古今贯通，以中国各个时代有代表性的经典著作为经，以其他文化典籍为纬，纵横交通，交相互发，对整个中国古代文化在宏观的构架下进行具体扎实的微观研究；二是中西会通，在研究中国文化的同时，视野不为传统所蔽，始终将眼光投向域外文学和文化。其文本实际构成一个中

---

① 转引自季进《钱锺书与现代西学》，上海三联书店2001年版，第31页。

② 钱锺书：《管锥编·序》，生活·读书·新知三联书店2001年版。

③ 李昶伟：《钱锺书〈外文笔记〉首辑出版》，《南方都市报》2014年6月7日。

西文化文学沟通的大平台，各种异质话语在此之上得以充分地双向对话和交流，从而通观圆览，以达到对整个人类文化的整体理解和合理阐释。这一宏博构想和学术实践，不可谓不体系。

二 论述内容的存在形态——网状结构

钱锺书曾引述西方学者的话说："天然品物之互相系联，有若组结为网，而不似贯串成链。人一一叙述之，次序衔接，则只如链焉。"[①] 这里钱锺书实际拈出了事物存在的本真状态：网状性，而不是链状性，或者说非线性，而在他看来，链状或线性只是人为的。我们知道，人文学科上的线性体系建立在因果链上，而因果链的确定和联结则诉诸分析、联想、分类与综合等逻辑思维手段。通过这样的手段，事物之间本来看似不存在的关系便被建立起来，形成名称—概念—体系等理论形态：

> 一切历史上的事实，拆开了单独看，都是野蛮的。到了史家的手里，把这件事实和旁的事实联系起来，于是这件事实有头有尾，是因是果，便成了史家的事实了。所以叫作史家的事实而不叫作史的事实，也有缘故：因为历史现象比不得自然现象，既不能复演，又不能隔离，要断定彼此间关系的性质，非常困难；往往同一事实，两个史家给它以两种关系，而且都"持之有故，言之成理"。我们为谨慎起见，只能唤作史家的事实。[②]

这段话的精神与前面那段话是一致的，事物本来是成一种网状组织结构，但经不同知识背景的人考察、分析、分类和综合等一系列逻辑推理过程，便形成不同的因果链，构成不同的观念和思想。从而把分而不隔的丰富复杂的普遍联系的客观事物人为地划了界限，建立了壁垒，事物本来生动鲜活的面貌由此受到遮蔽。而在钱锺书看来，这样的思想和理论经不起推敲："在历史过程里，事物的发生和发展往往跟我们闹别扭，恶作剧，推翻了我们定下的铁案，涂抹了我们画出的蓝图，给我们的不透风、不漏水的严密理论系统捅上大大小小的窟窿。"[③]

认识到这一点，自然而然使钱锺书在构建自己的学术大厦时放弃了链

---

① 钱锺书：《管锥编》，生活·读书·新知三联书店 2001 年版，第 120 页。

② 钱锺书：《旁观者》，《钱锺书散文》，浙江文艺出版社 1997 年版，第 140 页。

③ 钱锺书：《七缀集》，生活·读书·新知三联书店 2002 年版，第 156 页。

性的理论概述，不做简单的因果分析和逻辑推衍，而尽量尊重与顺应事物和现象的本来面貌，只是为读者构建一个可以充分参考和理解的阐释平台，使事物的意义在圆览观照中得以有效展现，因而其理论形态就像活泼生动的天然品物一样呈现出网状结构。

就同一现象和论题来说，他总是在不同的文本中，在不同的语境下，予以不同阐发，既交叉互文，承续相通，又相映生辉，新意迭出。它们在钱锺书文本系统中的状态正如他所说“散为万殊”，然而只要对其整个文本系统进行认真研读、梳理、总结和概括，就又呈现出一脉相承、一以贯之的内在一致性和统一性，可谓“聚则一贯”。

就钱锺书文学思想整体构成来看，更是如此。他的确对文艺问题没做过系统阐述，然而只要细读过文本，就不难发现，其中无处不谈文艺问题，无处不体现诗心文心，无处不散落着对文艺的真知灼见，如果以现代流行的线性思维稍加整合、建构，就会发现钱锺书对于整个文艺的认识，实际上是“一贯寓于万殊”的。所论问题包罗万象，现代任何一本文艺概论所涉猎之理论现象都有所论及，这些“木石砖瓦”的“片段思想”，诚如尼采所说，可以“建筑更美好的大厦”——既包括文学本质论，也包括文学作品论、文学创作论、文学发展论以及文学接受论，等等。从整体上看，不可谓不是一个紧密相连、贯穿相通的体系。

三　主题、方法与原则的始终如一性

钱锺书思想的体系性，还表现在其著述文本时所致力的主题，所遵循的方法、原则的始终如一性。

1. 主题。钱锺书是一个著作等身的学者，终其一生的文化成果令人叹为观止，然而钱锺书偏又是一个不爱做泛论概论，说“高帽子空头大话”的人，而有兴趣的是“现象学”，热衷支离事业，于是其论述的问题、所关注的具体现象便五花八门，洋洋大观，于古今中外，人文社科，琴棋书画，天文地理，医学军事应有尽有，无所不包。可以说钱锺书的学术著作在某种程度上可当得“百科全书”看，特别是对于中国古典文化来说。然而如果通观细读钱锺书所有著作，会发觉其中始终贯穿着一些基本主题，甚至说，在一定程度上，钱锺书所论述的那些具体问题和现象正是为这些主题服务的。在这些主题中，最根本的是“诗心文心的探讨”。看过其著作的人，不难感觉其文本无论讨论什么问题，总是有一个文学的立足点。拿《管锥编》来说，其所论抛开《毛诗正义》《楚辞洪兴祖补正注》及《全上古三代秦汉三国六朝文》纯属于文学范畴的之外，诸如占

卜之书《周易正义》、谈玄之书《老子王弼注》等著作，试问自古以来，又有谁会向其中去求衡文论艺的资料？可是钱锺书却能在其中发现文艺的现象，抉发文艺的规律，“盖修辞机趣，是处皆有；说者见经、子古籍，便端肃庄静，鞠躬屏息，浑不省其亦有文字游戏三昧耳”[①]。正是“谈艺者于汉唐注疏未可恝置也”[②]。而且其所举例证，也绝大多数来自文学，以文学作为比照。可见，谈文论艺，追寻诗心文心，实是钱锺书文本根本旨趣之所在。

除了诗心文心的探讨这个根本性主题外，钱锺书在文本中还反复关注和论述了一些他感兴趣的具体问题，如人性恶、距离惆怅——农山心境、人生苦短、意愿乖违等，它们贯穿其整个著作。这些事实说明，钱锺书的学术研究并非盲无目的、随心所欲、东涂西摸，而是有着自己一贯的重心和基本着力点的。钱锺书正是以此为纲来建构自己的话语体系。

2. 方法。贯穿于钱锺书文本中的一个根本的方法是“打通”，这在其晚年致一位朋友的信中得到了很好的说明：

> 弟之方法并非“比较文学”而是求“打通”，以中国文学与外国文学打通，以中国诗文词曲与小说打通。

并给我们举了详细的例证：

> 弟本作小说，结习难除，故《编》中如67—9，164—166，211—212，281—282，321，etc. etc，皆以白话小说阐释古诗文之语言或作法。他如阐发古诗文中透露之心理状态（181，270—271），论哲学家文人对语言之不信任（406），登高而悲之浪漫情绪（第三册论宋玉文），词章中写心行之往而返（116），etc. etc，皆“打通”而拈出新意。[③]

“打通”绝不只是《管锥编》里的方法，而是其整个文本的一个基本方法，这在其《谈艺录·序》及其他单篇论文里早就显露了端倪，只是没有使用“打通”一词而已，所谓“东海西海，心理攸同；南学北学，

---

① 钱锺书：《管锥编》（第二卷），生活·读书·新知三联书店2001年版，第715页。

② 钱锺书：《管锥编》（第一卷），生活·读书·新知三联书店2001年版，第24页。

③ 钱锺书致郑朝宗，“钱锺书研究”编委会：《钱锺书研究》（3），文化艺术出版社1992年版，第299页。

道术未裂”，即暗含打通之意。

除了主题、方法的一贯性和统一性之外，钱锺书文学思想赖以建立的哲学基础：辩证法，也是整个的贯穿在钱锺书文本之中的①。它们共同提示和表征钱锺书文学思想的内在一致性。

对于钱锺书文本之中实际形成的潜体系现象，曾经深受钱锺书教益的王水照教授有着更深刻的体会，他指出：

> 他一再说，“我有兴趣的是具体的文艺鉴赏和评判”（《读〈拉奥孔〉》），而没有给出一个现成的作为独立之学的理论体系。然而在他的著作中，精彩纷呈却散见各处，注重于具体文艺事实却莫不“理在其中”，只有经过条理化和理论化的认真梳理和概括，才能加深体认和领悟，也才能在更深广的范围内发挥其作用。研读他的著述，人们确实能感受到其中存在着统一的理论、概念、规律和法则，存在着一个互相“打通”、印证互发、充满活泼生机的体系。②

的确，钱锺书不自觉地创建了自己独具一格的思想体系，相信随着时间的推移，它所焕发出的价值和意义会被越来越多的人认识、研究，它对于学术建构的启迪作用也将在今后的学术发展中逐步凸显出来。

总的来说，钱锺书的文学思想的理论形态既是非体系的又是自成体系的。既要看到它尊重现象、不厌琐碎、随意从容、挥洒自如的一面，又要能从这种表面的零散之中深窥其“雕炼之精功、经营之惨谈”所展现出的内在的统一性和体系性。这两方面相反相成，构成一种悖论性存在，显示出钱锺书文学思想内在的张力。

---

① 见陈子谦《钱锺书文艺批评的哲学基础》，《论钱锺书》，广西师范大学出版社 2005 年版。

② 王水照：《记忆的碎片——缅怀钱锺书先生》，见李明生、王培元编《文化昆仑：钱锺书其人其文》，人民文学出版社 1999 年版，第 99 页。

第二章 文学的定指:“文学性”

雷内·韦勒克曾说:“有些永久性的问题直到今天仍然存在……现代批评可以说是老问题不断被重新发现的过程”[①]。“文学是什么”或者说文学的本质,即是这样一个不断被翻新的老问题。

之所以这样,是因为文学乃是一种意识形态,本质上是主观的、不确定的,无法像客观的自然物一样给出一个准确的界定。伊格尔顿认为“文学具有永远给定的和经久不变的‘客观性’”的念头,不过是一种幻觉[②]。钱锺书也曾多次在文章中感叹此问题犹如“天童舍利,五色无定,随人见性,向来定义,既苦繁多”,因此他不想“参之鄙见,徒益争端”。不过他同时又认为,“文学虽无定义”,但还是“有识共赏”“固有定指”[③] 的。

那么,在钱锺书那里,文学的“定指”涵括一些什么内容呢?

第一节 文学是心理状态的表现

一 文学“表示出一种心理状态”

钱锺书曾给西班牙著名哲学家加赛德教授的哲学著作《现代论衡》写过一篇书评,认为此书“尤其是研究历史哲学的人不可不读的东西”。

此书的一个中心观点是,“以为一个时代中最根本的是它的心理状态

① [美]雷内·韦勒克:《近代文学批评史》(第5卷),章安琪、杨恒达译,中国人民大学出版社1991年版,第XIV页。

② [美]特雷·伊格尔顿:《二十世纪西方文学理论》,伍晓明译,北京大学出版社2007年版,第10页。

③ 钱锺书:《写在人生边上·人生边上的边上·石语》,生活·读书·新知三联书店2002年版,第92页。

(ideology)，政治状况和社会状况不过是这种心理状态的表现”。钱锺书认为这一点“不无道理”，而且告诫那些一般地把政治状况和社会状况认为是思想或文学造因的人，“尤其要知道这个道理”。从此出发，他以为“与其把政治制度、社会形式来解释文学和思想，不如把思想和文学来解释实际生活，似乎近情一些”。因为“政治、社会、文学、哲学至多不过是平行着的各方面，共同表示出一种心理状态，至于心理状态之所以变易，是依照着它本身的辩证韵节（dialectical rhythm)，相反相成，相消相合，政治、社会、文学、哲学跟随这种韵节而改变方式。从前讲‘时代精神’，总把时代来决定精神，若照以上所说的观点看来，其实是精神决定时代的——spirit taking its time，结果未必不同，重心点是换了位置了”。[①] 在《中国文学小史序论》中，他再一次强调：“鄙见以为不如以文学之风格、思想之型式，与夫政治制度、社会状态，皆视为某种时代精神之表现，平行四出，异辙同源，彼此之间，初无先因后果之连谊，而相为映射阐发，正可由以窥见此种时代精神之特征”[②]。

这篇文章，特别是上述文字历来被学界忽视，很少有人加以深细讨论和抉发。其实它反映了钱锺书对文学的本质认识，其中心点可归结为“一个时代中最根本的是它的心理状态”，因而一切人类文化都是一种心理形式，或者说，是心理状态的表现，平行四出，异辙同源，不存在直接的因果决定关系，因此以某种文化形式去解释另外一种文化形式的做法是不合情理的。单就文学而论，认为文学是心理状态的表现，或者说文学是一种心理形式，无疑是符合文学史事实的。

丹麦著名的文学理论家勃兰兑斯曾指出：“文学史，就其最深刻的意义来说，是一种心理学，研究人的灵魂，是灵魂的历史。”[③] 确实，不论中国文学，还是外国文学，乃至整个世界文学历史，都可以说是展示人类的生活，表现人类的情感思想，研究人类的心理的历史。基于这一点，钱锺书将文学与社会、政治、哲学、历史等人文学科沟通了起来。这在其学术实践中，有着鲜明体现。在批评章实斋六经皆史观念时，他指出：

> 典章制度，可本以见一时之政事；六经义理，九流道术，征文考

---

① 钱锺书：《写在人生边上·人生边上的边上·石语》，生活·读书·新知三联书店2002年版，第281—282页。

② 同上书，第99—100页。

③ ［丹］勃兰兑斯：《十九世纪文学主流·流亡文学》（第一分册），张道真译，人民文学出版社1980年版，第2页。

献，亦足以窥一时之风气。道心之微，而历代人心之危著焉。故不读儒老名法之著，而徒据相斫之书，不能知七国；不究元庆祐元之学，而徒据系年之录，不能知两宋。龚定庵《汉朝儒生行》云："后世读书者，勿向兰台寻。兰台能书汉朝事，不能尽书汉朝千百心。"断章取义，可资佐证。阳明仅知经之可以示法，实斋仅识经之为政典，龚定菴《古史钩沈论》仅道诸子之出于史，概不知若经若子若集皆精神之蜕迹，心理之征存，综一代典，莫非史焉，岂特六经而已哉。①

不难理解，这里虽谈的是史学问题，但指涉的却是一切人文社科。就一种广泛的意义上说，一切人类文化创造皆可视为"史"，因为它们无不反映了人类的心理和精神，无不演示着人类心理、情绪和精神变化之轨迹，都是心灵史、情绪史、精神史，只不过在类别上存在广度和深度的差异罢了。"夫稗史小说、野语街谈，即未可凭以考信人事，亦每足据以觇人情而徵人心"，因此"采及葑菲，询于刍荛，固亦史家所不废也"。②

不仅如此，在钱锺书看来，人类体验世界的方式及其所形成的一切观念也都是情感化、心理化和诗化的。在《中国固有的文学批评的一个特点》一文中，他在谈到中国古代的人化批评时，由文学批评的人化情感化，进而引申至一切人类文化的人化和情感化：

一切艺术鉴赏根本就是移情作用……人化文评只不过是移情作用发达到最高点的产物。其实一切科学、文学、哲学、人生观、宇宙观的概念，无不根源于移情作用。我们对于世界的认识，不过是一种比喻、象征的、像煞有介事的（als ob）、诗意的认识。用一个粗浅的比喻，好像小孩子要看镜子的光明，却在光明里发现了自己。人类最初把自己沁透了世界，把心钻进了物，建设了范畴概念；这许多概念慢慢地变硬变定，失掉本来的人性，仿佛鱼化了石。到自然科学发达，思想家把初民的认识方法翻了过来，把物来统制心，把鱼化石的科学概念来压塞养鱼的活水。③

---

① 钱锺书：《谈艺录》，生活·读书·新知三联书店 2002 年版，第 659—660 页。

② 钱锺书：《管锥编》（第一卷），生活·读书·新知三联书店 2001 年版，第 443 页。

③ 钱锺书：《写在人生边上·人生边上的边上·石语》，生活·读书·新知三联书店 2002 年版，第 131 页。

钱锺书之所以谈到原始初民，就是要从人类学的维度回到人的本质。在人居住的世界里，一切皆被人对象化，无不打上了人的情感的烙印。人类学的研究指出，原始初民的思维是一种神话思维、诗的思维，对事物的认识是情感的、诗的。关于这一点，卡西尔曾有过很精辟的论述：

> 原始人是不会忘记这一点的，他们的全部思想和全部感情都仍然嵌入于这种更低的原初层中。他们的自然观既不是纯理论的，也不是纯实践的，而是交感的（sympathetic）。如果我们没有抓住这一点，我们就不可能找到通向神话世界之路。神话的最基本特征不在于思维的某种特殊倾向或人类想象的某种特殊倾向。神话是情感的产物，它的情感背景使它的所有产品都染上了它自己所特有的色彩。原始人绝不缺乏把握事物的经验区别的能力，但是在他们关于自然与生命的概念中，所有这些区别都被一种更强烈的情感湮没了。他们深深地相信，有一种基本的不可磨灭的生命一体化（solidarity of life），沟通了多种多样形形色色的个别生命形式。[①]

原始人"关于自然与生命的概念"，被情感"湮没"，因而他们对于事物的认识是情感的、心理的，换言之是移情的。因此原始人的文化，基于情感，而勾连相通，混沌一体。随着思维的发展，人类文化融会贯通这一事实并没有根本的改变，原始的神话思维仍然存在，只不过渗进了更多清晰的意识和思想，即所谓"科学概念"；没有再让情占据了主宰。而情感、意识和思想都是人类的心理或心理的产物。因此，移情与唯心论在本质上是一致的，"移情作用跟泛客观（pan-objectivism），行为主义跟唯心论，只是一个波浪的起伏，一个原则的变化。"[②] 一切人类文化包括文学，都是人类心理的表征。只不过，"融会贯通之终事每发自混淆变乱之始事"[③] 而已。

在《谈艺录·序》中，钱锺书指出，"东海西海，心理攸同"[④]，而且在致一位朋友的信中阐述"打通"的学术方法论时，他也表明此方法

---

① ［德］恩斯特·卡西尔：《人论》，甘阳译，上海译文出版社1985年版，第135页。

② 钱锺书：《写在人生边上·人生边上的边上·石语》，生活·读书·新知三联书店2002年版，第131页。

③ 钱锺书：《管锥编》（第一卷），生活·读书·新知三联书店2001年版，第511页。

④ 钱锺书：《谈艺录·序》，生活·读书·新知三联书店2001年版。

的一个重要目的就在于："阐发古诗文中透露之心理状态"[1]。之所以有此认识，显然与其关于文学是一种心理状态的表现的理念是分不开的。

二 与马克思主义"审美意识形态"观的比较

文学是人类心理状态的表现，是钱锺书关于文学的最基本也是最一般的认识，这是就文学和其他人文社科的共同性特征而言。除此之外，文学还具有属己的内涵，它不但是心理的存在，也是一种审美的事实：

> 他学定义均主内容，文学定义独言功用——外则人事，内则心事，均可著为文章，只须移情动魄——斯已歧矣！他学定义，仅树是非之分；文学定义，更严美丑之别，雅郑之殊——往往有控名责实，宜属文学之书，徒以美不掩丑，瑜不掩瑕，或则以落响凡庸，或乃以操调险激，遂皆被屏不得与于斯文之列——存在判断与价值判断合而为一，歧路之中，又有歧焉！[2]

文学是"存在判断与价值判断合而为一"，这决定了文学内涵的复杂性，立足于其中任何一个角度都可以给文学下定义，以致"向来定义，既苦繁多"。因而钱锺书放弃了给文学下定义的诉求。这里，"人事""心事""移情动魄"等语显示文学是一种心理的存在。"更严美丑之别，雅郑之殊"之语，表明文学更是一种价值或者说审美现象。

在《释文盲》一文中他称欠缺美感，对诗文的美丑高低，毫无欣赏和鉴别的人为价值盲[3]；显然，这里所言的"价值判断"实际就是审美判断。根据上面内容，不难得出这样一个结论，即文学不仅是一种心理状态的表现，更是一种审美的事实和存在，概言之，文学是心理性和审美性的统一。

由前节所引，我们注意到，钱锺书所谈"心理状态"，对应的英文名词是"ideology"，德文则是"ideologie"。它们现在通行的中文翻译是"意识形态"，"意识形态（ideology）是马克思主义理论中最具有活力的

---

① 钱锺书致郑朝宗，"钱锺书研究"编辑委员会：《钱锺书研究》（3），文化艺术出版社1992年版，第299页。

② 钱锺书：《写在人生边上·人生边上的边上·石语》，生活·读书·新知三联书店2002年版，第92页。

③ 同上书，第47—48页。

概念范畴之一”。[1]

钱锺书所谓“心理状态”和马克思主义的“意识形态”概念，既然词源相同，那么意义是否一致？它们有何相似点？差别又是什么呢？进一步说，文学是心理性和审美性的统一，是否可以理解为马克思主义的文学本质论：文学是一种审美意识形态？要回答这些问题我们必须先对现代以来、直到目前仍在流行的“意识形态”以及“审美意识形态”这两个概念做一番梳理。

马克思在《〈政治经济学批判〉序言》中指出：

> 人们在自己生活的社会生产中发生一定的、必然的、不以他们的意志为转移的关系，即同他们的物质生产力的一定发展阶段相适合的生产关系。这些生产关系的总和构成社会的经济结构，既有法律的和政治的上层建筑竖立其上并有一定的社会意识形式与之相适应的现实基础。物质生活的生产方式制约着整个社会生活、政治生活和精神生活的过程。不是人们的意识决定人们的存在，相反，是人们的社会存在决定人们的意识。[2]

这段语录是马克思关于人类文化关系的最经典的论述之一，历来被人们高度重视和反复援引。它不但阐明了存在决定意识的认识论，同时也给我们指出了艺术的意识形态性。中国当代新时期以来的文学审美意识形态论的“原点”即在于此。按照马克思的观点，艺术（包括文学）是由经济基础决定的“一定的社会意识形式”之一，这里的意识形式，“简言之，意识形态的形式”[3]，它与哲学、宗教等其他的意识形态形式以及政治、法律制度一起组成“由各种不同情感、幻想、思想方式和世界观构成整个上层建筑”[4]。“意识形态”（ideology）一词原初是观念学的意思，在马克思主义的理论框架里则是指反映“社会中的人的心理”的“各种

---

① 童庆炳等编：《文学理论教程》，高等教育出版社2004年版，第57页。

② 中共中央马克思、恩格斯、列宁、斯大林著作编译局编译：《马克思恩格斯全集》（第13卷），人民出版社1962年版，第8页。

③ 中共中央马克思、恩格斯、列宁、斯大林著作编译局编译：《马克思恩格斯选集》（第2卷），人民出版社1995年版，第32页。

④ 中共中央马克思、恩格斯、列宁、斯大林著作编译局编译：《马克思恩格斯选集》（第1卷），人民出版社1995年版，第611页。

思想体系”[①]，也就是指在一定经济基础上形成的对于世界和社会的系统的看法或见解。

意识形态多种多样，具体不一。苏联美学家阿·布罗夫指出：“‘纯’意识形态原则上是不存在的。意识形态只有在各种具体的表现中——作为哲学的意识形态、政治意识形态、法律意识形态、道德意识形态、审美意识形态——才会现实的存在。”[②] 审美意识形态是这些具体的意识形态之一，“文学正是这样一种审美的意识形态”。[③]

在中国，把文学看成审美意识形态，主要是80年代以来马克思主义文艺理论研究的成果，虽然对这一认识有着不同的意见和看法，且这一问题在新世纪以来引起了很大争鸣[④]，但在多数学者那里还是达成了共识，成为一种主流文艺观念[⑤]。

由上所论，结合钱锺书关于“ideology”意义的理解，以及他对文学的认识，不难看出两者之间存在一定的相通性：其一，钱锺书与马克思主义意识形态论者都认为，“ideology”与“心理”密切相关，或指称一种心理状态，或表示一种社会心理，即如普列汉诺夫在对马克思的《〈政治经济学批判〉序言》进行阐述所得出的著名的五项因素论，就指出意识形态是对社会心理的反映。而在另一处他又一再强调“所有的意识形态都有一个共同的根源：这个时代的心理”，“艺术最直接地受社会人的心理的制约和决定”。[⑥] 可见两者在心理内涵这一点上是一致的。

其二，他们都不是“为文学而文学”的文学绝对论者，都充分考虑审美之外其他因素的文学构成性，尽管具体内涵有所不同，但在思维方式上却是相同的，一者强调文学是心理与审美的合而为一，一者主张审美与

---

① ［俄］普列汉诺夫：《普列汉诺夫哲学著作选》（第3卷），生活·读书·新知三联书店1974年版，第195页。

② ［苏］阿·布罗夫：《美学：问题和争论》，凌继尧译，上海译文出版社1988年版，第41页。

③ 童庆炳等编：《文学理论教程》，高等教育出版社2004年版，第58页。

④ 董学文、李志宏等学者就这一问题发表了不同意见，他们认为钱中文、童庆炳等学者对马克思主义“原点”，以及“意识形态”概念存在曲解、误释，把“意识形态”概念“泛化”，他们以为与其把文学称为“审美意识形态”，不妨界定为“可以具有意识形态性的审美社会意识形式”或“审美意识形式的语言艺术创造”。参见董学文、凌玉建《文学本质界定中“意识形态术语复义考略”》，《苏州大学学报》2009年第1期。这些争鸣意见和文章可参见董学文、李志宏主编《文艺意识形态学说论争集》，吉林大学出版社2009年版。

⑤ 童庆炳等编：《文学理论教程》，高等教育出版社2004年版，第58页。

⑥ 转引自维戈茨基《艺术心理学》，上海文艺出版社1985年版，第9—10页。

意识形态的统一。这种以辩证的眼光，周匝全面地看待事物的认识论，是两者的一个突出共同点。其三，依照美国文艺思想家 M. H. 艾布拉姆斯解释文学的四要素理论，钱锺书与马克思主义关于文学的认识都是基于宇宙要素来解释文学的，一个强调人的因素，一个强调物的作用，他们以此为出发点，来提取他们解释、区分和分析艺术作品的主要范畴，以及鉴定作品价值的主要标准。这也是他们的相同之处。

不过，“即使有多种理论一致认为，规范作品的首要制约力在于它所表现的世界，这其中也可区分出从崇尚最坚定的现实主义到推崇最缥缈的理想主义这样迥然不同的派别来。”[①] 钱锺书对文学之认识与马克思主义文论，虽有相似之处，却又是不尽相同的，它们之间实际上存在较大差别。

首先，在钱锺书那里，“ideology”直接指称的就是心理状态，文艺是对之的“表示”和反映，而在马克思主义那里，“ideology”则是指包括文艺在内的意识形态，其本身并不是社会心理，意识形态只是它的反映形式。所谓的上层建筑实际包括社会意识形态和社会心理两个层次：“在生存的社会条件上，耸立着由各种不同情感、幻想、思想方式和世界观构成的整个上层建筑。”[②] 很明显，情感、幻想即社会心理，它与思想方式和世界观所代表的意识形态区别开来。

其次，两者在社会中的地位不同，钱锺书所理解的“ideology”是一种“心理状态”或者说“时代精神”，是“一个时代中最根本的”东西，政治状况、社会状况，以及一切人文社科都是它的表现，“心理状态之所以变易，是依照着它本身的辩证韵节（dialectical rhythm），相反相成，相消相合，政治、社会、文学、哲学跟随这种韵节而改变方式。”[③] 这表明心理状态并非单纯由物质和社会生活支配，而是独立自在，具有神秘意味。而“意识形态”却是建筑在经济基础之上的上层建筑，它的发生发展由经济基础决定，虽然也可以影响和反作用于经济基础，但是不能根本改变经济基础制约之事实，更不能脱离经济基础独立存在。而在钱锺书那

① ［美］M. H. 艾布拉姆斯：《镜与灯——浪漫主义文论及批评传统》，郦稚牛、张照进、童庆生译，北京大学出版社 1989 年版，第 6 页。

② 中共中央马克思、恩格斯、列宁、斯大林著作编译局编译：《马克思恩格斯选集》（第 1 卷），人民出版社 1995 年版，第 611 页。

③ 钱锺书：《写在人生边上·人生边上的边上·石语》，生活·读书·新知三联书店 2002 年版，第 281—282 页。

里，不是“时代来决定精神”，而是“精神决定时代”。[①] 位置不同，地位也不同。

最后，钱锺书概念中的心理状态是一个泛化的概念，是超阶级的，不具有倾向性，指的是整个社会和时代的心理和意识，而不是由经济基础状况决定的某阶级的意识。而“意识形态”概念恰恰就体现出思想和情感的阶级倾向性，正如有学者指出，在马克思主义看来，“凡是意识到生产方式内部生产力和生产关系的矛盾‘冲突并力图把它克服’，即直接或间接地反映一定经济基础的要求，为保持或改变某一经济基础服务，因而也直接或间接地体现一定阶级、阶层或社会集团和人民群众的利益和愿望，具有鲜明的阶级（在阶级社会中）倾向性和政治（作为经济的集中表现，在无阶级社会中也有政治）倾向性的社会意识形式，都属于社会意识形态的范畴，比如政治、法律、道德、宗教、哲学、艺术等等。”[②] 可见，意识形态这一范畴在马克思主义语域里是带有很强的倾向性的。

综上所论，钱锺书与马克思主义及其文艺理论家对文学的理解，既在“心理”这一层面上存在沟通之处，也在思维方式及解释文学的角度上存在一致性，但在关于概念的理解、文学在社会结构中的地位及其倾向性等问题的认识上又存在根本差异。

从这种比较中，因其同，可看出钱锺书对文学的开放性认识，即在心理层面上将文学与其他人文社科沟通起来，有利于我们拆除那种以“保卫专题研究”为由，在文学和非文学学科之间，画地为牢、自我设限所构筑起来的学科壁垒。因其异，可深窥钱锺书对文学自律、自主、自足性的极度强调，对于突出文学独立之品格以及学科地位之确立，避免文学沦为政治、哲学、社会学等人文社科的附庸之危险，具有不容抹杀的意义。诚如美国学者 E. 冈恩指出，钱锺书对文学看法的“关键之处，是要使文学从历史的或意识形态的功利观中，取得独立地位”[③]。

三　对实证主义社会学文学观的“负”模仿

钱锺书曾指出：“一个艺术家总在某些社会条件下创作，也总在某种文艺风气里创作。这个风气影响到他对题材、体裁、风格的去取，给予他

① 钱锺书：《写在人生边上·人生边上的边上·石语》，生活·读书·新知三联书店 2002 年版，第 282 页。

② 梁胜明：《关于文学艺术本质与特征问题再探讨——与董学文、马建辉、李志宏等同志商榷》，《甘肃高师学报》2007 年第 3 期。

③ ［美］胡志德：《钱锺书》，张晨等译，中国广播电视出版社 1990 年版，第 61 页。

以机会，同时也限制了他的范围。就是抗拒或背弃这个风气的人也受到它负面的支配，因为他不得不另出手眼来逃避或矫正他所厌恶的风气。正像列许登堡所说，模仿有正有负，‘反其道以行也是一种模仿’；圣佩韦也说，尽管一个人要推开自己所处的时代，但仍要和它接触，而且接触得很着实。”①

钱锺书对于“什么是文学的看法，是从中西观念的一种广泛融合中形成的”②。由前所引，我们知道钱锺书关于文学是心理状态的表现一说来自西班牙哲学家加塞德，而加塞德在德国留学多年，是马堡大学著名新康德派哲学家柯亨的高徒，深受康德思想影响。其“心理状态之所以变易，是依照着它本身的辩证韵节（dialectical rhythm），相反相成，相消相合，政治、社会、文学、哲学跟随这种韵节而改变方式”所表现出的神秘倾向和不可知论色彩，无疑与康德哲学有着某种内在联系。揆之《谈艺录》、《管锥编》，可知钱锺书对康德非常了解和熟悉，他对加塞德思想的理解、评价和发挥，实际也反映出康德思想影响的痕迹。已有的钱学研究成果也表明，其文学理念与康德以降，叔本华、尼采延其后，形式主义、象征主义承其绪的强调文学自律自足的纯文学文艺传统有着密切关联③，可说是对后者“正仿”之结果。但只要我们认真考察中国现代文艺思想的现实面貌，以及钱锺书与之的微妙关系，就不难看出，它也可谓“反仿”之产物。

在现代中国，由于特定的社会发展状况及思想启蒙的现实需要，中国现代文学在引进西方近代文艺思想时，接受得更多的是以反映论为根基的社会学文艺观，社会学文艺观构成了中国现代文学乃至整个20世纪中国文学观念的主流。④ 按照M. H. 艾布拉姆斯解释文学的四要素理论，社会学文艺观是从宇宙的角度来分析和解释文艺现象和定义文学的方法的突出代表，把文学现象看作是一定社会历史条件下的产物，着重研究文艺和社会的关系，它如何受社会制约和如何发挥社会作用。⑤ 其积极之处是能充分注意文学产生的社会环境和现实生活内容，局限是往往忽视艺术自身的审美复杂性以及人的个性和心理因素，以社会意识性取代或吞噬审美性，

---

① 钱锺书：《七缀集》，生活·读书·新知三联书店2002年版，第1—2页。

② ［美］胡志德：《钱锺书》，张晨等译，中国广播电视出版社1990年版，第61页。

③ 参见季进《钱锺书与现代西学》，上海三联书店2001年版；胡河清《真精神与旧途径》，河北教育出版社1995年版。

④ 宋剑华、陈剑辉主编：《20世纪中国文学批评史》，海南出版社2003年版，第31页。

⑤ 童庆炳、程正民主编：《文艺心理学教程》，高等教育出版社2001年版，第8页。

从而使文学丧失自主和独立地位。以泰纳的实证主义和马克思主义为代表的社会学文艺观，特别是它们的恶性发展——庸俗社会学，在中国现当代的审美实践可以清楚地证明这一点。

钱锺书对社会学文艺观的反驳主要针对泰纳的三因素理论展开。他曾在文本中一再对“时代精神”和“地域影响”等语予以批评，其中往往有着自己独特的理论发挥。在《中国文学小史序论》一文中，谈到文学的起因时，他说道：

> 本书叙述，不详身世（milieu）；良以苦于篇幅狭短，姑从舍弃。而硁硁之愚，窃谓当因文以知世，不宜因世以求文；因世以求文，鲜有不强别因果者矣！Taine之书，可为例禁。且文学演变，自有脉络可寻，正不必旁征远引，为枝节支离之解说也。忆史家G. M. Trevelyan：Clio：A Muse文集中曾言历史现象，往往因同果异，不归一律；同一饥馑也，或则使人革命，或则使人待毙。此亦不揣其本之说。饥馑之外，当有无数适逢其会之人情世事（Variables），或隐或显，相克相生，互为函系（function），故非仅果异，实由因殊，特微茫繁赜，史家无以尽识其貌同心异之处耳。每见文学史作者，固执社会造因之说，以普通之社会状况解释特殊之文学风格，以某种文学之产生胥由于某时某地；其臆必目论，固置不言，而同时同地，往往有风格绝然不同之文学，使造因止于时地而已，则将何以解此歧出耶？盖时地而外，必有无量数影响势力，为一人之所独具，而非流辈之所共被焉。故不欲言因果则已，若欲言之，则必详搜博讨，而岂可以时地二字草草了之哉！由前之说，则妄谈因果，乖存疑之诫，是为多事；由后之说，则既言因果，而不求详密完备，又过省事矣。[①]

这里的“Taine”即泰纳。此段文字对社会学文艺观特别是泰纳的实证主义三因素理论的简单因果率、社会决定论的批评，可谓剔心析骨、入木三分。它“反对一味堆砌毫无联系的事实，反对那种方法的整个理论依据，即文学应当通过自然科学的方法，通过因果关系，通过诸如泰纳的种族、时代、环境这一著名口号所规定的那些外在的决定性因素来解释”[②]。接下

① 钱锺书：《写在人生边上·人生边上的边上·石语》，生活·读书·新知三联书店2002年版，第99页。

② R. Wellek, *The Revolt against Positivism in Recent European Literary Scholarship*, *Concepts of Criticism*, City of New Haven: Yale University Press, 1963, p. 256.

来，钱锺书从具体作品的发生和审美评判的角度，进一步指出：

> 又有进者，时势身世不过能解释何以而有某种作品，至某种作品之何以为佳为劣，则非时势身世之所能解答，作品之发生，与作品之价值，绝然两事；感遇发为文章，才力定其造诣，文章之造作，系乎感遇也，文章之造诣，不系乎感遇也，此所以同一题目之作而美恶时复相径庭也。社会背景充量能与以机会，而不能定价值；文学史家往往笼统立说，一若诗文之佳劣，亦由于身世，则是下蚕室者皆可为司马迁，居马厩者皆可为苏颋，而王世贞《文章九命》之作推之于普天下可也。①

文学是审美性和心理性的统一，既是一种存在判断又是一种价值判断，纯然从社会学的角度机械地看待文学的发生发展、评判文学的价值，无疑把问题简单化了，由此归谬，就会得出“下蚕室者皆可为司马迁，居马厩者皆可为苏颋，而王世贞《文章九命》之作推之于普天下可也”的荒诞结论来。泰纳的症结在于忽视了文学的心理和审美的复杂性。基于此，钱锺书郑重推出来源于加赛德的文学主张：文学乃心理状态的表现。这种表现论也是以“宇宙”的要素为中心来解释文学的一种方法，但他强调的是“人”的要素，而不是“物”的要素，是对人的心理和精神的表现，而不是对社会、经济和政治的反映。钱锺书的“谨慎”，实际上是强调要充分考虑文学的审美性和“文学性”，所以他主张文学史治史原则，应“‘以能文为本’，不当‘以立意为宗’”②。

在后来的《谈艺录》中，在结穴之篇“概难一论”的结尾之处，他还对社会学文艺观的绝对论、决定论倾向，提出批评：“‘诗画一律’，人之常言，而吾国六艺六法，标准绝然不同。学者每东面而望，不睹西墙，南向而视，不见北方，反三举一，执偏概全。将‘时代精神’、‘地域影响’等语，念念有词，如同禁咒。”③“概难一论”观即是对绝对论、决定论的反驳，而这也正是此书，乃至于钱锺书所有著述的一个重要主题。直到晚年，他还在不厌其烦地批评实证主义的方法论，指责它以科学方法介入文学，喧宾夺主，僭夺了文学的审美性。从钱锺书对“时代精神”、

① 钱锺书：《写在人生边上·人生边上的边上·石语》，生活·读书·新知三联书店 2002 年版，第 100 页。

② 同上。

③ 钱锺书：《谈艺录》，生活·读书·新知三联书店 2001 年版，第 734 页。

"地域影响"等语以及实证主义方法论的纠缠不放、一再批评之行为中，不难窥见泰纳等人的社会学文艺思想在当时中国文艺界的影响之大、之深。在一定意义上，钱锺书的文学观念正是在反叛、"矫正"和根除他所"厌恶"的此种社会学文艺"风气"基础之上建立起来的。

稍通西方现代文学理论发展史的人就会知道，对19世纪后期热衷于从文学的外部因素和历史原因解释文学的实证主义的反叛，是20世纪西方文论的一个主导倾向，就是把文学研究的重点从文学的外部环境转移到对文学的审美性的分析和考察。甚至可以说，这是文论史上的又一次"哥白尼式的革命"。从此开始，人们逐渐认识到，文学批评的出发点应是文学的"文学性"，或者说"审美性"，其任务就是揭示文学作品的基本构成，探寻文学演变的自身规律，将文学从历史学、社会学、政治学和思想史的附庸地位解放出来。[①] 显然，从整个世界范围来说，钱锺书的理论乃是这一实证主义反叛潮流的一个有力组成部分。

总而言之，钱锺书视文学为心理状态的表现，在心理层面上将文学与人类一切文化形式沟通起来，形成了一种开放的文学观念，同时他又不忽视文学作为艺术的审美性特点，"以能文为本"，不"以立意为宗"，从而将文学的心理性和审美性合二为一，构成了一种对文学的全面而深刻的认识。

第二节　文学应"以能文为本"

钱锺书认为治文学史，应以"能文为本"，其中的"文"，显然就是指文学的"文学性"或者说"审美性"。关于这一点，可以从以下三个方面进行理解。

一　"诗也者，有象之言"

钱锺书曾对哲学著作《易经》之象和文学文本《诗经》之喻的异同展开过讨论。他认为《易》之拟象尽义与《诗》之托物寓旨，理有相通，即都通过形象来表现思想情感：

---

① R. Wellek, *The Revolt against Positivism in Recent European Literary Scholarship*, *Concepts of Criticism*, City of New Haven: Yale University Press, 1963, p. 256.

> 按《系辞》上:"圣人有以见天下之赜,而拟诸形容,象其物宜,故谓之象。"是"象"也者,大似维果所谓以想象体示概念。盖与诗歌之托物寓旨,理有相通。[①]

中国哲学典籍《易》所谓"立象以尽意",立足于语言表达,表明原初的语言是形象化的,用语言学家的话说,原始的语言是隐喻的。这一点与维柯观念类似,揭橥了语言的形象性,但在维柯看来,这种现象本身就体现一种诗性思维或智能,与人类的童年联系在一起,而非来源于智慧发达的圣人。他说:"原始人就像人类的儿童,他们对于事物还不会构成理智的类概念,因此他们有一种自然的需要去创造诗意的人物。这种人物就是以形象来表示的类概念或普遍概念。"[②] 而《易》之所谓象,只是表明了一种语言手段,并非文学手法。钱锺书以为《易》之拟象形容与"诗歌之托物寓旨""理有相通",实际是以维科的观念来照明《易》之"象",表明"象"在本质上具有诗性特征。

钱锺书看到了文学和哲学在隐喻性表达上的内在联系,但并没有将两者等同起来,只是说"理有相通",这就给两者的独立性和自律性留下了余地。事实上,将两者混为一谈、等同一体的观点,无论中西,都是存在的。比如清代大学者章学诚就这样说道:

> 象之所包广矣,非徒《易》而已……《易》象虽包《六艺》,与《诗》之比兴,尤为表里。[③]

章学诚的观点无疑是对《易》相关观点的发挥,由一般的语言表达问题,《易》自身的语言表达问题,扩展到了一切语言文化现象,尤其是将之与《诗》的比兴联系起来。可见章学诚已经注意到了《易》之象的诗性特征。然而"尤为表里"的说法,却又将两者完全等同了起来。这就把问题推向了极端。这一点与西方现代自尼采以来的诗化哲学潮流不谋而合。A. 齐斯曾不无绝对地说:"哲学思想的艺术化,是 20 世纪所特有的一种现象。"[④] 存在主义哲学家直接把小说示为形象的哲学,在他们那

---

① 钱锺书:《管锥编》(一),生活·读书·新知三联书店 2001 年版,第 19 页。

② [意] 维柯:《外国理论家作家论形象思维·维柯》,钱锺书译,《写在人生边上·人生边上的边上·石语》,生活·读书·新知三联书店 2002 年版,第 414 页。

③ 钱锺书:《管锥编》(一),生活·读书·新知三联书店 2001 年版,第 20 页。

④ 转引自舒建华《论钱锺书的创作》,《文学评论》1997 年第 6 期。

里，“小说从来都是形象的哲学，在一部好的小说里，其全部哲学都融汇在形象之中。”[①] 解构主义者德里达在《白色的神话》一书中甚至宣称，哲学作品中并不仅仅是存在作为文学性的象征的隐喻，用来帮助说明某些概念，相反，哲学本身是一门深深植根于隐喻的科学，假如把其中的隐喻或者说文学性清除出去，哲学本身势将空空如也，一无所剩。因而，哲学的症结在于它不似文学那样清楚地意识到自身的隐喻性，自以为是在陈述不言而喻的公理，这其实是更加天真，是用一种“白色的神话”掩饰了它的真实面目。[②] 这就不再仅仅是说，文学是形象的哲学，而是表明哲学本质上是一种隐喻，是文学。这种理念无疑与尼采“想用文艺（而且尤其是文学）来取代科学作为文化的中心”[③] 的思想一脉相承。

如果说，章学诚只是将文学与哲学混淆，那么在解构主义看来，哲学是被包含在文学之内的。他们的共同之处是都走向了极端，消泯了文学与哲学的界限，从而一定程度将文学泛化，无法从根本之处将两者区分开来，以致实际取消了文学的主体性和独立身份。

正是基于这一点，钱锺书对《易》之象与《诗》之兴的比较，并非考察其同，而是分辨其异。在点出两者作为一种表达手段的相似性之后，他随即就强调指出：“然二者貌同而心异，不可不辨也。”[④]

首先，《易》之说理旨归在“用”：“理赜义玄，说理陈义者取譬于近，假象于实，以为研几探微之津逮，释氏所谓权宜方便也。古今说理，比比皆然。”这是从说理而言，而哲学的产生甚至也有赖于此：“甚或张皇幽渺，云义理之博大创辟者每生于新喻妙譬，至以譬喻为致知之具、穷理之阶，其喧宾夺主耶？抑移的就矢也！”目的转移了，用之旨归却并没有变。总的来说“《易》之有象，取譬明理也，‘所以喻道，而非道也’”。既然喻或象只是学者明理释道的工具，因此理明道释之后，便变得可有可无了：“求道之能喻而理之能明，初不拘泥于某象，变其象也可；及道之既喻而理之既明，亦不恋著于象，舍象也可。到岸舍筏、见月忽指、获鱼兔而弃筌蹄，胥得意忘言之谓也。”[⑤] 可见，喻或象在哲学等

---

① ［美］P. 蒂利希：《评让——保尔·萨特的〈恶心〉》，《文艺理论译丛》（第3辑），中国文联出版公司1985年版。

② 参见朱立元主编《当代西方文艺理论》，华东师范大学出版社2005年版，第304页。

③ 参见［美］理查·罗蒂《哲学和自然之境》，李幼蒸译，生活·读书·新知三联书店1987年版，第2页。

④ 钱锺书：《管锥编》（一），生活·读书·新知三联书店2001年版，第20页。

⑤ 同上。

学科的应用文字中，只是起着工具性作用，并没有自我指涉性。

然而并非此种工具越多越好，因为“游词足以埋理，绮文足以夺义”，不可不慎思明辨，保留“戒心”：

> 穷理析义，须资象喻，然而慎思明辨者有戒心焉。游词足以埋理，绮文足以夺义，韩非所为叹秦女之媵、楚珠之椟（《外储说》左上）。王弼之惇惇告说，盖非获已。《大智度论》卷九五《释七喻品》言，诸佛以种种语言、名字、譬喻为说，钝根处处生著。

拟喻设譬，纷繁芜杂，往往会造成云蒸雾罩之境，以致歧义丛生，莫衷一是，而读者更有以权为实，舍本逐末，假喻认作真质者，此乃“学道致知者之常弊”[①] 也。

其次，诗的情况则截然不同：

> 诗也者，有象之言，依象以成言；舍象忘言，是无诗矣，变象易言，是别为一诗甚且非诗矣。[②]

“诗也者，有象之言”翻译成白话，即是，诗歌是形象的语言，离开了形象，诗便不成其为诗了。因此，形象的改变，也就意味着诗的改变。可见，形象对于诗，是本质性的，是体而不是用。如果说，象在哲学文本中，应点到为止，否则会造成对意义的模糊和干扰，那么在文学文本中则是多多益善的：“若夫诗中之博依繁喻，乃如四面围攻，八音交响，群轻折轴，累土为山，积渐而高，力久而入，初非乍此倏彼、斗起欻绝、后先消长代兴者。”这正如克罗齐指出：“语言在诗中并不是披上的外衣，而就是诗本身……既然诗的表现始终是诗所固有的东西，始终是形象，亦即创造性幻想的产物，那么又怎么能把诗所‘固有’的语言同‘比喻性语言’，亦即出于想象的语言区别开来，加以划分呢？”[③]

总的来说，这两者的区别在于：“《易》之拟象不即，指示意义之符（sign）也”，“《诗》之比喻不离，体示意义之迹”，“不即者可以取代，

---

① 钱锺书：《管锥编》（一），生活·读书·新知三联书店 2001 年版，第 21—22 页。

② 同上书，第 20 页。

③ ［意］克罗齐：《美学或艺术和语言科学》，黄文捷译，中国社会科学出版社 1992 年版，第 100 页。

不离者勿容更张”。[①] 比喻是文学语言的根本，而只是哲学语言的工具。《诗》之喻与《易》之象的不同，反映的正是文学语言与非文学语言的区别。这个问题的探讨融入了鲜明的现代语言学意识。

众所周知，对语言性质的划分是20世纪以来语言学和文学发展的重要成果。20世纪初，瓦雷里提出日常语言与诗歌语言：散步与跳舞的著名区分。在此基础上形式主义者进一步将之理论化，雅各布森指出，一般语言以传达意义为目的，能指总是指向所指。在文学语言中，能指往往指向自身。如托多洛夫就表示：“文学就是符号指向自身，而不指向它物的能力”[②]。这些观念在钱锺书的讨论中显然有着无形渗透，给其提供了坚实的理论基础，尽管他并没有提到它。

尤其值得重视的是，钱锺书关于这两者的区分并不仅仅停留在审美的形式层面，而是将后者从作为一种人类精神性存在的家园的意义上与前者区分开来，他特别强调指出：

> 《易》之象，义理寄宿之蘧庐也，乐饵以止过客之旅亭也；《诗》之喻，文情归宿之菟裘也，哭斯歌斯、聚骨肉之家室也。[③]

哲学研究和反映的是事物的“义理”，体现的是一种理性思维，哲学文本中的比喻正是“义理”寄托和停泊的港湾：旅店、亭阁，与之相适应，它也呈现出理性色彩，因而哲学之喻作为一种语言，关涉的不是人内在的心灵状况，而是人的工具性存在，外部世界，即使这样也只是“服务性”的，而非“依存性”，不可或缺。正是从这个意义上说，它对于人的生命，只是客栈而非家园，可以暂时停留，不会有真正的归宿感。而文学之“喻”，则脱去了工具性、单一性，它以内蕴的丰富性与人的心灵世界直接沟通对接，在一种流动、开放的状态下使人的精神和灵魂进入澄明之境，充分领悟和表现存在的诗意。可见诗之喻对于人类精神和生命存在具有一种深切的关怀、抚慰和安顿作用，因此必然是人类情感、精神、灵魂永恒的也是最终的归宿和家园。显然正是在这个意义上，钱锺书将《诗》之喻看作寄寓人类精神性存在的“菟裘”和“家室”，从而揭示了诗之喻对于生命存在的本体论意义，也折射出喻在诗中的根本性地位。这

---

① 钱锺书：《管锥编》（一），生活·读书·新知三联书店2001年版，第20—21页。

② 转引自赵毅衡编译《文学符号学》，中国文联出版社1990年版，第106页。

③ 钱锺书：《管锥编》（一），生活·读书·新知三联书店2001年版，第23页。

与其一再申明的“比喻是诗的根本”[①] 的理念是高度一致的。

这种揭示可以与存在主义诗学关于语言的阐述相参照。如海德格尔说:“语言乃是存在的家园。”是人诗意地栖居之所。其弟子伽达默尔则指出:“可以被领悟的存在就是语言。”这使人们认识到,语言是人类本真生命的敞开,这种语言不仅仅是比逻辑思维更本源,而且是比认识、反思、我思以至内省、体验都更深一层的东西。因而更贴合人的生命存在。就这个意义而言,钱锺书与语言哲学的观念,是相沟通的。然而前者强调的是文学的语言,而后者则是指一切语言,或者说语言本身也是诗意的,但钱锺书恰恰从“比喻”的维度将语言做了诗的或非诗的切分,将哲学语言与诗歌语言进行区别,这可见两者是不能混为一谈的。一些学者往往不能清晰认识到这一点,而是将两者进行简单比附。甘阳曾在为卡西尔的《语言与神话》中译本所作序言中给我们梳理了一条现代语言学诗学化发展的脉络,在最后他将钱锺书的语言研究纳入到这一发展潮流中,指出:“钱锺书《管锥编》以‘周易三名’开篇,正是极其深刻地抓住了中国语言(以及中国文化)这种‘一字多义且可同时并用’的基本特征,实为《管锥编》之纲。”[②] 除此之外,已故学者胡河清将钱锺书对《易》之象意义的阐释,说成是对中国传统隐喻思维的揭示,从而据此认为钱锺书的语言研究体现出当代文化意义[③],也即契合诗学化潮流。这两者的观点是一致的,后者乃是对前者的展开。不能否认,甘阳、胡河清确实看到了钱锺书语言学研究与诗化研究相通的地方:都强调隐喻性和多义性,但可惜的是他们没有清楚意识到两者的区别。事实上钱锺书的语言研究并不是笼统地将文学语言和普通语言或日常语言视为一体,都做诗化看待,而是将两者做了严格区分和限定。恰恰不是混淆其同,而是强调之异。之所以会有此缺失,是因为他们没有真正明白与领会钱锺书虽然在方法论意义上一再表明学科的融通,但在实际的文化实践中,却更致力于学科之间的差异性的强调和揭示这一事实,这是我们犹须注意的。

二　“哀怨起骚人”

中国古代有一个很重要的文学本质观:诗可以怨,包含着丰富的美学

---

① 见陈子谦《论比喻是文学语言的根本》,《论钱锺书》,广西师范大学出版社 2005 年版。

② [德]卡西尔:《语言与神话》,于晓等译,生活·读书·新知三联书店 1988 年版,第 25 页。

③ 见胡河清《钱锺书语言研究的当代文化意义》,《真精神与旧途径》,河北教育出版社 1995 年版。

和心理学内涵。它也是钱锺书特别关注和感兴趣的一个论题。他曾结合古今中外文学史事实，对之做过充分翔实的梳理和明通畅达的阐述，在他看来，此一命题显示了情感体验对于文学创作的重要意义，所谓“哀怨起骚人”，主要包含以下两个方面：

（一）“轗轲可激思力”

最早将人生的挫折、不遇与文学相联系，并以明确的自觉意识对之进行理论概括和阐述的人是司马迁。《太史公自序》说：“昔西伯拘羑里，演《周易》；孔子厄陈、蔡，作《春秋》；屈原放逐，著《离骚》；左丘失明，厥有《国语》；孙子膑脚，而论兵法；不韦迁蜀，世传《吕览》；韩非囚秦，《说难》《孤愤》；《诗》三百篇，大抵贤圣发愤之所为作也。此人皆意有所郁结，不得通其道也，故述往事，思来者。”《报任安书》也有类似的表达，只是“不复道屈原、韩非等而重言左氏、孙子”，这是因为这两人也都身体废残，与自己遭遇相同，“气类之感更深也”[①]，两者历数了古来的大著作的写作缘起，深刻表明文学作品“大抵圣贤发愤之所为作也”，而且作《诗》者都是“有所郁结”的伤心不得志之士，诗歌也“大抵”是“发愤”的悲鸣或怒喊了[②]。

钱锺书指出，这一点，早在司马迁之前的《孟子》、《荀子》中已畅言之。不过孟、荀只是泛论德慧心志，而司马迁“始以此专论文词之才”[③]。

自此之后，“撰述每出于侘傺困穷，抒情言志尤甚”，从汉代以来，成为文人墨客谈文说艺之“共谈”和“惯论”。如桓谭《新论·求辅》：“贾谊不左迁失志，则文彩不发，……扬雄不贫，则不能作《玄》《言》”；赵岐《〈孟子〉章句·题辞》：“余困吝之中，精神遐漂，靡所济集，聊欲系志于翰墨，得以乱思遗老也”；钟嵘《诗品》上《汉都尉李陵》说：“生命不谐，声颓身丧，使陵不遭辛苦，其文亦何至此！”[④] 等等，皆可以说胚胎于司马迁“《诗》三百篇大抵发愤所为作”一语。由此钱锺书总结指出：“轗轲可激思力，牢骚必吐胸臆”[⑤]，深刻表明，失意、不遇等缺失体验能够激发文学的内在审美动力。

从本质上说，文学是对生命之存在状态和意义的阐释和表达，但生命之存在的状态和意义只有在体验中才能被充分而有效地显现和敞开。伽达

---

① 钱锺书：《管锥编》（三），生活·读书·新知三联书店 2001 年版，第 1490 页。

② 钱锺书：《七缀集》，生活·读书·新知三联书店 2002 年版，第 116—117 页。

③ 钱锺书：《管锥编》（三），生活·读书·新知三联书店 2001 年版，第 1490 页。

④ 同上。

⑤ 同上书，第 1491 页。

默尔指出，“生命就是在体验中所表现的东西”[①]。在狄尔泰看来，“生命客观化于意义的构成物中”，“体验概念构成了对客体的一切知识的认识论基础”。[②] 对于创作主体而言，与其说体验是认识论的基础，毋宁说是创作论的前提。

体验有各种类型，如缺失体验、崇高体验、孤独体验、高峰体验等等，钱锺书所论之问题主要涉及的是缺失体验。缺失体验是指主体对于自身精神或物质的缺失的体验。历史表明，正如司马迁所举之例，那些卓有成就的人物常常处于缺失状态中，有时是物质方面的缺失，有时是疾病的折磨，有时是政治不遇和遭受迫害，有时是事业上的挫折……正是这些困苦状态，磨炼了他们的意志，砥砺了他们的精神，丰富了他们的人生经历，从而孕育和催生了他们的伟大创造。现代心理学指出，当人处于缺失状态时，主体为克服缺失、求得满足，会积极调动自己的各种心智。所以康德说：“由于想象力在观念上比感官更丰富多产，所以如果有情欲的加入，则缺乏对象比有一个对象还更能激发人的想象力。”[③] 这与孔子之言“居不隐者思不远，身不佚者志不广”[④] 是同样的道理。可以说，钱锺书所指出的“心析学谈造艺之幻想云：人而如愿随心，则不复构楼阁于空中、过屠门而大嚼，其有云梦海思者，必仆本恨人也”[⑤]，是深谙缺失体验对于创作主体的重要意义而得出的精审结论。

非理性主义哲学家叔本华认为，人的欲望是无止境的，这决定了人永远无法实现自己的理想和目标，因而人一辈子都处于缺失状态中，于是人生不过是一场彻头彻尾的悲剧而已。这种观念在美国当代哲学家马斯洛那里有着类似的表达，不过过滤了悲观的成分，赋予了一种积极向上的意义。人的缺失体验反映在情感上，就呈现为痛苦悲愁、郁郁不乐等悲凉情绪。上述种种“悲”、“怨”，皆可涵括于此七种情形之内。作家表达生命自我，乃是将这种缺失体验客体化。因而“诗可以怨”之怨，实际反映了创作主体严酷的生存困境，内在表明了诗是缺失体验之产物。

钱锺书关于“诗可以怨”创作意义的揭示，实际上是表明情感的力量对于创造主体的重要性，它往往成为一种创作的触媒，能够充分调动和激活主体的生命潜能和沉伏在心理结构中的知识积累，凝晶成为文学作品。

---

① ［德］伽达默尔：《真理与方法》，洪汉鼎译，上海译文出版社 1999 年版，第 85 页。

② 同上书，第 84 页。

③ ［德］康德：《实用人类学》，邓晓芒译，重庆出版社 1987 年版，第 64 页。

④ 北京大学《荀子》注释组：《荀子新注》，中华书局 1979 年版，第 483 页。

⑤ 钱锺书：《管锥编》（三），生活·读书·新知三联书店 2001 年版，第 1495 页。

（二）情感的宣泄与安慰

“困苦能够激发才华”，“轗轲可激思力”，缺失体验确实是一种积极的创作动因。然而，如果说“生命就是在体验中所表现的东西”，而“诗的来源是诗人自己的经历”[①]，那么，作为最深刻浸透人生况味的缺失体验，无疑乃生命的最本真的存在方式——本身也成为文学最好的内容，对此钱锺书指出，“好诗主要是不愉快、苦恼或‘穷愁’的表现和发泄”。简言之，情感体验不光是文学发生的动力，也是文学之表现的最好素材。

在《诗可以怨》一文中，钱锺书在表明了“怨”所代表的缺失体验对创造者创造活动的激发作用之后，也指出它对创作主体具有自我安慰和宣泄功能，即通过对之的表达来实现。他引用钟嵘《诗品·序》里的一段话道：

> 嘉会寄诗以亲，离群托诗以怨，至于楚臣去境，汉妾辞宫；或骨横朔野，魂逐飞蓬；或负戈外戍，杀气雄边，塞客衣单，孀闺泪尽；或士有解佩出朝，一去忘反，女有扬蛾入宠，再盼倾国。凡斯种种，感荡心灵，非陈诗何以展其义？非长歌何以骋其情？故曰：“诗可以群，可以怨。”使穷贱易安，幽居靡闷，莫尚于诗矣！[②]

这几句话差不多是钟嵘同时人江淹那两篇名文——《别赋》和《恨赋》——的提纲。钟嵘不讲“兴”和“观”，虽讲起“群”，而所举压倒多数的事例是“怨”，只有“嘉会”和“入宠”两者无可争辩地属于愉快或欢乐的范围。所谓楚臣去境、汉妾辞宫、骨横朔野、魂逐飞蓬等都构成生命的缺失，感荡心灵，触动衷肠，从而使人郁结蹇产，思绪万端，只有文学才能加以表现和宣泄：“非陈诗何以展其义？非长歌何以骋其情？”司马迁《报任少卿书》只说“舒愤”而著书作诗，目的是避免“姓名磨灭”、“文彩不表于后世”，着眼于作品在作者身后起的功用，能使他死而不朽。钟嵘却将之看作活人的“止痛药”和“安神剂”：“使穷贱易安，幽居靡闷”。在钱锺书看来，这实际与弗洛伊德的有名理论“在实际生活里不能满足欲望的人，死了心作退一步想，创造出文艺来，起一种替代品的功用，借幻想来过瘾”[③]揭示了同样的道理。需要说明的

① ［德］狄尔泰：《体验与诗》，胡其鼎译，生活·读书·新知三联书店2003年版，第148页。

② 钱锺书：《七缀集》，生活·读书·新知三联书店2002年版，第119页。

③ 同上书，第121页。

是，钟嵘所谓“陈诗”侧重于宣泄情感，自我排解，而弗洛伊德则更多的是将文学作为一种幻想品——白日梦，以自我慰藉或补偿。两者表达方式不同，前者从正面，后者从反面。也许钱锺书注意到了此点，所以没把话说死，只讲前者在后者中“稍露端倪”。

钟嵘或弗洛伊德的观点实际代表了钱锺书自己对于创作主体的观念。在《管锥编·离骚经章句序》中他即以此来解读屈原《离骚》中的“离”“骚”二字。

他认为“离骚”一词，有类人名之“弃疾”，“去脖”或诗题之“遣愁”“送穷”；盖“离”者，分阔之谓，欲摆脱忧愁而遁避之，与“愁”告“别”，非因“别”生“愁”。这种解释无疑独辟蹊径，与传统训诂从国家民族大义出发，侧重屈原“大我”之崇高心灵境界的解释相比，更贴合创作主体作为一个生命的个体内在之纠结与复杂的精神实际和体验状态。它表明屈原以其《离骚》之文本，细腻而体贴入微地揭示了自我“弃置而复依恋，无可忍而又不忍，欲去还留，难留而亦不易去。即身离故都而去矣，一息尚存，此心安放？江湖魏阙，哀郢怀沙，‘骚’终未‘离’而愁将焉避”之欲罢不能、欲留还离、无可逃避、无所皈依的生命之困境。而正是此种困境所导致的一种“理而愈乱”无法解脱与救赎的绝望心理和焦虑情绪，使之不断犹豫、徜徉于生死之间，最终“从彭咸之所居”。可以说这种以生命为代价的郁结蹇产的生存体验之表达，所激发的情感震撼力足以使人危涕坠心，旷百世而相感，从而凝结成为《离骚》不朽的审美价值，一定意义上说，也成就了一个伟大抒情诗人——屈原。对此钱锺书不由深深感叹：“诚哉其为‘哀怨起骚人’”。①

然而，并非每个人都有这样悲惨的生命遭际和悲凉的生存体验，事实上谁也不会因为“穷苦之言易好”，就主动去做“憔悴之士”以获得这种生命感受，因此文人们为了写出好诗，往往“无病呻吟”，制造穷愁假象，迷惑读者。对此，钱锺书并没有持否定态度，相反他认为：

> 不病而呻包含一个希望：有那么便宜或侥幸的事，假病会产生真珠。假病能不能装得像真，假珠子能不能造得乱真，这也许要看各人的本领或艺术。诗曾经和形而上学、政治并列为三种哄人的顽意儿，不是完全没有原因的。当然，作诗者也在哄自己。②

① 钱锺书：《管锥编》（二），生活·读书·新知三联书店2001年版，第891—894页。

② 钱锺书：《七缀集》，生活·读书·新知三联书店2002年版，第128页。

仅仅从“无病呻吟”这个中国古代文论的否定性命题，就能深刻感出在中国古人那里缺失体验和悲凉情绪在文学中的本体论地位和价值。似乎“无病呻吟”论忽视了创作主体之真情实感对于文学的积极意义，与前述观念相冲突。不过，既然无病也要去呻吟，本质上还是在强调“病”的重要性，所谓“说谎”只是不得已而为之。

而且也应该看到，“无病呻吟”一语中实际内涵了“病”的迹象，创作者之所以能够无病而呻，就是因为他体验过“病”的滋味，否则无中生有，也是做不到的。进一步说，所谓说谎是立足理性逻辑或者说“世眼”而言，在钱锺书看来，文学不存在这样的真伪问题，它体现的是一种虚实关系，即此病是“虚”的，但它却是扎扎实实建立在主体心中所体味的病的意象和感觉之上。由此说来，“无病呻吟”未必完全说谎。

钱锺书在其文本中反复揭示了人类一种现象：人生乐少苦多，这就正如叔本华所说，人生就是一场彻头彻尾的悲剧，这表明，无“病”在现实性上为不可能。它实际是一种体验，早已凝结为记忆、变为自我的一部分[①]，所谓无病之“呻吟”，其实就是创作主体充分运用文学的想象和虚构等诗意功能，对前此之“病”——人生的悲凉体验的一种艺术加工：或增删，或强化，或补充。因此从本质上讲，“无病呻吟”说并没有违背文学乃创作主体情感体验之艺术表现的文学创作规律，而是在更内在的层面上切合了它。[②]

总而言之，钱锺书通过对“诗可以怨”这一中国古代诗学命题的阐发，从文艺心理学维度深刻揭示了情感体验，尤其是缺失体验，对于文学所具有的本体论意义。

三 “诗可凿空”

刘知几“史通”曾因古史特别是《左传》语言之晦而得出“史即诗”之结论：“夫读古史者，明其章句，皆可咏歌”。诗是讲究含蓄和隐

---

① 参见朱光潜《朱光潜全集》，安徽教育出版社 1987 年版，第 244 页。

② “无病呻吟”说类似于狄尔泰体验理论中的增补律。在狄尔泰看来，艺术家的生活体验总是有限的，而生活的意义却是无限的，艺术家之所以能够通过有限的经历来完整地揭示生命的意义，是因为他具有一种强化和扩充自己的实际经验，从而放大自身生命的天赋——诗意想象功能。正是通过此种功能，诗人使自己有限的生活经验，发生了变形（包含三条基本规律：排除律、强化律和增补律），从而克服了其有限性和片面性。狄尔泰以为，相对于前两条规律，增补律是想象活动所特有的，最显著地体现了想象力的创造功能，因而对艺术创作来说最为重要。就“无病呻吟”论所体现出的想象和虚构的“本领或艺术”来说，它与增补律在内在逻辑上是相通的。

晦的一种文体，而这也是《左传》的一个很显著的特点，刘氏从语言运用的技巧角度得出诗史合一的结论，应该说不无道理。但含蓄和隐晦在上古时代却并非作为一种手法有意为之，实际上乃是“文不得不省，辞不得不约，势使然尔”：

> 孙矿《月峰先生全集》卷九《与李于田论文书》：“精腴简奥，乃文之上品。古人无纸，汗青刻简，为力不易，非千锤百炼，度必不朽，岂轻以灾竹木?”章学诚《乙卯劄记》曰：“古人作书，漆文竹简，或著缣帛，或以刀削，繁重不胜。是以文词简严，取足达意而止，非第不屑为冗长，且亦无暇为冗长也。后世纸笔作书，其便易十倍于竹帛刀漆，而文之繁冗芜蔓，又遂随其人之所欲为。作书繁衍，未必尽由纸笔之易，而纸笔之故，居其强半。”①

可见，在诗歌语言上所谓“微”“晦”等技巧特征，在古史中更多的是“因偃以为恭”，“因难以见巧”的结果，很大程度上，刘知几将“古人不得不然”，“乃视为当然”，以致“史笔几与言诗笔莫辨”。因此，从隐晦的角度看问题，就不单会将诗歌等同于历史，而且也会将诗歌与一切语言类学科混淆，其最终结果必然会取消文学作为一门人文学科的独立性和自足性。不可否认，刘氏意识到并明确提出文学和史学可以沟通，历史深层结构之中存在诗性特征，这无疑是史学观上的一个洞见，在结论上颇有点海登·怀特思想的影子，尽管内容绝然不一样，后者是以文学的叙事性或者说虚构性为根据，而非语言的含蓄性特征。虽然含蓄也是文学的一个重要方面，但在显示一个史家在借鉴文学手法进行历史写作时，它不是主要的，不是出于主体充分自觉的创造行为。显然刘知幾只是看到了两者表面的而非本质的层面。

所以在钱锺书看来，尽管刘氏的观点不无道理，也值得将其从历史尘封的、隐而不彰的“木石砖瓦”中发掘出来，但还是惜其“跬步即止”，不能“致远入深”，没有看到《左传》在文学上的真正贡献所在。由此，他指出：

> 左氏于文学中策勋树绩，尚有大于是者，尤足为史有诗心、文心

① 钱锺书:《管锥编》，生活·读书·新知三联书店2001年版，第270页。

之证。则其记言是矣。[①]

"记言"，即叙事，这就是说，在左传中更能体现诗心文心者，是叙事，这里的叙事不是指我们通常意义上的客观书写，而是带有一种虚构、编织的主观意味。换言之，左传对文学的贡献，主要表现在以虚拟性为特征的叙事上。关于这一点，钱锺书以《左传》、《史记》——尤其是《左传》——等文本之中的实例给我们做了充分说明：

> 吾国史籍工于记言者，莫先乎《左传》，公言私语，盖无不有。虽云左史记言，右史记事，大事书策，小事书简，亦只谓君廷公府尔。初未闻私家置左右史，燕居退食，有珥笔者鬼瞰狐听于傍也。上古既无录音之具，又乏速记之方，驷不及舌，而何其口角亲切，如聆謦欬欤，或为密勿之谈，或乃心口相语，属垣烛隐，何所据依？如僖公二十四年介之推与母偕逃前之问答，宣公二年鉏麑自杀前之慨叹，皆生无傍证、死无对证者……盖非记言也，乃代言也，如后世小说，剧本中之对话独白也。左氏设身处地，依傍性格身分，假之喉舌，想当然耳。[②]

这里与其说是在谈历史，不如说是在谈文学的虚拟手法，它仿佛道破了一个大家从来都认为理所当然，因而一直被忽视的秘密：历史叙述并非完全真实，它只不过是类似于文学创作的一种主观叙事而已。在论到《史记》中的对话时，他又进一步说道："夫私家寻常酬答，局外事后只传闻大略而已，乌能口角语脉以至称呼致曲入细如是？貌似'记言'，实出史家之心摩意匠"[③]。"心摩意匠"表明历史实际上乃主体以其全部的经验和想象力等主观性因素对客体的一种加工和重塑。其原因就在于克罗齐所言"史家追叙真人实事，每须遥体人情，悬想事势，设身局中，潜心腔内，忖之度之，以揣以摩，庶几入情合理"。这也就是所谓的历史想象，与小说、院本等文学文体之臆造人物、虚构境地在本质上是一样的。钱锺书甚至援引19世纪古里埃论普罗塔克所撰名人传记中的话道："渠侬只求文字之工，于信实初不措意。为琢句圆整，或且不惜颠倒战事之

---

① 钱锺书：《管锥编》，生活·读书·新知三联书店2001年版，第271页。

② 同上。

③ 同上书，第557页。

胜负。”这就非“文欲如其事，而是事欲如其文”[1]，完全是一种文学创作了。

以上所揭示之理念显然与美国当代历史学家海登·怀特的历史是一种想象和虚构的新历史观是极为近似的。海登·怀特认为，“历史编撰包含了一种不可回避的诗学”[2]，这种诗学的内涵即：“史学家运用想象和虚构，对历史人物事件与事件材料加以增加、删除，通过人物的个性化叙述基调的变化及描写策略的变换等等手段，历史人物和事件便被构成了一个个的故事。简言之，所有这些通常会在一部小说或一出戏剧的人物塑造和情节设置中发现。”[3] 然而海登·怀特过分强调诗学特征而排斥历史的客观性和科学性[4]的相对主义做法，则又显然不会被钱锺书接受。这一点，从《谈艺录》中的一段话可以清楚看出：

> 史必徵实，诗可凿空。古代史与诗混，良因先民史识犹浅，不知存疑传信，显真别幻。号曰实录，事多虚构；想当然耳，莫须有也。述古而强以就今，传人而借以寓己。史云乎哉，直诗（poiesis）而已。[5]

可见，在钱锺书的意识中，史与诗虽存在一致性，但还是有着本质区别的，前者征实，后者凿空，正如他在《管锥编》里所指出的，“夫院本、小说正类诸子、词赋，并属‘寓言’、‘假设’。既‘明其为戏’，于斯类节目读者未必吹求，作者无须拘泥。”[6] 之所以史会具有诗的特点，是因为史学学科尚未成熟发达，先民史识“犹浅”，“不知存疑传信，显真别幻”，以致“号曰实录，事多虚构”，不成其为“史”，“直诗而已”。一旦社会的发展、文化的进步使人们对两者的本质属性有了更自觉的认识时，学科的纯化便会自然展开。如《汉书》对《史记》的“诗笔”进行大量删削，使之更“信而有征”，就是显明的例子。

叙事文体中的想象、假设、模拟是一种十足的虚拟现象。然而我们很

---

① 钱锺书:《管锥编》，生活·读书·新知三联书店 2001 年版，第 272—274 页。

② 海登·怀特:《元史学——十九世纪欧洲的历史想象》，陈新译，艺林出版社 2004 年版，第 5 页。

③ Hayden White, *Tropics of Discourses*, Baltimore: Hopkins University Press, 1978, p. 84.

④ 海登·怀特:《元史学——十九世纪欧洲的历史想象》，陈新译，艺林出版社 2004 年版，第 2 页。

⑤ 钱锺书:《谈艺录》，生活·读书·新知三联书店 2001 年版，第 102—103 页。

⑥ 钱锺书:《管锥编》，生活·读书·新知三联书店 2001 年版，第 2036 页。

少会想到辞章中语言修辞的夸张、形容、比拟等文学手法也不失为“虚拟”题中之意，甚至更普遍，更具有迷惑性。如果说前者是一种叙事方式，营造的是一种假想的情境、场面，后者则是一种“表情”或者说“作秀”，以“虚假陈述”的方式组织起我们对世界的感受。这一点钱锺书给我们举了大量的例子。比如《诗经·河广》有两句诗“谁谓河广？曾不容刀”，这当然不是指事或实描，不是说河狭到连刀都容不下，而是创作主体特意以此“夸张”的方式来强化和表现其内心某种强烈的愿望和情感。“苟有人焉，据诗语以考订方舆，丈量幅面，益举汉广于河之证，则痴人耳，不可向之说梦者也。不可与说梦者，亦不足与言诗，惜乎不能劝其毋读诗也。”① 钱锺书的话深刻表明，文学语言虚而非实，我们不能执着字句，课虚坐实，认假作真，否则无异于痴人听梦，闹出笑话。而这在那些或“不学”或“不思”的学究身上是并不少见的。

从文学创作来说，诗文刻画风貌，假喻设譬，“约略仿佛，无大刺谬即中”；侔色揣称，描写形容，“初非毫发无差，亦不容锱铢必较”。就文学接受而言，如读者坐实当真，“铢铢而称，至石必忒，寸寸而度，至丈必爽矣”。如“杏脸桃颊”“玉肌雪肤”，是古诗词中熟闻习见之语，假如参禅之“死在句下”，而想象女之脸颊真为桃杏，女之肌肤实等玉雪，“则彼姝者子使非怪物即患恶疾耳”。② 然而，此种参死句之“痴人”及笑话在具体的文学批评和鉴赏中，却不乏其例。唐诗中示豪而撒漫挥金则曰“斗酒十千”，示贫而悉索倾囊则曰“斗酒三百”，对此说者聚辩，竟有人从中考价之涨落，有的估酒之美恶，只是“尚未推究酒家胡之上下其手或于沽者之有所厚薄”罢了。这些人的毛病就在于不知吟风弄月之语为虚，不宜捕风捞月，认虚作实的道理，究其实，乃不思之过，“若夫辨河汉广狭，考李杜酒价，诸如此类，无关腹笥，以不可执为可稽”，乃“不思之过焉”。③

上述笑话是学究钝根“不思”之过，下面的情况则属于才疏学浅辈“不学”之失。钱锺书举例说，如《颜氏家训·勉学》记《三辅决录》载殿柱题词用成语，有人误以为真有一张姓京兆，又《汉书·王莽传·赞》用成语，有人误以为莽面色紫而发声如蛙。再如《资治通鉴·唐纪》六三会昌三年正月“乌介可汗走保黑车子族”句下，《考异》驳《旧唐

① 钱锺书：《管锥编》，生活·读书·新知三联书店 2001 年版，第 164—165 页。

② 同上书，第 182 页。

③ 同上书，第 165—166 页。

书》误以李德裕《纪圣功碑》中用西汉故典为唐代实事；《后周纪》一广顺元年四月“郑珙卒于契丹”句下，《考异》驳《九国志》误以王保衡《晋阳闻见录》中用三国故典为五代实事，等等，诸如此类，在钱锺书看来，“皆泥华词为质言，视运典为纪事，认虚成实，盖不学之失也”。[①]

而且在词章中，即使据实描写，也往往免不了失实而忘“本”，欲“美物依本，讃事本实”，一身两任，殊非易事；挥毫落纸，不能忍俊自禁，安庸谨小，而手滑笔快，忘“本”失“实”，亦“可以理贷”[②]，这更可见文学语言的虚而不实了。

关于文学语言的虚实诚伪问题，钱锺书也曾做过很透辟的辨析，他说：

> 盖文词有虚而非伪，诚而不实者。语之虚实与语之诚伪，相连而不相等，一而二焉……诚伪系乎旨，征夫言者之心意，孟子所谓“志”也；虚实系乎指，验夫所言之事物，《墨经》所谓“合”也。所指失真，故不“信”；其旨非欺，故无“害”。言者初无诬罔之“志”，而造作不可“信”之“辞”；吾闻而“尽信”焉，入言者于诬罔之罪，抑吾闻而有疑焉、斤斤辩焉，责言者蓄诬罔之心，皆“以辞害志”也。高文何绮，好句如珠，现梦裹之悲欢，幻空中之楼阁，镜内映花，灯边生影，言之虚者也，非言之伪者也，叩之物而不实者也，非本之心之不诚者也。[③]

钱锺书认为，语言之所以会有虚实诚伪的问题，可以分为两个层面来看待，一是作者之“旨”，也即主体思想情感，一是文本所“指”，也即语言表达。前者与自身内在心灵世界相关，关涉的是“诚伪”问题；后者却与外面的客观世界相连，考证的是所指之事是否符合事实，故而构成虚实问题。前者属于审美或价值判断，后者属于存在判断。在一般学科中，只存在事实判断，虚实真伪合二为一，同归存在问题，故而操作起来较为简单。文学却不然，其复杂性在于，它涉及的不仅是一个事实的存在，也是一个审美的现象，因而在文学作品中，需要将两者分开对待，不能简单置换。用一种“世眼”——非文艺的眼光看，它可以归属于虚实的存在判断；而从审美的维度看，它只是一个美学事实，应归属于诚伪的价值判断。诚

---

① 钱锺书:《管锥编》，生活·读书·新知三联书店2001年版，第166—167页。

② 同上书，第1822—1823页。

③ 同上书，第166页。

然这样，但对于一个目的只在寻求文学审美享受的读者来说，后者才是真命题，前者自不应在其视阈之内。钱锺书这里所谓“旨”与“指”，与现代语言学的“能指”和“所指”概念可以沟通起来。“指”实际涵括“能指”和“所指”的关系，用以表达主体之旨。

在解构主义诗学观看来，文学的实质就是能指与所指的滑动、分离，正是通过此种方式，主体之旨才得以凸显和加强。自然这也有力说明，文学作品所写之事物与客观事实不对等，不相合。因而从文学中按图索骥，寻找事实依据的做法，是极其荒谬的。对于这一点，古往今来的大多数文学理论家都保持着清醒认识，并屡有告诫。即如，亚里士多德就曾经说文学的语言非同逻辑命题，无所谓真伪；锡德尼说诗人不讲确切的话，所以也不打“诳语”；勃鲁诺认为读诗应当鉴别“权语”与“实语”；维柯也指出有“诗歌之真”与“事物之实”；现代人瑞恰慈更是将文学的语言称为“羌无实指之假充陈述”。钱锺书文本中反复指摘的“不学”或“不思”的学究之所以会闹出笑话，就是因为他们对文学之语言与非文学之语言的属性不能有清醒的认识，将文学的虚实诚伪问题混为一谈。

韦勒克曾指出：

> 文学的本质最清晰地显现于文学所涉猎的范畴中，文学艺术的中心显然是在抒情诗、史诗和戏剧等传统的文学类型上。它们处理的都是一个虚构的世界，想象的世界。小说，戏剧和诗歌所陈述的，从字面上说都不是真实的，它们不是逻辑上的命题。小说中的陈述，即使是一本历史小说，或者一本巴尔扎克的似乎记录真事的小说，与历史书或社会学书所载的同一事实之间仍有重大差别……这一观念可以免却许多批评家再去考察哈姆雷特在威丁堡的求学情况，哈姆雷特父亲对他的影响，福尔斯塔夫年轻时怎样瘦削，莎士比亚女主角的少女时代的生活，以及麦克佩斯夫人有几个孩子，等等问题。小说中的时间和空间并不是现实中的时间和空间。①

钱锺书之所以强调虚实问题，是要避免学者“不学”“不思”，偏离文学本质，从而认虚坐实，弄假成真的情况发生，韦勒克的意图显然也是一样的，他强调要充分认识文学的虚拟性，是为了“免却许多批评

---

① ［美］韦勒克、沃伦：《文学理论》，刘象愈等译，生活·读书·新知三联书店1984年版，第13—14页。

家"对文学采取捕风捉影式的实证主义的做法。在这一点上，他们可谓不谋而合。

韦勒克的理论阐述实际构成其所言"近年来欧洲文学研究中对于实证主义的反抗"潮流的一个有力组成部分。按照他的观点，欧洲文学研究的上半叶，学者们一直在致力于对流行于19世纪后期的实证主义研究方法的清算和反叛，他从对法国、英国、德国、俄国、捷克等国的研究实际的精到梳理，给我们做了有力说明。然而中国文学的研究与欧洲文学的研究并非同步，正当欧洲人旗帜鲜明地反抗因为"旧日关于物质、自然律、因果性和决定论等先入之见的确定性的丧失"① 而失去理论充足性的实证主义之时，这种方法在中国却正逢其时，以一种或隐或显的方式，与马克思主义研究方法结合在一起，在学术研究中占据统治性地位，直到现在还可以感受到它的影响。② 对于欧洲文学研究中所展现出来的此种新气象和新趋势，钱锺书似乎深有感应。30年代他曾直接对泰纳的实证主义进行过批评。事实上，在50年代他对诗史说的否定也可以说是对此的呼应，而这一点与其对文学的虚实诚伪问题的讨论高度结合在一起：

> 我们愈加明白文学创作的真实不等于历史考订的事实，因此不能机械地把考据来测验文学作品的真实，恰像不能天真地靠文学作品来供给历史的事实。历史考据只扣住表面的迹象，这正是它的克己的美德，要不然它就丧失了谨严，算不得考据，或者变成不安本分、遇事生风的考据，所谓穿凿附会；而文学创作可以深挖事物的隐藏的本质，曲传人物的未吐露的心理，否则它就没有尽它的艺术的责任，抛弃了它的创造的职权。考订只断定已然，而艺术可以想象当然和测度所以然。在这个意义上，我们不妨说诗歌、小说、戏剧比史书来得高明。③

这里的观点透视出亚里士多德"诗比历史更有哲学意味，比历史更高一筹"④ 的观念的影子，表明文学是以一种想象的、测度的、虚拟的方

---

① ［美］韦勒克：《批评的概念》，张金言译，中国美术学院出版社1999年版，第248页。

② 参见朱立元主编《西方文论教程》，高等教育出版社2008年版，第280页。

③ 钱锺书：《宋诗选注》，生活·读书·新知三联书店2002年版，第4页。

④ Aristole, *Poetics*, *The Complete Works of Aristole*, Princeton: Princeton University Press, 1961, p. 1451.

式来反映世界，这其中充分体现出人的主观能动力量；它能穿透事物表层物质性，洞见其本质和普遍的一面，自然“比史书来得高明”。在那历史主义盛行的时代，此种观点无疑是石破天惊的。在《管锥编》以及《谈艺录》补订本中，钱锺书对历史与文学所做的联系和比较，也正是突出了文学的诗性特点，然而他本质上并非讲两者同一，尽管指出存在相通之点，但同时更强调两者的本质差异性，一者凿空，一者征实。

这就避免了将文学等同于历史的极端历史主义倾向。从现在看来，这些观点无疑是一种常识，但在解放后历史主义和实证主义统治整个中国意识形态的背景下——别说文学研究，包括人自身，首先讲的就是出生、阶级、社会背景等关涉实证的历史问题，强调文学的想象性、虚拟性无疑是需要胆识和坚持真理的勇气的，显示了一种将文学与历史学、社会学、政治学等实用学科进行必要分离，以突出其审美本质性的学术企向。

第三节 “诗者,艺之取资于文字也”

众所周知，钱锺书的学术方法论是“打通”，不但打通中外古今，而且试图打通人文社会科学各个学科，“欲使小说、诗歌、戏剧，与哲学、历史、社会学等为一家”①，从而将之放在一个共同的平台予以通观圆览，对比互参。然而此种打通的学术操作，并不意味着，钱锺书会像克罗齐一样对艺术或学科门类采取一种相对主义的态度，取消其边界与分类。

相反，尽管他认为各门艺术之间虽沟通相联，但同时却又强调它们之间并非一律，而是有着各自的自律性、特殊性和独立地位，不可不“深省”。他曾经这样说道：

> 宋儒谈道，好言“理一分殊”，造艺亦犹是尔。艺之为术，理以一贯，艺之为事，分有万殊；故范晔一人之身，诗、乐连枝之艺，而背驰歧出，不能一律。法国一画家尝谓：“艺术多门，诸女神分司之，彼此不相闻问，各勤所事；世人乃概举‘艺术’，而评泊焉，无知妄作也！”虽有激取快，而好为空门面、大帽子之论者，闻之亦可以深省也。②

① 钱锺书：《谈艺录》，生活·读书·新知三联书店2001年版，第76页。

② 钱锺书：《管锥编》（第四卷），生活·读书·新知三联书店2001年版，第2006页。

各门艺术虽“理以一贯”，但在审美传达、物质媒介、审美空间等“艺之为事”的本质内涵和具体属性上，却是“分有万殊”“不能一律”的。索绪尔认为，语言的意义只是一个区别的问题。推衍开来，一切人文艺术也可作如是观。文学之所以是文学，根本的讲它就是一门不同于音乐、绘画等艺术门类的独特艺术，有其本质属性。那么，是什么将文学与其他艺术从最根本点上区别开来从而获得充分的自我属性呢？是语言，“诗者，艺之取资于文字也”[①]。对于这一点，钱锺书通过诗与禅、画、乐这三种人文艺术门类的辨析和对比，给予了有力说明与阐发。

一　文学与禅宗：“诗自是文字之妙，非言无以寓言外之意”

钱锺书对诗的语言艺术性的强调，首先是通过对中国古代文论史上的一个重要诗学范畴：以禅拟诗论的辨析和批判展开的。为了加深对这一问题的认识，有必要对禅之内涵以及“以禅拟诗论”的发展演变做一番简要梳理。

禅是一种佛教思想，源于印度佛教，在佛教中国化的过程中，结合中国文化元素逐渐形成了自己的特点。它的一个重要观念是，直指人心，不立文字，顿悟见性。[②] 特别是慧能以下的五家七宗，更进一步强调那种超越的禅境的不可言说性，因此特别注重含蓄、凝练的语言和动作，多用神秘玄奥的譬喻、暗示，以激发意识的潜流，促进创造性思维和联想。正是这种形象思维的特征，吻合了诗人直觉、移情、欣赏距离等审美的心理活动。[③] 中国古代文人诗客之所以参禅好佛，一个重要的原因就在于此。

因为诗与禅的亲缘，人们很早就开始谈论诗与禅的关系了，早在六朝人慧远《念佛三昧诗集序》等作品中对此就有所涉及，然而真正将诗与禅进行比附还是在中唐之后。戴叔伦《送道虔上人游方》有句：“律仪通外学，诗思如禅关”[④]；白居易在《自咏》诗中也说：“白衣居士紫芝仙，半醉行歌半坐禅。”[⑤] 五代徐寅《雅道机要》说：“夫诗者，儒中之禅也。”[⑥] 不过此时，人们对诗与禅的关系，还只是印象似的简单比附，并未形成理论自觉。然而到了宋代，禅宗思想由上层逐渐向各社会阶层渗透，成

---

① 钱锺书：《谈艺录》，生活·读书·新知三联书店 2001 年版，第 110 页。

② 赖永海：《中国佛教文化论》，中国人民大学出版社 2009 年版，第 260—261 页。

③ 麻天祥：《禅宗文化大学讲稿》，中国人民大学出版社 2009 年版，第 85 页。

④ 《全唐诗》卷二七三，第 3082 页。

⑤ 《白氏长庆集》卷三十一。

⑥ 《诗学指南》卷四。

为整个社会的主流意识形态之一，儒林学苑尤盛，于是诗通禅、喻禅就成为了宋代文坛的一种较为普遍的时代风尚。这在宋代诗人的诗作中屡有反映。苏轼《夜直玉堂携李之仪端叔诗百余首读至夜半书其后》说："暂借好诗消永夜，每逢佳处辄参禅。"[①] 而此诗题中的李之仪在《赠祥暎上人》中说："得句如得仙，悟笔如悟禅。"[②] 如果说，在北宋，诗通禅、喻禅还只是作为诗学理论的一个方面被提出来，那么到了南宋，此种情形就竟至发展成为一种以禅宗思想为理论基础的较为系统和规模的诗学主张了。其中的代表就是严羽，其《沧浪诗话》非常明确地阐述了诗与禅的密切关系，指出："以禅喻诗，莫此亲切。"就此他提出了著名的"妙悟"说："禅道惟在妙悟，诗道亦在妙悟"[③]。到了清代，王士祯承其绪，又提出神韵说，他在《画溪西堂诗序》《蚕尾续文》中说："严沧浪以禅喻诗，余深契其说。"[④] 可见，"以禅喻诗"在中国，形成了一个源远流长、一脉相承的传统，是中国古代诗论的一个重要组成部分。

禅宗的重要特点之一，是"不立文字"，语言文字为障道之本乃禅家之共识。严羽的诗学观，就集中体现了此种理论倾向，比如他说："所谓不涉理路，不落言诠者，上也。诗者，吟咏情性也。盛唐诸人惟在兴趣，羚羊挂角，无迹可求。故其妙处透彻玲珑，不可凑泊，如空中之音，相中之色，水中之月，镜中之像，言有尽而意无穷。"这与其说在言诗，毋宁说在谈禅，此种倾向发展到极致势必会滑向一种玄虚恍惚、不着边际、无法把捉的神秘境地，从而诗学成了禅学，被禅吞噬和同化，彻底丧失主体地位。

对于以严羽为代表的古代诗论中以禅喻诗、轻视文字的极端化倾向，钱锺书提出了批评。他指出严羽妙悟说"意过于通"，其后果将"法执理障，则药语皆成病语"，不但"宜招钝吟之纠谬"，而且也引"起渔洋之误解"，可谓遗毒不浅。究其实，以禅拟诗论的缺失在于，以禅同化诗，忽视了文学的自身特点：语言本质性：

> 若诗自是文字之妙，非言无以寓言外之意；水月镜花，固可见而不可捉，然必有此水而后月可印潭，有此镜而后花印影……王弼《周易略例》谓"得意在忘象，得象在忘言"，王炎《读易笔记·自序》

---

① 王文浩辑注：《苏轼诗集》卷三十。

② 《姑溪居士文集后集》卷一。

③ 《沧浪诗话校释》，第 24 页。

④ 《画溪西堂诗序》《蚕尾续文》卷二。

> 驳之曰:“是未得鱼兔,先弃筌蹄之说也。”诗中神韵之异于禅机在此;去理路言诠,固无以寄神韵也。[1]

这里,钱锺书强调了诗作为一门艺术的语言性特点,在他看来,这正是文学与禅的本质性区别。因此,他指责严羽所主张者“几同无字天书”[2]。因为“诗自是文字之妙,非言无以寓言外之意”,离开了文字,诗便不成其为诗,也无法表达意义;而禅不涉理路,不落言诠,不著文字。显然诗与禅不能混为一谈。这一思路,与其在《管锥编》中对《易》与《诗》之语言所做的区分是一致的。对于禅来说,语言是一种工具,正如《易》等哲学著作一样,可“得意在忘象,得象在忘言”,然而对于诗和文学来说,语言即是自身,丢掉了语言,也就放弃了诗和文学之自我。因此钱锺书郑重提出:“诗者,艺之取资于文字也”的理论主张,强调文学的自身特点,维护文学的独立地位。

对以禅拟诗、漠视文字的现象的批评并非从钱锺书始,自古以来就不断有人表达异议。元好问曾对诗与禅的异同做过非常明通的分析,他指出:

> 虽然,方外之学,有为道日损之说,又有学至于无学之说。诗家亦有之。子美夔州以后,乐天香山以后,东坡海南以后,皆不烦绳削而自合,非技进于道者能之乎?诗家所以异于方外者,渠辈谈道不在文字,不离文字;诗家圣处不离文字,不在文字。[3]

“诗家圣处不离文字,不在文字”深刻表明,诗之语言体现出一种巧妙的张力,在离与不离之间,隐显相参,虚实相济,审美的魅力自然而然焕发出来。姜白石《诗说》:“文以文为工,不以文为妙,然舍文无妙”,正是这个意思,既借鉴了禅机的顿悟空灵之法,也充分认识到文学语言的艺术本质性。可以说是一种理性、折中的态度。

而执着诗的语言本质性,明确对以禅拟诗的观念,即便在禅宗最为盛行的宋代,表达反对意见者,亦有之。如陈师道在《后山大全集》卷八《题何秀才诗禅方丈》中说:“能将铅椠事,止作葛藤看”;说文词乃禅家

---

① 钱锺书:《谈艺录》,生活·读书·新知三联书店2001年版,第237页。
② 同上。
③ 《陶然集诗序》,《遗山先生文集》卷三十七。

斩断之葛藤，实际隐讽诗与禅扞格不两立。卷九十九《题何秀才诗禅方丈》则明言曰："诗家以少陵为祖，说曰：'语不惊人死不休。'禅家以达摩为祖，说曰：'不立文字。'诗之不可为禅，犹禅之不可为诗，何君合二为一，余所不晓。"在钱锺书看来，后山的意见无疑是正确的，只是没有将两者的特点给"分雪明白"。因为禅宗对语言文字无所执着爱惜，仅是为接引方便而拈弄，因此往往当机煞活而将之抛弃。[①] 这就是说，禅宗所谓不立文字，并非真正要舍弃文字，只是不执着文字。

实际上禅宗思想的表达和传播是离不开文字的，禅宗发展到了宋代，便慢慢放弃了以心体悟的"坐禅"——"无字禅"，出现了"文字禅"，而且逐渐成为禅宗主流。陈后山纠缠于禅宗远祖达摩之说，强调文学与禅的绝然分离，是不符合禅宗发展实际的，这说明缺乏了解他对当时禅宗思想，也折射出他古典主义和形式主义之倾向。事实上，道本无言，借言以显，得意忘言，或"以言消言"，不但是禅家，甚至是一切玄学家遵循的基本规则。显然陈后山从一个极端走向了另一个极端。虽看出了诗与禅的差别，但又完全漠视了禅宗与文学的联系。然而，这一点在钱锺书那里，却得到了避免，他这样表达文学之语言道：

> 诗藉语言文字，安身立命；成文须如是，为言须如彼，方有文外远神、言表幽韵，斯神斯韵，端赖其文其言。品诗而忘言，欲遗弃迹象以求神，遏密声音以得韵，则犹飞翔而先剪翮、踊跃而不践地，视揠苗助长、凿趾益高，更悠谬矣。[②]

既强调文字，也主张神韵，以文字的空灵来显示神韵的缥缈，在文字的显与隐之间保持恰当的紧张，这与姜白石、元遗山的观念高度一致。他在《谈艺录》补订中指出"诗秘通于神秘"[③]，又说"白瑞蒙谓作诗神来之候，破遣我相，与神秘经验相同。立说甚精"[④]。可见钱锺书是不排斥诗中的神秘性经验的，而是强调神秘经验与语言文字两者和谐共处，相得益彰。

钱锺书对以禅拟诗说的批判，本质上是以一种高度自觉的现代文学意识对古代诗论的烛照，其内在精神与西方现代象征主义诗论不谋而合。瓦

---

① 钱锺书：《谈艺录》，生活·读书·新知三联书店 2001 年版，第 237 页。

② 同上书，第 237—238 页。

③ 同上书，第 710 页。

④ 同上书，第 683 页。

雷里就曾说叙事说理之文以达意为究竟义，词之与意，离而不著，意苟可达，不拘何词，意之既达，词亦随除；诗大不然，其词一成莫变，长保无失。所以要玩味一诗的言外之致，非流连吟赏此诗之言不可；苟非其言，即无斯致。[①] 瓦雷里这话虽不是在谈诗与禅，而是指出说理文与文学作品的差别。但道理是一致的，都是强调文学或诗，是一种语言艺术，离开了语言，文学就丧失了立基之本，不成其为文学了。然而本质上说，在象征主义那里，语言性与神秘性是不可分离的，在波德莱尔看来，诗就是语言的巫术：“在词中，在言语中，有某种神圣的东西，我们不能视之为偶然的结果。巧妙地运用一种语言，这是施行某种富有启发性的巫术。”[②] 兰波一方面“谓诗人须修天眼通”[③]，一方面主张诗人应锻炼“文字的炼金术”[④]，以至美国学者热佛指出：“由于韩波（即兰波——引者），我们找到了现代诗歌的语言。”[⑤] 马拉美也谓诗乃以秘密藏[⑥]，但同时又宣称诗歌语言是“语言的魔术”[⑦]。

既宣扬诗的神秘性，也高度重视诗的语言特点，是象征主义诗论家们的一个共识，而且他们往往把语言放到一个特别的高度，一种神秘性的高度，这是因为在他们看来，诗意的神秘性，有赖于语言的神秘性来实现。这一点与钱锺书所谓“斯神斯韵，端赖其文其言”的诗学理念是高度契合的。

二　文学与音乐：“文字弦歌，各擅其绝”

诗与禅的结合是历史发展的结果，而非天然纠结、不可分离之关系，而且在钱锺书看来，神韵派在中国古代诗歌传统中也并非主流。相比之下，诗乐之间的关系，就紧密得多。在中国古代诗论中，诗乐同源、诗乐同质是一种基本观念。

这一看法，最早可上溯到《尚书·尧典》：“诗言志，歌咏言，声依

---

① 钱锺书：《谈艺录》，生活·读书·新知三联书店 2001 年版，第 238 页。
② ［法］波德莱尔：《波德莱尔美学论文选》，郭宏安译，人民文学出版社 1987 年版，第 79 页。
③ 钱锺书：《谈艺录》，生活·读书·新知三联书店 2001 年版，第 677 页。
④ 黄晋凯、张秉真、杨恒达主编：《象征主义·意象派》，中国人民大学出版社 1989 年版，第 35 页。
⑤ 同上书，第 726 页。
⑥ 钱锺书：《谈艺录》，生活·读书·新知三联书店 2001 年版，第 677 页。
⑦ ［美］韦勒克：《近代文学批评史》（四），杨自伍译，上海译文出版社 1997 年版，第 533 页。

永，律和声。”由是而下，经过《乐记》《毛诗序》《汉书・艺文志》的补充发挥，诗乐同质几成不易之论。[①] 宋之后，此观点表达得更为具体。郑樵（字渔仲）在其《通志・乐略第一》中说：“自后夔以来，诗以声为用，八音、六律为之羽翼耳。”在《乐府总序》中他又说道：“古之诗，今之词曲也。若不能歌之，但能诵其文而说其义理可乎。奈义理之说既胜，则声歌之乐日微，章句虽存，声乐无用”；《正声序论》复申此说。清代文论家焦理堂，承续并发挥了此种观点。在《与欧阳制美论诗书》中，他说道：“不能已于言，而言之又不能尽，非弦诵不能通志达情。可见不能弦诵者，即非诗。”之后，他进一步从诗歌的历史发展的角度论述两者的关系：“周、秦、汉、魏以来，至于少陵、香山，体格虽殊，不乖此指”；而到了晚唐以后，始“尽其词而情不足”，于是诗文相乱，而“诗之本失矣”；可性情不能已者，不可遏抑而不宣，“乃分而为词，谓之诗余”。于是他得出结论：“诗亡于宋而遁于词，词亡于元而遁于曲”。这样，焦理堂就将诗乐同质的观点发展到极端。“理堂宗旨实承渔仲”，即便到了 20 世纪三四十年代，亦不乏后继者。[②]

如果说，宋以前诗歌同源同质论对人类社会早期诗乐之间内在关系的发现和认识，不乏真理之内核，那么到了宋代特别是清代——诗歌和音乐因各自审美特点，早已分别确立自己作为一门艺术的主体性地位——仍坚持诗乐一体，诗乐同质，将诗乐从彼此混沌不辨之模糊状态中逐渐分离而确立自我身份的过程，说成是一个诗歌逐渐消亡的过程，将文体自然演变的内在逻辑或者说推动力量归结于“诗”“乐”关系之变化，从而完全忽视社会文化以及文体自身内在因素的积极影响和作用，就是极其荒谬的了，以致钱锺书会将之斥为“议论殊悠谬”，“前邪后许，未之思尔”[③]。

清潘德舆在《养一斋诗话》中说：“诗与乐相为表里，是一是二？李西涯以诗为六艺之乐，是专于声韵求诗，而使诗与乐混者也。夫诗为乐心，而诗实非乐，若于作诗时便求乐声，则以末汩本而心不一，必至字字句句，平仄清浊，而诗化为词矣。”[④] 这里对诗乐同质说做了有理有据的批评。李东阳以为诗是六艺之乐，将诗乐等同，而主张于声韵中求诗，这

① 见张海明《中国的“诗为乐心说”和西方的“乐为诗之高境说”》，选自黄药眠、童庆炳主编《中西比较诗学体系》，人民文学出版社 1991 年版，第 245 页。

② 据钱锺书说，“近有选词者数辈，尚力主弦乐之说，隐与渔仲、理堂见地相同。”见钱锺书《谈艺录》，生活・读书・新知三联书店 2001 年版，第 79 页。

③ 钱锺书：《谈艺录》，生活・读书・新知三联书店 2001 年版，第 79 页。

④ 转引自周振甫、冀勤《钱锺书〈谈艺录〉读本》，上海教育出版社 1992 年版，第 450 页。

在潘氏看来，无异以末汩本，将作诗等于填词，实际上是取消了诗。可惜潘氏只是粗浅认识到诗乐之差异，而对其内在原因没有做更进一步探讨。

在此基础上，钱锺书阐析道：

> 诗、词、曲三者，始皆与乐一体。而由浑之划，初合终离。凡事率然，安容独外。文字弦歌，各擅其绝。艺之材职，既有偏至；心之思力，亦难广施。强欲并合，未能兼美，或且两伤，不克各尽其性，每致互掩所长。即使折中共济，乃是别具新格，并非包综前美。匹似调黑白色则得灰色，以画寒炉死灰，惟此最宜；然谓灰兼黑白，粉墨可废，谁其信之。若少陵《咏韦偃画松》所谓"白摧朽骨，黑入太阴"，岂灰色所能揣侔，正须分求之于粉墨耳。诗乐分合，其理亦然。[①]

这段文字明确提出"文字弦歌，各擅其绝"之观点，捍卫了文学与音乐各自的独立性和主体地位。然而这结果的获得却经历了一个历史的过程，先是诗乐同源一体："诗、词、曲三者，始皆与乐一体"，其原因在于紧接着的后文所说的："先民草昧，词章未有专门。于是声歌雅颂，施之于祭祀、军旅、昏媾、宴会，以收兴观群怨之效。"[②] 不过随着人类文化的发展，诗与乐"而由浑之划，初合终离"。韦勒克说："各种艺术——造型艺术、文学与音乐——都具有自己独特的进化历程，也都拥有自己不同的发展速度与包含各种因素的不同的内在结构。"[③] 这句话大致不错，然而似乎颠倒了逻辑次序，它实际包含的是一种因果关系，一定程度后者是因，前者是果。从本质上说，诗乐合离是由诗乐各自的表现媒介的不同内在结构所决定，这正如钱锺书所言："艺之材职，既有偏至；心之思力，亦难广施。"这一点他在早年的文章中，有着很具体的阐述：

> 文字言语因事因物方能有意义，是有 reference 的（或用西惠儿自己的话，是传达的），但是音乐、绘画、雕刻等艺术的 media 本身就是一种事物，不必有（不一定是"没有"）reference——像语言文

① 钱锺书：《谈艺录》，生活·读书·新知三联书店2001年版，第79—80页。

② 同上书，第102页。

③ Wellek, Warren, *A Theory of Literature*, New York: Harcourt Press, 1949, p. 134.

字所有的 reference。①

的确，音乐、绘画、雕刻等艺术的媒介分别为声音、线条、建筑材料等客观物质，直接诉诸感官，呈现意义，而语言需“因事因物”，也即需借助“隐喻”手段，通过感官中介，方能传达意义。前者直接，后者间接。正是在这个意义上，才会有诗和乐的不同特点。

克罗齐曾经提出直觉即表现的观点，漠视艺术传达，认为“表现不能分类”。在这一点上与诗乐同质论可谓一致。西惠尔以为艺术的性质在于传达的观点无疑是对克罗齐观念的一种反驳。事实上当时持此观点的，在英国大有人在，钱锺书指出：“艺术的主要性质在乎传达，这一点与瑞恰慈和伊斯脱曼的意见完全一致。”既然艺术的主要性质在于传达，那么基于媒介的差异，就可以把艺术区分开来。

在晚年的《管锥编》中，钱锺书给我们拈出了一个中西沟通的“诗之‘言’可‘矫’而乐之‘声’难‘矫’”的艺术论命题：

> 《正义》：“诗是乐之心，乐为诗之声，故诗乐同其功也。初作乐者，准诗而为声；声既成形，须依声而作诗，故后之作诗者，皆主应于乐文也……设有言而非志，谓之矫情；情见于声，矫亦可识。若夫取彼素丝，织为绮縠，或色美而材薄，或文恶而质良，唯善贾者别之。取彼歌谣，播为音乐，或词是而意非，或言邪而志正，唯达乐者晓之”。按精湛之论，前谓诗乐理宜配合，犹近世言诗歌入乐所称“文词与音调之一致”；后谓诗乐性有差异，诗之“言”可“矫”而乐之“声”难“矫”。②

诗乐虽须配合，然而正如《谈艺录》所指出，诗乐“初合终离”——当然这里的“离”并非分离之意，而是独立——所以在钱锺书看来，“《正义》后半更耐玩索，于诗与乐之本质差殊，稍能开宗明义”，对此他进行了旁征博引、透辟阐发：

> 意谓言词可以饰伪逞心，而音声不容造作矫情，故言之诚伪，闻

① 钱锺书：《写在人生边上·人生边上的边上·石语》，生活·读书·新知三联书店 2002 年版，第 270 页。

② 钱锺书：《管锥编》（第一卷），生活·读书·新知三联书店 2001 年版，第 105—106 页。

音可辨，知音乃所以知言。盖音声之作伪较言词为稍难，例如哀啼之视祭文、挽诗，共由衷立诚与否，差易辨识；孔氏所谓“情见于声，矫亦可识”也。《乐记》云：“唯乐不可以为伪；乐者心之动也，声者乐之象也”；《孟子·尽心》：“仁言不如仁声之入人深也”；《吕氏春秋·音初》：“君子小人，皆形于乐，不可隐匿”；谭峭《化书·德化》：“衣冠可诈，而形器不可诈，言语可文，而声音不可文。”皆以声音为出于人心之至真，入于人心之至深，直捷而不迂。亲切而无介，是以言虽被“心声”之目，而音不落言诠，更为由乎衷、发乎内、昭示本心之声，《乐纬动声仪》所谓：“从胸臆之中而彻太极”（《玉函山房辑佚书》卷五四）。古希腊人谈艺，推乐最能传真像实，径指心源，袒裸衷蕴。近代叔本华越世高谈，谓音乐写心示志，透表入里，遗皮毛而得真质。胥足为吾古说之笺释。[①]

显然，诗之言之所以可矫，而乐之声之所以难矫，是由它们不同的媒介材质决定的。钱锺书以为“仅据《正义》此节，中国美学史即当留片席地与孔颖达”。这固然是对孔颖达的高度评价，实际也折射出他对此一问题的重视，对诗乐各自独立身份和地位的强调。

三　文学与绘画：“诗中有画而又非画所能表达”

文学是一门语言艺术，钱锺书通过对诗与禅、诗与乐的辨析，突出强调了这一点。那么作为一门语言艺术，诗或者说文学又有着怎样的表现特点呢？关于这一点，钱锺书在《读〈拉奥孔〉》一文中，结合莱辛名著《拉奥孔》里所讲绘画或造型艺术和诗歌或文字艺术在功能上的区分的观念，给我们做了深入细致的探究。

莱辛认为，“语言文字能描叙出一串活动在时间里的发展，而颜色线条只能描绘出一片景象在空间里的铺展”，在钱锺书看来，莱辛虽承认诗歌和绘画各有独到，但仅仅立足时空角度对诗与画进行区分，失之粗浅，不够周密。因为他仅强调“诗歌的画”，不能转化为“事物的画”，而不知“不写演变活动而写静止景象的‘诗歌的画’也未必就能转化为‘物质的画’”[②]。因此，“诗歌的表现面比莱辛所想的可能更广阔”[③]。他做了

---

① 钱锺书：《管锥编》（第一卷），生活·读书·新知三联书店 2001 年版，第 108—109 页。

② 钱锺书：《七缀集》，生活·读书·新知三联书店 2002 年版，第 38 页。

③ 同上书，第 57 页。

如下几个方面的补充：

（1）就空间而论，绘画相对诗而言“得讲究画幅上的结构和布局”。如程正揆《青溪遗稿》卷二四《题画》所引之诗句“洞庭湖西秋月辉，潇湘江北早鸿飞”，把空间里迢遥不沾边的景物联系起来，相互对照，这是“说得出，画不就”的，即是画出来，也只是使“湖西月”和“江北鸿”平铺陈列，体现不出诗里那种上句和下句的清楚呼应之感。[1] 而且本质上说，“人事绝不类小说中所叙之雁行鱼贯，先后不紊，实乃交集纷来”，这一点绘画很难表现，但诗或语言艺术可以通过“话分两头”，“花开两朵，各表一枝”之手法[2]，将此“同一时间而不同空间里的景物”之“分合错综的关系”[3]，联系配对，互相映衬，使叙述之单线铺引为万绪综织之平面。亚里士多德《诗学》曾称史诗取境较悲剧为广，同时发生之情节不能入剧演出，而诗中可以叙述出之。[4] 戏剧是熔绘画、布景、舞蹈等视觉艺术于一炉的综合艺术，史诗和悲剧的比较一定程度可置换为诗和绘画的比较。相对于绘画来讲，诗是不受时空限制的。这一点使诗或文学在反映生活上有了巨大的容量，无论是表现人生中一时一地，稍纵即逝的思想感受，还是反映错综复杂的时空或社会关系，表现深邃宏大的历史内容，文学都较其他艺术形式更有优势。显然，这一点莱辛强调不够，而钱锺书有着充分认识。

（2）概念性、情调性的气氛更难画。比如柏克说：描述具体事物时，插入一些抽象或概括的字眼，产生包举一切的雄浑气象，例如弥尔顿写地狱里阴沉惨淡的山、谷、湖、沼等，而总结为“一个死亡的宇宙”，“那是文字艺术独具的本领，造型艺术办不到的”[5]。这无疑是非常确实的，绘画使用的是“自然的符号”——线条、颜色等纯感性媒介，这种特点使其在视觉形象的塑造上独占优势，然而抽象概念却是对具体和感性的超越，表现为非感性。“符号无可争辩地应该和符号所代表的事物互相协调”[6]。用绘画表达抽象概念，无异以感性表达非感性，自然是很难办的。在现代语言学看来，语言兼具感性与理性的特点，这使文学作为语言艺术具备两种功能，既能使思想感情的表现保持着感性的生动和丰富，又可以

---

① 钱锺书：《七缀集》，生活·读书·新知三联书店 2002 年版，第 38 页。

② 钱锺书：《管锥编》（第一卷），生活·读书·新知三联书店 2001 年版，第 120 页。

③ 钱锺书：《七缀集》，生活·读书·新知三联书店 2002 年版，第 39 页。

④ 钱锺书：《管锥编》（第一卷），生活·读书·新知三联书店 2001 年版，第 120—121 页。

⑤ 钱锺书：《七缀集》，生活·读书·新知三联书店 2002 年版，第 39 页。

⑥ ［德］莱辛：《拉奥孔》，朱光潜译，人民文学出版社 1984 年版，第 82 页。

发挥语言作为概念的功能，表现理性化的形象，在某种程度上克服了绘画因形象的感性化所造成的局限。钱锺书之所以能够看到这一点，做出以上结论，与其语言学的深厚功底分不开。

（3）绘画无法表现语言修辞中的矛盾现象。如苏轼咏牡丹名句："一朵妖红翠欲流"；明说是"红"，哪能又说"翠"呢？这里"翠"不是真指绿色而言，"乃鲜明貌，非色也"。诗里只有一个真实颜色，就是"红"；"翠"作为颜色来说，在这个地方是虚有其表的。又如李商隐《石榴》："碧桃红颊一千年"，是"碧"又是"红"，构成文字里自相矛盾的假象。在西方，最突出的例子是诗人歌德的名言："理论是灰黑的，生命的黄金树是碧绿的"；"黄金"哪里又会"碧绿"呢？这里的"黄金"，正如"黄金时代"的"黄金"，是宝贵美好的意思；换句话说，"黄金"是虚色，"碧绿"是实色。可以很好地说出来，但不可能将之画出。更加为难的是，现实中人在某种情境中往往会产生一种非现实的幻觉，矛盾对立，诗笔可以描绘，但画笔却不能为。如徐兰《磷火》："别有火光黑比漆，埋伏山坳语啾唧"；又如雨果诗句："一个可怕的黑太阳耀射出昏夜"，等等。显然，"火光黑比漆""黑太阳"等光暗一体的景物只能黑漆漆而又亮堂堂地在文字艺术里出现，而无法在画中展现。[①]

比喻"是文学语言的特点"，表达的是"似是而非、似非而是"[②] 的情景，这一点更是无法画出。实际上，莱辛也注意到这一层，在《拉奥孔》写作提纲里，他指出："自然符号的力量在于它们和所指事物的类似，诗本来没有这种类似，它就用另一种类似，即所指事物和另一事物的类似，这种类似的概念可以比较容易地，也比较生动地表达出来。"这种类似指的就是比喻，他说比喻具有"自然符号"的力量，同时又与"人为符号"相连接。而绘画却"不可能运用这种方法，这就使诗占很大的便宜"[③]。语言之所以既具有感性又具有理性的特点，无疑是与沉积在语言结构中的隐喻性思维分不开的，可以说，莱辛已经涉及了比喻的复杂性。但正如钱锺书所指出，他"没有把道理细讲"。因此，他从理论上对之进行了具体阐述，揭示出它的悖论性特点："似是而非，似非而是"。如，元好问《中州集》："骇浪奔生马，荒山卧病驼"；又如近人许承尧《疑厂诗》："古道修如蛇，枯杨秃如拳；晚山如橐驼，坐卧夕阳边。"把

---

① 钱锺书：《七缀集》，生活·读书·新知三联书店 2002 年版，第 40—43 页。

② 同上书，第 43—44 页。

③ ［德］莱辛：《拉奥孔》，朱光潜译，人民文学出版社 1984 年版，第 189 页。

山岳比作卧驼是以物拟物的贴切比喻，说的是静止状态，不是“继续进展”的“动作”，然而也无法入画。再譬如狄德罗说，诗歌里可以写一个人给丘比特射中了一箭，图画里只能画丘比特向他张弓对准，因为诗歌所谓中了丘比特的箭是个比喻，若照样画出，画中人看来就像肉体受创伤了。据此，钱锺书指出：“诗里一而二、二而一的比喻是不能画的；或者说，‘画也画得就，只不像诗’。”①

本质上说，包括比喻在内的文学语言的修辞，本源于“诗人心理方面天然的辩证法”②，体现的是人心的深广性和复杂性。而这正是语言艺术的优长。因此上面所谈，实际显示的是诗歌在表达内心体验和感觉上，具有绘画所无法比拟的优越性。这与其所指出，嗅觉（“香”）、触觉（“湿”“冷”）、听觉（“声咽”“鸣钟作磬”）的事物，以及不同于悲、喜、怒、愁等有显明心情的内心状态（“思乡”），也都与“难画”、“画不出”的说法一致。黑格尔说：“诗艺术是心灵的普遍艺术，这种心灵是本身已得到自由的，不受为表现用的外在感性材料束缚的，只在思想和情感的内在空间与内在时间里逍遥游荡。”③ 不难看出，熟读黑格尔的钱锺书，是深通此理的。

然而必须指出的是，尽管钱锺书以上论述非常充分、翔实，而且也符合这两门艺术的特点，可谓持之有故、言之成理。不过遗憾的是，通过对莱辛文本的深入研读，再结合钱锺书对莱辛的理解，我们发现后者对前者存在重大误读，而以上评价以及补充都是建立在这一基础之上的。换言之，钱锺书讨论的是一个莱辛认为根本不可能存在的观点，而前者却强加给了他，对之加以评价和补充。

先来看钱锺书对《拉奥孔》的理解：

> 它的主要论点——绘画宜于表现“物体”或形态，而诗歌宜于表现“动作”或情事。④

这是钱锺书对莱辛《拉奥孔》一书主要观点的提炼，使用的是一种非常理性的、有分寸的语气，它的内容无论怎么看应该都是没有多大问题

① 钱锺书：《七缀集》，生活·读书·新知三联书店 2002 年版，第 46—47 页。

② 钱锺书：《写在人生边上·人生边上的边上·石语》，生活·读书·新知三联书店 2002 年版，第 125 页。

③ ［德］黑格尔：《美学》（第一卷），朱光潜译，商务印书馆 1996 年版，第 113 页。

④ 钱锺书：《七缀集》，生活·读书·新知三联书店 2002 年版，第 35 页。

的，即便钱锺书自己也承认“这句话没有错”[①]。然而事实是，莱辛的观点由于极端化论述，不断被后人反复批评和指摘。如果真如以上所述，那就令人难以置信了。如朱光潜就说：“莱辛未免对诗与画的界限过分加以绝对化，因而导致一些不正确的结论。”[②] 韦勒克也认为莱辛的观点“不无可以商榷之处”[③]。然而从钱锺书总结的这句话里却看不出多少“绝对”和值得“商榷”的地方。这是为什么呢？是它与莱辛的原意不一致，还是钱锺书与朱光潜、韦勒克等人在对莱辛的理解上存在重大差异？

我们再来看钱锺书此话在《拉奥孔》原著里的出处，根据钱锺书文后注释，它来自本书的“第 15 及 16 章”，它看似是钱锺书自己概括总结而来，实际在第 16 章的起始，莱辛即开宗明义提出了关于绘画与诗歌的基本结论：

My conclusion is this. If it is true that painting employs in its imitations quite other means or signs than poetry employs, the former—that is to say, figures and colours in space—but the latter articulate sounds in time, as, unquestionably, the signs used must have a definite relation to the thing signified, it follows that signs arranged together side by side can express only subjects which, or the various parts of which, exist thus side by side, whilst signs which succeed each other can express only subjects which, or the various parts of which, succeed each other.

以上内容来自 W. A. Steel 的英译本，我们再来看，朱光潜根据彼德生等所编的《莱辛全集》二十五卷本的第四卷，和包恩缪勒所编的《莱辛选集》五卷本的第三卷等版本相同内容的中文翻译：

> 我的结论是这样：既然绘画用来模仿的媒介符号和诗所用的确实不同，这就是说，绘画用空间中的形体和颜色而诗却用在时间中发出的声音；既然符号无可争辩地应该和符号所代表的事物互相协调；那么，在空间中并列的符号就只宜于表现那些全体和部分本来也是在空间中并列的事物，而在时间中先后承续的符号也就只宜于表现那些全体或部分本来也是在时间中先后承续的事物。[④]

---

① 钱锺书：《七缀集》，生活·读书·新知三联书店 2002 年版，第 38 页。

② 朱光潜：《西方美学诗》，人民文学出版社 1979 年版，第 306 页。

③ ［美］韦勒克：《近代文学批评史》（第一卷），杨岂深、杨自伍译，上海译文出版社 1987 年版，第 219 页。

④ ［德］莱辛：《拉奥孔》，朱光潜译，人民文学出版社 1984 年版，第 82 页。

对比钱锺书的概述（通过对《拉奥孔》“第15章及第16章”的阅读，再结合钱锺书所总结莱辛的总的论点，可以认为它应该主要源自以上文字，因为后者正是莱辛对诗与画关系所下的结论）、W. A. Steel 的英译以及朱光潜的中译，不难发现，后两者是一致的，几乎没有任何差别。此外我们还可以从韦勒克《近代文学批评史》关于上述段落的英文引用中得到完全相同的内容①，尽管所根据的版本并不一样。很明显，钱锺书所概述的结论与后者存在较大差异。这种差异在于，前者相比后者在“宜于”之前少了一个限定词“only”或“只”字。这个字非常重要，虽只一字之差，意义却几乎整个改变，消弭了后者中那种绝对和肯定的语气，从而将莱辛反对在诗中进行静态描写以及批判静穆诗学观的果决的战斗性给大大冲淡与缓和了，尽管从现在来看显得更理性、更有分寸了。从莱辛启蒙主义的战斗精神，各种版本内容的一致性，以及后世理论家对莱辛关于诗与画的分析所下结论的批评，可以认为，朱光潜等人的翻译是符合《拉奥孔》原著精神的，而钱锺书的概述显然是对《拉奥孔》的误读或改造。

然而，钱锺书整篇文章的讨论就建立在这种不符合原意的理解之上。这里仅就涉及的内容来谈。钱锺书在文章中指出：

> 莱辛认为，一篇“诗歌的画”，不能转化为一幅“物质的画”，因为语言文字能描叙出一串活动在时间里的发展，而颜色线条只能描绘出一片景象在空间里的铺展。这句话没有错，但是，对比着上面所引中国古人的话，就见得不够周到了。不写演变活动而写静止景象的“诗歌的画”，也未必就能转化为“物质的画”②。

说“莱辛认为，一篇‘诗歌的画’，不能转化为一幅‘物质的画’”，这一点与莱辛的观点是相一致的，没有问题。但这句话里并不理所当然就包含“诗歌的画”既有动态的，也有静止的之意——至少莱辛不这样认为。钱锺书对莱辛给出的解释的理解是：“因为语言文字能描叙出一串活动在时间里的发展，而颜色线条只能描绘出一片景象在空间里的铺展”。这句话与前面那个“主要论点”的表述，表面看来几乎没有差别。仔细

---

① ［美］韦勒克：《近代文学批评史》（第一卷），杨岂深、杨自伍译，上海译文出版社1987年版，第216页。

② 钱锺书：《七缀集》，生活·读书·新知三联书店2002年版，第38页。

一读会发现一个有意思的细节：关于绘画的那句话里他给加了一个限定词“只”字，这与钱锺书前面的表述不一致，但符合莱辛原意，而关于诗的那句话却没有。这使人感觉钱锺书实际上是读懂和领会了莱辛的原文，因为莱辛关于诗与画的断语用的都是绝对语气，钱锺书不可能只注意到一个，而忽视另一个，然而这里呈现的事实就是这样。对莱辛的观点做了这样的理解之后，在此基础之上，钱锺书结合中国古人的认识，就认为莱辛不够“周密”了，因为“不写演变活动而写静止景象的‘诗歌的画’，也未必就能转化为‘物质的画’”。这句话正是从上面“语言文字（这里按文意以及前面的表述来说，是指诗歌，而非莱辛文章中同一概念）能描叙出一串活动在时间里的发展”一句推导出来的，因为它内涵这样的意思：莱辛认为诗歌中既可描绘动态的画，也可描绘物体的画，而无论是动态还是静态的“诗歌中的画”，绘画都是不能转化的。的确，当钱锺书对莱辛做了这样的理解之后，他所下的结论，以及紧接着而来的补充和阐述就显得自然而然、理直气壮了。但可惜的是，莱辛远没有他这么理性和周密（指对诗歌的表现的观点），这种观点在《拉奥孔》中并不存在。相反的是，莱辛根本地反对诗歌中存在静态的画，即便他不排斥一些作品也存在描绘静止的物体，但在他看来这些作品并非“能够引起逼真幻觉”的审美意象的“诗”，相比后者，它们只是一些非诗，如散文、教义诗等①。既然这样，他又怎么会觉得静态的“诗中的画”，绘画能够表现呢？似乎“诗中的画”这个短语会产生这样的歧义，但根据莱辛总的观点所构成的语境，这种情况是不存在的。由《读〈拉奥孔〉》一文所显示的完美的逻辑过程来看，结合前面的分析，有理由怀疑钱锺书对《拉奥孔》的阐释并非一种无心的误读，而是一种有意曲解，以便为其文章完美的逻辑理路服务。这一点在文学接受史上是不乏先例的（钱锺书文本屡有抉发，此不赘言）。

不过，如果不联系莱辛观点的倾向性，仅仅从涉及面考虑，应该说钱锺书所做的阐述，所下的结论都是正确的，莱辛确实没有去考虑过这些问题，自然钱锺书所反映的情况要比莱辛所想的“广阔”，只不过莱辛不认为存在这样一些问题，也根本不可能去考虑它，而不是他思维不够周密，没有考虑到从而疏忽了。换言之，钱锺书论述的内容是有价值的，是对莱辛的补充和发展，但如果说此文针对的是莱辛的观点，则显然是无的放矢，甚至可以说，是一个不折不扣的伪命题。然而这一点对于考察其文学

---

① ［德］莱辛：《拉奥孔》，朱光潜译，人民文学出版社 1984 年版，第 95 页。

思想的研究者来说，却是无妨的，它反而提供了一个深入研究对象深层结构的契机。钱锺书对莱辛的这种误读或曲解得以产生所反映之意向，不是更内在、更有力地折射了他对语言艺术特有的“偏袒、偏向”吗？[①]

而且更值得指出的是，这个误读或曲解也同时表征了钱锺书与莱辛之间关于诗歌与绘画问题的重要分歧。莱辛以荷马史诗作为圭臬，从纠正温克尔曼的关于文学应追求静穆观点以及扭转当时描绘诗盛行一时的风气的目的出发，强调动作、情节，反对静态描写和过分看重文学作品中的视觉效果的倾向。莱辛的观点立足于时代弊端而提出，其核心是诗应该描写动作，反映更广阔的时代内容。虽然莱辛的观点不无可以商榷之处，但其积极意义还是不容抹杀的，正如韦勒克所说：“他对文学中静态描写的反对不仅在当时说来是有益的，而且，如果加以适当限制的话，便在今日也是适用的。”[②] 他甚至认为“莱辛所形成的文学概念后来成了构成19世纪心理的和社会的现实主义的基础”[③]。从钱锺书立论可知，他应该是反对莱辛关于绘画与诗歌所做的绝对区分的，尽管他对《拉奥孔》的阅读所下结论并不这样认为。他之所以针对莱辛写这篇文章，就是在于他以为诗歌在描写静态上有绘画所不及之处，就是说诗歌应该可以表现静态的事物。然而有意味的是，钱锺书所举很多例子，实际也非绝对静态，而是一种动态，或者说是莱辛所言的化静为动的“媚态”。比如，“暗香浮动”之“香”，“泉声咽危石”的“咽”，“低头思故乡”的“思”，“空翠湿人衣”的“湿”，等等，表面看来静态，实际内涵一种流动的气韵。只有他所举的那些修辞完全静态，但在莱辛看来，那恰恰是一些手法，本身不是写景，不是为了构织一幅图画，它们所显示的情形与莱辛“诗中的画”不是一个概念。而钱锺书也借用艾尔德曼关于事物的“观感价值”与“情感价值”的说法，表明修辞上的色彩和图画只有情感价值而无观感价值，这就是说，它本身不是一幅图画或颜色。比如说“生命的黄金树是碧绿的”，钱锺书说这里的“碧绿”不是指颜色，而是宝贵美好的意思，意味着这种情况即使在诗里也不是图画。既然这样又怎么能让画家画出来呢？即便是诗人也没有画出来啊！显然在这里，钱锺书陷入矛盾而不自知。

诚然如此，但钱锺书所说的这些情形却最有力地体现了语言艺术在表

---

① 钱锺书：《七缀集》，生活·读书·新知三联书店2002年版，第57页。

② ［美］韦勒克：《近代文学批评史》（第一卷），杨岂深、杨自伍译，上海译文出版社1987年版，第219页。

③ 同上书，第233页。

达丰富复杂的内心体验和心理变化方面的优势，如果不是针对莱辛的话，当然是极有意义的。钱锺书所举之例大都是中国古诗。中国古代哲学主张天人合一，因此文学艺术，往往讲究心与物合，意与境谐，情与景融，而反对一味写动作，更多的是在动态中写出静态的画面，因而在西方人看来，特别是庞德，中国诗是天然的写景诗、意象诗。而西方的传统诗是戏剧诗、史诗，写的是人的活动，展现的是情节，正如莱辛所说西方诗很少静态的构图，而是通过先后承续的动作展示画面，这一点以他奉为典范的荷马史诗——“我发现荷马只描绘持续的动作而不描绘其他事物。荷马的例证对于我是很重要的，尽管我还找不出什么可证明他正确的理由”① ——为代表，也是源头。这也是莱辛不能注目诗中静态图画而钱锺书却对此深有心得的一个很大的原因。由此似乎可以说，钱锺书与莱辛认识上的差异，除开时代因素之外（现代语言学与心理学的发展与莱辛时代不可同日而语），中西文学传统的差异无疑也在其中暗暗起了作用。

这节的几个部分，是钱锺书关于文学语言艺术特点的论述，是针对文学理论史上的一些错误或偏颇命题展开的，通过诗与禅、乐以及绘画所显示的特点的辨析和比较，充分有力地说明了文学的语言本质性，同时也厘清了文艺理论上的一些纠缠不清的问题，对于更深入地认识文学，乃至其他艺术，无疑是很有帮助的。

本章较为详细地讨论和阐述了钱锺书关于文学本质的观念。当将它们从整体上加以考量，会发现它们在内在上呈现出鲜明的层次性和系统性。首先他视文学为心理状态之表现，在心理层面上将文学与哲学、历史等平行的社会文化系统沟通起来。但并不因此将文学与人文学科混同，无限扩大其边界，抹杀两者差异，而是转而极其突出文学的自身规定性，与此同时又在审美的艺术系统中将文学与禅宗、音乐、绘画等艺术门类进行对比，进一步凸显文学的语言艺术特征。层层递进，步步深入，比较全面地构成了对文学本质的总的看法。此种对文学的认识首先建立在“打通”上，但“打通”不是取消，而是敞开，一种更大视野的照亮，最终落脚点是对文学主体性、独立性的维护和彰显。

诚然，钱锺书没有给文学下一个简单明了、确实可行、具有指导性意义的定义，但却显示了一种对文学既具体而又全面的认识。与他人不同的是，他没有从正面去论述这些内容，而是从实践出发，从反面着手，把自己对文学的看法和见解，植根在人们对文学本质的认识所产生的偏差和误

---

①［德］莱辛：《拉奥孔》，朱光潜译，人民文学出版社 1984 年版，第 91 页。

解——诸如古今中外不计其数的“钝根参禅”、“参死句”、“鳖厮踢”的现象和事实，以及以禅拟诗论、诗乐同一论、诗画同一论等观念——的辨正和纠谬上。前面所总结的几方面内容，正是大多数人经常或忽视或遗忘或认识不清的问题，厘清这些问题的过程，即是去伪存真、拨乱反正从而显示本质的过程。可以说，钱锺书一辈子的学术活动就处在这样一种不断对违反文学规律、悖逆文学本质的现象与理论进行辨正和纠谬，以显示文学本质的过程中。当然这一过程同时也显示出钱锺书自己的疏忽或缺失，这一点我们不必为尊者讳。

文学是什么？有哪些“定指”？就在这一动态的过程中得到了具体而生动的回答。

第三章　文学文本:审美价值结构

“文学性”认知的审美意向反映在钱锺书的文本观上，就是文本被视作一个审美价值结构，而非主流一向认为的，是一个“载物”或“载道”的容器。对此，他以辩证思维为理论透镜加以阐述。首先他反对将“题材与体裁或形式分为二元”，指出“言即是物，表即是里”，二者对立统一，不可外在拆分；并借鉴中西文论中把文本视为一个不同质整体予以层次分析的做法，将文本分为“文字”与“神韵”两个层面，前者与后者一实一虚，相辅相成。进而又从谋篇、布局、语言等不同视角，分别提出“首尾俱应，乃为尽善”“一与不一相辅成文”“诗歌乃反常之语言”等深富辩证意蕴的命题，以揭橥文本内在秩序与审美空间的紧张与充实。一反以“有物”论为代表的“五四”启蒙主流文本工具化认识论倾向，真正把文本当作审美载体看待。

第一节　“言即是物,表即是里”

一般说来，旧式的文艺复兴修辞学和新古典主义派习惯用“形式”来指文学文本的组成要素——节奏、韵律、结构、用词、意象，用“内容”来指教训和教义。“旧的观点再比如说马克思主义文学批评中继续存在下去，这种文学批评是注重宣传、教训和意识形态的19世纪说教主义的一种翻版。”① 内容与形式的二分法在中国传统文学理论中，更为典型，中国古人往往从伦理主义的立场来看待文学，将之视为宣传圣贤教谕和社会道德的工具，从而形成一种诗教传统，“诗言志”“文以载道”之观念可为其中比较典型的说法。反讽的是，20世纪的文学革命论者虽然严厉批评古人“文以载道”说，但他们提出的新观念“言之有物”论，在文

① ［美］韦勒克:《批评的概念》，张金言译，中国美术学院出版社1999年版，第51页。

学的层面上，与前者并没有实质差殊，只不过将前者的“道”置换成了“物”，内容不同，性质一样，仍然是内容与形式的二分法。后来的工具论更是将这种认识推向了极端，成为20世纪中国文学理论的主流观念。

然而钱锺书却从文学的文学性出发，对之进行深刻质疑，表达了明确的反对意见。早在30年代初期，他就指出：

> 盖吾国评者，夙囿于题材或内容之说——古人之重载道，今人之言“有物”，古人之重言志，今人之言抒情，皆鲁卫之政也。究其所失，均由于谈艺之时，以题材与体裁或形式分为二元，不相照顾。而不知题材、体裁之分，乃文艺最粗浅之迹，聊以辨别门类，初无与于鉴赏评骘之事。①

古人之载道、言志观，今人之有物、抒情观，本质上都是内容与形式的二元论，此种区分立足的是“世眼”：世俗或物质的角度，对事实进行分类，无涉于审美判断和评价。如杜甫《秋兴诗》、夏珪《秋霖图》，论其取材，同属秋令，论其制体，一则七言律诗，一则水墨大幅，只不过方便编目录立案卷而已，与杜诗、夏画之命脉精神，并无关涉。然而此种二元论在中国渊源极深，习非成是，以各种面目出现。钱锺书以王充《论衡》里的一段经典之论作为批评之靶，对此展开讨论。王充《论衡·对作篇》说：“《论衡》之造也，起众书并失实，虚妄之言，胜真美也。故虚妄之语不黜，则华文不见息，华文放流，则实事不见，故《论衡》者，所以铨轻重之言，立真伪之平，非苟调文饰词，为奇伟之观。”② 如果单就考镜思想而论，将《论衡》看作一部纯粹的思想著作，立足“世眼”，而非文学角度，那么区分真伪是其本分，因此排斥“华文”和“虚妄之语”，是可以理解的。此时，《论衡》显示出一种改换了形式的“载道观”，内在精神是内容和形式二元论的，意味着文章是承载思想的工具，为了达到这个目的，必须清除一切干扰因素。不过问题在于，与“文以载道”观一样，以上所论本是思想文本，具有特定专业或学科属性，与艺术无关，然而人们却将之视为艺术论看待，“谈艺者，啧啧称道”。因此，矛盾之处，斐然毕现：

---

① 钱锺书：《写在人生边上·人生边上的边上·石语》，生活·读书·新知三联书店2002年版，第103—104页。

② 同上书，第104页。

> 果如说者所谓指文艺而言，则断然无当也。所谓“虚实”，果何所指？“虚实”之与“真伪”，是一是二？文艺取材有虚实之分，而无真妄之别，此一事也。所谓“真妄”，果取决于世眼乎？抑取决于文艺之自身乎？使取决于世眼，则文艺所言，什九则世眼所谓虚妄，无文艺可也；使取决于文艺自身，则所言之真妄，须视言之美恶为断，不得复如充所云，以言之美恶取决于所言之真妄，蹈循环论证之讥，此二事也。即使文之美恶与材之真妄为一事，而充云：“非苟调文饰词为奇伟之观”，则似乎奇伟之美观，固可以虚饰为之者：美之与真，又判为二事矣。数语之内，自相矛盾，此三事也。[①]

在钱锺书看来，《论衡》之所以出现上述三层矛盾，在于混淆了艺术文本和思想文本应有的差别，乃至将艺术之真和事实之真混为一谈。如果所论是有关“世眼”的真理性问题，当然就与文艺无关，文艺可以说都是虚假的，是一种“伪陈述”或“准陈述”，自然存在内容或形式的区分。但如果拿它当艺术论来看待，那么内容与形式就浑然不可分了，内容的真伪、虚实，说到底是一种形式问题：所言之真妄，须视所言之美恶为断，内容和形式同一。依此，近人所谓“不为无病呻吟”，就构成一种伪命题。因为所谓有病与否在于作者的艺术水平的高下，即所谓形式的完美，而不在事实的真伪，因为对于读者来说，面对的是文本这一形式，而不是当时之情境，可信与否取决于融化于形式之中的说服力。是否真有病，是形式在回答你；它也就是内容。由此钱锺书鲜明指出：

> 自文艺鉴赏之观点论之，言之与物，融合不分；言即是物，表即是里；舍言求物，物非故物。同一意也，以两种作法写之，则读者所得印象，迥然不同；刘体仁《七颂堂词绎》所云：“‘夜阑更秉烛，相对入梦寐’，叔原则云：‘今宵剩把银釭照，犹恐相逢是梦中’。此诗词之分疆。”是以文艺不可以迻译者，非谓迻译之必逊于原作也，为迻译所生之印象，非复原来之印象耳。故就鉴赏而论，一切文艺，莫不有物，以其莫不有言；“有物”之说，以之评论思想则可，以之兴赏文艺，则不相干，如删除其世眼之所谓言者，而简择世眼之所谓

---

① 钱锺书：《写在人生边上·人生边上的边上·石语》，生活·读书·新知三联书店 2002 年版，第 105 页。

物，物固可得，而文之所以为文，亦随言而共去矣。[①]

显然，文学文本形式与内容同一，存在于文本中的任何要素即其本身；它无法改变，形式改变了，内容也就相应改变。这种关于内容与形式统一的观念，是对文学文本基本性质的一种界定，由之可以把文学文本与非文学文本区别开来。之所以会有这样的一种特性，与前面一章，所论及的文学的一些具体性质息息相关。文学所展现的形象性、情感性与虚拟性使文学成为一种内指的文本，形式成为艺术关注的中心，创作的过程就是艺术构型的过程，在这里形式与内容融合为一体，不可分割。在具体论及这些问题时，钱锺书都结合实用文体或事物加以区分。晚年他在《管锥编》中论到文学的形象特点时说：

诗也者，有象之言，依象以成言；舍象忘言，是无诗矣，变象易言，是别为一诗甚且非诗矣。故《易》之拟象不即，指示意义之符（sign）也；《诗》之比喻不离，体示意义之迹（icon）也。不即者可以取代，不离者勿容更张。

这是从形象的角度就哲学文本与文学文本所进行的区分。哲学文本是“指示意义之符”，是工具性的，功利的，外指的，文本由内容与形式构成；而文学文本是“体示意义之迹”，也即他所说“比喻是文学语言的特征”，是形象的，内指的，超功利的，文本内容与形式合二为一。

又比如在论到诗歌与一般的哭喊发泄的区别时，他指出：

夫“长歌当哭”，而歌非哭也，哭者情感之天然发泄，而歌者情感之艺术表现也。“发”而能“止”，“之”而能“持”，则抒情通乎造艺，而非徒以宣泄为快有如西人所嘲“灵魂之便溺”矣。

诗歌与哭喊的不同，在于前者是一门立足本身的艺术，技巧与形式是中心所在，它参与到了内容之中，“长歌当哭”，是否真的让人感动，真诚，在于哭的技巧与水平，而这也就是内容的一部分。

在论到诗歌与历史的区分时，钱锺书得出“诗必凿空，史必征实”

① 钱锺书：《写在人生边上·人生边上的边上·石语》，生活·读书·新知三联书店2002年版，第105—106页。

的结论，这是从诗歌的虚拟性的角度来区分文学与历史的性质，也揭示了文学文本与历史文本的差异，就是文学文本的内在属性是虚拟的，也即前面所论到的文学文本有虚实之分，而无真伪之别，不严格对应于外在现实，不能以“世眼”来观照与判断，而历史文本却与现实严格对应、符合，存在真假之分，形式不参与到内容中来，而是为后者服务。可以说，从文学的不同属性都可以区分出文学文本与实用文本来。钱锺书此种文艺理念，与西方现代以来盛行的内容与形式统一、注重文学审美性的文本论高度一致。

把文学文本形式与内容看作不可分离并且相互作用这种认识可以远溯到亚里士多德，并且德国浪漫派、柯勒律治、法国象征派、德·桑克谛斯以及克罗齐一脉相承，但真正将之推到极致的是以俄国形式主义为代表的形式学派。[①] 他们从文本本体论出发，激烈地反对传统的内容与形式的二分法。认为，必须“中止文艺作品只是模仿（即占有内容）的常识性看法”[②]，而代之以形式主宰一切的观念，在他们看来，文本只是似乎是有内容，或者说内容是文学作品形式的功能，文学作品“说的只是它自己如何产生，如何构成的事情”[③]。马可肖莱尔在《作为发现的技巧》中说：“现代批评已经证明，只谈内容就根本不是谈艺术，而是谈经验；只有我们谈完成了的内容，即形式即作为艺术品的艺术品时，我们才是作为批评家在说话。内容即经验与完成了的内容即艺术之间的差别，就在技巧。”[④] 从传统的重内容轻形式到形式主义的重形式轻内容或干脆以形式取代和包括内容的做法，似有矫枉过正之嫌，但其充分重视文学自身的主体性和审美性的态度，实际上克服了传统理论忽视形式的倾向，则又不失片面之真理。

不过，钱锺书的文本论虽从形式出发，着重强调形式对于文学之重要性，但并没有走向形式主义偏重形式的极端化而完全忽视思想内容，对此他说：

> 少数古文家明白内容的肯定外表，正不亚于外表的肯定内容，思想的影响文笔不亚于文笔的影响思想。要做不朽的好文章，也要有不

---

① ［美］韦勒克：《批评的概念》，张金言译，中国美术学院出版社 1999 年版，第 51 页。

② ［美］特伦斯·霍克斯：《结构主义和符号学》，瞿铁鹏译，上海译文出版社 1987 年版，第 66 页。

③ 同上。

④ 转引自傅延修、夏汉宁《文学批评方法论基础》，江西人民出版社 1986 年版，第 140 页。

灭的大道理……假使我们把文字本身作为文学的媒介，不顾思想意义，那么一首诗从字形上看来，只是不知所云的墨迹，从字音上听来，只是不成腔调的声浪。所以意义思想在文章里有极重要的地位。①

可见，钱锺书是注意到了内容与形式的辩证关系的，这一点无疑使其与形式主义拉开了距离。也表明钱锺书对形式主义的接受是理性的，有所选择的。

钱锺书的文本观关于内容与形式统一的认识建立在对新文学派“有物”论所代表的启蒙主义文学工具论的批判上，尽管在现在看来已失去理论创新价值，但在30年代那样一个科学主义、理性主义盛行，文学的审美价值严重被忽视的时代，无疑乃空谷足音，有振聋发聩之效。

第二节　文本的层面

由以上所论可知，钱锺书针对“五四”新文学“言之有物”说所体现的内容与形式的二分法，表示明确的批评意见，指出对于文学文本而言，“言即是物，表即是里”，突出了文学的审美属性。据此，他借鉴中西文论中把文本视为一个不同质整体予以层次分析的做法，将文本分为文字与神韵两个层面。

在中国，对文本层次的分析始于老庄、周易的言、象、意之辨，到了王弼，明确将三者的关系进行说明，指出了言、象、意之间的层次关系，至此中国文本层次论最终成立。② 然而随着这一理论进入诗学领域，再加上佛教禅宗思想的渗透，南北朝之后，言、象、意之间的关系悄悄发生了变化，人们不再注重言与意，而是将两者整合到象之中，提出了“言外之意”、“象外之象”、“弦外之音”的说法。相比前者，这一两分法在中国古代诗学中得到了更广泛的认同、承继与发挥。

明代学者胡无瑞在其诗学著作《诗数》中写道：

作诗大要，不过二端：体格声调、兴象风神而已。体格声调，有则可循；兴象风神，无方可执。故作者但求体正格高，声雄调鬯；积

---

① 钱锺书：《钱锺书散文》，浙江文艺出版社1997年版，第407页。

② 黄药眠、童庆炳：《中西比较诗学体系》，人民文学出版社1991年版，第277页。

习之久，矜持尽化，形迹俱融，兴象风神，自尔超迈。①

清代学者姚鼐“粗”“精”之说可谓对此的翻版：“所以为文者八，曰：神理、气味、格律、声色。神理、气味者，文之精也；格律、声色者，文之粗也。”② 以上二分法很明显与钟嵘、司空图的言外之意、象外之象的说法一脉相承，所谓体格声调，不过象而已，兴象风神乃是象外之象，“粗”“精”之说也可做此解释，不过与前者不同的是，后者强调两者并重，而不像前者一样有所偏废，轻“象”，而重“象外”。而且，尤其是姚鼐，对文本的外在形式和内在意蕴的分析更为具体，除了强调从文本的外在形式入手去把握作品的内在意蕴，同时还强调读者应细心品味文章的“格、律、声、色”。可以说中国古代文论家，对文章读写有着丰富而细腻的感受，他们建立在这之上的层面理论，既具辩证精神，又比较符合文章的读写实际。但他们的局限也是明显的，一是没有提出明确的意义和声音范畴，二是概念过于具象，如“神理”、“气味”包含的是复杂的审美感受，不便于现代读者具体分析和把握。对于以上文本层次论的缺失，钱锺书是深有体会的，指出“古之谈艺者”，“取一端而概全体，则是者为非矣”，在此基础之上，他提出了自己的文本层次理论：

诗者，艺之取资于文字者也。文字有声，诗得之为调为律；文字有义，诗得之以侔色揣称者，为象为藻，以写心宣志者，为意为情。及夫调有弦外之遗音，语有言表之余味，则神韵盎然出焉。③

按其内涵，文本可以分为两个层面：第一个层面是文字层，体现为有形的文字，它实际又包含两个次一级的层次：语音层与语意层；第二个层面是神韵层，“弦外之遗音”，“言表之余味”。它显然是对以上两分法的扩展和发挥。“声”“义”不过前述“象”“体格声调”“粗”等范畴的分解和细化，神韵乃是指前述的“象外之象”“兴象风神”“精”等。下面我们结合钱锺书关于语音、语意以及神韵等问题的具体观念和主张来深入这两个层面的内涵。

---

① 钱锺书：《谈艺录》，生活·读书·新知三联书店2002年版，第110页。
② 同上。
③ 同上。

一 “文字”层

1. 语音层：“文字有声”

钱锺书是一个对文学作品的语音非常关注和重视的学者，但他并没有像形式主义者那样从科学的角度抽象地分析诸如音素、音位、节奏、韵律之类纯技术问题，而是立足于具体的文学创作现象，结合诗歌与散文这两种文学体裁展开自己的理论阐述，提出自己的主张。

作为一个古诗写作者和诗评家，钱锺书曾对古体诗写作中关于声律的“八病”说提出了严厉批评：

> 四声之辨，本诸天然音吐，不容抹杀；若八病之戒，原属人为禁忌，殊苦苛碎，每如多事自扰，作法自毙。十七世纪英诗人（Samuel Daniel）尝言，诗法犹国法，国愈乱则法愈繁，可以喻此。[①]

“四声”很好地区分了汉语的调类，“本诸天然音吐”，是语言的一种自然属性，因而“不容抹杀”。“八病”是诗歌在运用四声方面所产生的毛病，“八病”说的提出体现了对诗歌声律的严格限制，其弊在于“苛碎”，“每如多事自扰，作法自毙”。而且它也并不能穷尽一切音韵问题，不是说遵守了它，诗歌在声律上就臻于完美了。对此钱锺书指出：

> 且诗歌音节之美，初非除八病便得，“推、敲”熟例，已堪隅反。[②]

比如钟嵘摒斥“蜂腰、鹤膝”，解缚释荷，“未为失也”。但钟嵘完全排斥声律的做法，钱锺书却是不赞许的，指出：“渠不审诗虽不“备管弦”“入歌唱”，却仍有声律音调，而这种声律音调，非他，正是钟嵘自己所言“但令清浊通流、口吻调利”。因为苟可“讽诵”而“不蹇碍”，则内在遵循了“平、上、去、入”的声韵规律，自然就“闇与理合”，无须“思至”了。的确，“八病”说可不遵守，但声律却是不能不要的，不可倒脏水连孩子也一起倒掉。钱锺书追求的是一种自然声律，以声调和谐为准则。类似艾略特论“自由诗”所含蕴之音节美，“不经心读时，则逼

---

① 钱锺书：《管锥编》（第四卷），生活·读书·新知三联书店 2001 年版，第 2249 页。

② 同上。

人而不可忽视；经心读时，又退藏于密”[①]。

从创作论的角度讲，之所以要反对八病说，而主张自然音韵，其原因在于，过于严格的形式规范将窒息人的创造性，使语言失去自然的新鲜和生命的活力：

> 调声属对，法如牛毛，格如印板，徒乱人意；其于吟事，真类趣令无病而不问死活者。苟服膺奉持，把笔时局促战兢，误以诗胆之小为诗心之细，幸得成章，亦只非之无举、刺之无刺，奄奄无气之文字乡愿尔。[②]

如果创作时过于执着声律等形式规范，瞻前顾后，左绌右支，则不免“局促战竞”之感，不利于创作主体心灵的自由发挥，从而导致“奄奄无气之文字乡愿尔”。

不光诗讲音韵，散文亦不废声音之道。中国古代文章，自南北朝时有文笔之分，《文心雕龙·总术》这样说明“文”和“笔”的区别：“以为无韵者笔也，有韵者文也。”韵文的主要文体是骈文，其特点之一便是“宫徵靡曼，唇吻遒会”，这种音韵上的形式主义达到极端，往往不惜委屈或损害文意。这即在当时的文章家范晔那里就引起了反感，因此“耻作文士”，并痛陈其弊。在《狱中与诸甥侄书以自序》一文中，他罗列出了“文”的四种“病累”，其中就包括“韵”的问题：

> 文患其事尽于形，情急于藻，义牵其旨，韵移其意。[③]

韵移其意，即“迁意就韵，因韵求事”，无疑是本末倒置的做法，是一种极端形式主义的毛病。鉴于“文”之弊，范氏转而推崇不拘音韵的“笔”：

> 性别宫商、识清浊，斯自然也。观古今文人，多不全了此处；纵有会此者，不必从根本中来。言之皆有实证，非为空谈。年少中谢庄最有其分。手笔差易，文不拘韵故也。[④]

---

① 钱锺书：《管锥编》（第二卷），生活·读书·新知三联书店2001年版，第671页。

② 钱锺书：《管锥编》（第四卷），生活·读书·新知三联书店2001年版，第2251—2252页。

③ 同上书，第2002页。

④ 同上书，第2004页。

以为“笔”遵循的是一种自然的音律，无疑是正确的，然而就此认为“文”、“笔”之间的差别即在于音韵的有无；在此，“文不拘韵”与“无韵者笔也”，说法不同，实质是一样的。钱锺书认为，这是“皮相之谈”，因为“散文虽不押韵脚，亦自有宫商清浊”。这一点“后世论文愈精，遂注意及之”。比如桐城家言所标“因声求气”即是指此。张裕钊《答吴至甫书》对此阐述颇详。刘大櫆《论文偶记》说：“音节者，神气之迹也，字句之矩也；神气不可见，于音节见之，音节无可准，以字句准之”；又如姚范《援鹑堂笔记》卷四四说：“朱子云：‘韩昌黎、苏明允作文，敝一生之精力，皆从古人声响处学’；此真知文之深者”。桐城古文家的话深刻透露出，声音之道对于文章的重要意义：文章的深沉精微之处与声音存在内在关联，因此学古人须得学其声音，方能得神韵。在钱锺书看来，以上所谈“均指散文之音节，即别于‘文韵’之‘笔韵’矣”。换言之，“言词中隐伏歌调”，善于体会，也即言“散文不废声音之道也”[①]。由此可见，散文并非范晔所想象的“不拘韵”，而是“隐伏歌调”。

需要指出的是，以上所引古人句子中“音节”一词，并非纯指声调或音响，也与现代汉语中“听觉能够感受到的最自然的语音单位”的定义不同，它实际是一个复合词，内含有音调与节奏之意。这一点，胡适在《谈新诗》一文中做了明确的解释。当代学者钱谷融也说：“中国文学的音节，基于平仄与音韵的少，基于停顿与句子之长短者多。”[②] 无疑钱锺书对此是有着深刻认识的。宋代诗人唐庚在其《眉山文集》卷二三《上蔡司空书》中曾说：“所谓‘古文’，虽不用偶俪，而在散语之中，暗有声调，其步骤驰骋，亦皆有节奏，非但如今日苟然而已”[③]。钱锺书即判定，“此即桐城家论‘古文’所谓‘音节’之说，却未尝溯及之也。”他之所以下此结论，恐怕与其对音节中之节奏的认识不无关系，因为桐城派不但非常注意散文的声调问题，对节奏更是特别看重，如刘大櫆就曾说：“文章最要节奏，譬之管弦繁奏中，必有希声窈渺处。”正是在节奏这一点上，钱锺书将两者联系了起来。

总而言之，在钱锺书看来，文学作品包含一个语音的层面，“言词中隐伏歌调”，而“音节者，神气之迹也”，不光是诗歌，散文也是如

① 钱锺书：《管锥编》（第四卷），生活·读书·新知三联书店 2001 年版，第 2005 页。

② 钱谷融：《论节奏》，《文艺理论研究》1994 年第 6 期。

③ 钱锺书：《管锥编》（第四卷），生活·读书·新知三联书店 2001 年版，第 2005 页。

此，体现出一种自然音韵观念，然而这正是文学艺术追求之通则。[①] 与其说，这是自然的，不如说是自由的，是对规则和戒律的突破和超越。

2. 语意层："文字有义"

"文字有义，诗得之以侔色揣称者，为象为藻，以写心宣志者，为意为情"，显示的是一种语意层面。有学者根据中国古代言、象、意的观念，将包含"象"的层面归结为"形象层"[②]。我们先不就此评论。但我们认为这种总结，在钱锺书看来，似乎是不会认同的。他曾指出，"诗文不必一定有象，而至少需有意；文学语言的基本功能是达'意'，造'象'是加工的结果"。比如说，"前不见古人，后不见来者"。"象似乎没有，而意却无穷"。在给敏泽的谈意象的批语中，他表明，中国古代文论中所论之"意象"直到明代王廷相，才'是真正的'意象'，而非'意思'了。可见，他认为在古人的观念中，是并没有所谓形象层面的。似乎《易经》与《庄子》中所谓言、象、意的观念体现出这样一种层次性，但在他看来，"庄子虽是文学家"，"但他的言论专为哲学而发，而且专为他的那种超越语言文字的神秘经验而发"，所谓"'变其象'，'舍其象'，极不重视'象'，极不重视'言'"。[③] 换句话说，上述言、象、意的说法是针对哲学表达而言的，在哲学中"言"与"象"正是要被抛掉的东西，因此不应该被作为一种文学层次理念来看待。《谈艺录》"为象为藻，以写心宣志者，为意为情"的说法，与上述观念在精神实质上是高度一致的。正是基于这一点，我们把他上面所表达的理念，概括为"语意"层，而不是"语象"层。

然而我们对钱锺书的上述观念也是抱有"戒心"的，而不敢完全苟同。其一，庄子等哲学家的言论虽是为哲学文本而发，确实不重视"言"或"象"，但他们并不能完全舍弃"它"，还是需要它来表达意思，事实上"言"与"象"在哲学文本中客观存在，并非想抛就能抛得了的。更有进者，钱锺书曾指出，"因用施艺"，"用失艺存"，如"《易林》之作，为占卜也"，"卜筮之道不行，《易林》失其要用，转藉文词之末节，得以不废"。非文学作品一旦失去了它的原有用途，其中的"造艺意愿"就给凸显出来，最终变成了文学作品。这是艺术发生学的基本规律。《庄子》不就是既被当作哲学文本也被当作文学文本看待吗？因此，将言、象、意

① 参见谭桂林《本土语境与西方资源》，人民文学出版社 2008 年版，第 126 页。

② 童庆炳：《中华古代文论的现代阐释》，中国人民大学出版社 2010 年版，第 43 页。

③ 见敏泽《钱锺书先生谈意象》，《文学遗产》2000 年第 2 期。

的说法作为一种文学观念来考察，也是说得过去的。其二，“象”或者“喻”乃是文学的根本，只要是一种文学作品，就会有象的存在。正如有学者研究指出：“文学语言的基本任务就是构建文学形象，一部文学作品就是由一系列文学形象构成的世界。”[①] 这其实也是钱锺书自己的一个基本观点，如他就曾说“比喻正是文学语言的特点”[②]，而上面钱锺书引出“前不见古人，后不见来者”的诗句，下结论说“‘象’似乎没有，而‘意’却无穷”，似乎也有问题。这里边其实不像他所说没有“象”，而是隐含着“象”，它就是抒情主人公形象，这从其忽略而没有做引述的后两句，更见得分明：“念天地之悠悠，独怆然而涕下”，其中抒情主人公“怆然而涕”的悲慨之“象”呼之欲出，没有这个“象”，作者的宇宙情怀和苍凉体验就无法展现出来。尽管钱锺书不认为文学作品中必然存在“象”，但事实上在他的语意层的表述中，是客观存在语象层面的，前者包含后者。只不过在其看来，意与象是统一的，不可分割，“意”就是“象”，“象”就是“意”，因此语象层说到底也就是语意层。

那么，文学作品的语意到底呈现怎样的特点呢？钱锺书对此进行过透辟讨论。《管锥编》开篇即洋洋洒洒、大谈特谈语言的多义现象。他首先由文字的多义谈起：

> 一字多意，粗别为二。一曰并行分训，如《论语·子罕》：“空空如也”，“空”可训虚无，亦可训诚悫，两义不同而亦不倍。二曰背出或歧出分训，如“乱”兼训“治”，“废”兼训“置”，《墨子·经》上早曰：“已：成，亡”；古人所谓“反训”，两义相违而亦相仇。然此特言其体耳。若用时而只取一义，则亦无所谓虚涵数意也。心理事理，错综交纠：如冰炭相憎，胶漆相爱者，如珠玉辉映、笙磬和谐者，如鸡兔共笼、牛骥同槽者，盖无不有。赅众理而约为一字，并行或歧出之分训得以同时合训焉，使不倍者交协、相反者互成，如前所举“易”“诗”“论”“王”等字之三、四、五义，黑格尔用“奥伏赫变”之二义，是也。[③]

上述所讲多义性是从词汇学的意义而言的，词汇学认为，由于词义是对客观事物的概括反映，客观事物复杂多样，而词的数量有限，难以对应

① 赵炎秋：《形象诗学》，中国社会科学出版社2004年版，第231页。
② 钱锺书：《七缀集》，生活·读书·新知三联书店2002年版，第43页。
③ 钱锺书：《管锥编》（第一卷），生活·读书·新知三联书店2001年版，第4页。

地表示意义，所以不可避免会出现多义词。但词汇学中的多义性是相对的，不管一个词有多少种意义，都可以在词典中注明，总会有为社会所公认的某种固定意义。而且在使用的时候，意义明确、单一，不致产生歧义，引起误解。

文学语言则不同，它不是以传达某种准确的信息和清晰无误的逻辑内容为旨归，而是要表现人们丰富复杂的非理性情绪和心理，因此其词汇就必然呈现出相应的特点：

> 席勒《美育书札》第七，第一八函等言分裂者归于合、抵牾者归于和，以“奥伏赫变”与“合并”“会通”连用；又谢林《超验唯心论大系》中，连行接句，频见此字，与“解除”并用，以指矛盾之超越、融贯。则均同时合训，虚涵二意，隐承中世纪神秘家言，而与黑格尔相视莫逆矣……语出双关，文蕴两意，乃诙谐之惯事，固词章所优为，义理亦有之。①

在钱锺书看来，“语出双关，文蕴两意”是文学中的一种常态的语言现象。在文学语境中不仅一字多义，而且这多义竟可以并存，甚至相反的两义也能“合训”。

然而“经生滋惑焉”，抱持逻辑和理性思维不放的学究，对此往往不得其解，斥之为讹谬。清代学者张尔岐即在《蒿庵闲话》中说：

> “简易”、“变易”，皆顺文生义，语当不谬。若“不易”则破此立彼，两义背驰，如仁之与不仁、义之与不义。以“不易”释“易”，将不仁可以释仁、不义可以释义乎？承讹袭谬如此，非程、朱谁为正之！②

这里反映的是一种典型的理性思维，在此思维之下，相悖相反的意蕴是不能统一在一起的，所以“以‘不易’释‘易’”理所当然就被看作“承讹袭谬”了，需程、朱等理学家来“正之”。对此，钱锺书大力反驳道：

> 盖苛察文义，而未洞究事理，不知变不失常，一而能殊，用动体

① 钱锺书:《管锥编》(第一卷)，生活·读书·新知三联书店 2001 年版，第 7 页。

② 同上书，第 10 页。

静，固古人言天运之老生常谈。①

如果说“常”“静”所代表的是一般意义上的词汇学意义，那么“变”“动”所表示的就是一种对语言的修辞运用，前者是体，后者是用，以语言学概念来说，前者是“能指”，后者是“所指”，在修辞学和诗学的意义上，两者处于滑动和断裂状态，并非一一简单对应。语词的词汇意义，会经常在具体的语用中，特别是在文学语境中偏离方向，甚至与原意相悖，呈现出意义的诡论现象。张氏的错误就在于，以体现“静”态和“常”态的普通语法观念来看待反常的“变”“动”的丰富复杂的文学语意现象，一味追求能指与所指重合、对应。

文学语言的多意性、诡论性，本质上反映的是文学语意层的含混性、丰富性。关于此点，英国文学批评家燕卜逊著有《含混七型》一书予以系统研究。钱锺书结合中国古代典籍《离骚》之例，对含混的美学价值也做过精当阐述，在他看来，“含混”即“句法以两解为更入三昧”，“诗以虚涵两意见妙”②。“语出双关，文蕴两意”即是一种含混现象。而含混是一种典型的文学语言特征，是美学名词（亦即西方为“美学”定名立科者所谓“混含”是也）。对“语出双关，文蕴两意”等语言多意性的探讨，本质上是对文学语意层丰富内涵的揭示与阐发。

二　神韵层

钱锺书说：“郑君朝宗谓余：‘渔阳提倡神韵，未可厚非。神韵乃诗中最高境界。’余亦谓然。”③ 然而神韵到底讲的是什么呢？

他在《管锥编·全齐文卷·二十五》中综述各家之说，给我们总结出了它的含义：

综会诸说，刊华落实，则是：画之写景物，不尚工细，诗之道情事，不贵详尽，皆须留有余地，耐人玩味，俾由其所写之景物而冥观未写之景物，据其所道之情事而默识未道之情事。取之象外，得于言表，“韵”之谓也。曰“取之象外”，曰“略于形色”，曰“隐”，曰“含蓄”，曰“景外之景”，曰“余音异味”，说竖说横，百虑一致……宋人言“诗

① 钱锺书：《管锥编》（第一卷），生活·读书·新知三联书店 2001 年版，第 11 页。

② 钱锺书：《管锥编》（第二卷），生活·读书·新知三联书店 2001 年版，第 899—900 页。

③ 钱锺书：《谈艺录》，生活·读书·新知三联书店 2001 年版，第 108 页。

禅",明人言"画禅",课虚叩寂,张皇幽眇。苟去其缘饰,则"神韵"不外乎情事有不落言诠者,景物有不着痕迹者,只隐约于纸上,俾揣摩于心中。以不画出、不说出示画不出、说不出,犹"禅"之有"机"而待"参"然。[①]

在这里,"韵"与神韵两个概念相通互文(钱锺书曾说"观此可识谈艺仅道韵者……无异乎言神韵、气韵也"[②]),由以上文意可知,所谓神韵,乃"冥观未写之景物","默识未道之情事","情事有不落言诠者,景物有不着痕迹者也",即司空图所谓"象外之象","景外之致",一种没有说出和道明的内容,需要我们通过展现出来的文本内容加以想象和具体化。它相当于"禅",需要"参"和"悟"才能领会和把握。它立足于,又超越于实写之内容,是一种朦胧恍惚、隐约虚幻的意识形态,一种比景、形、境的描绘更为广阔的审美空间:妙境和胜谛。结合全文语境,"神韵"一词实际综括了整个中国古代神秘主义诗学之精义。钟嵘的"兴""文已尽而意有余",韩拙的"隐",王昌龄的"意境",殷潘的"兴象",司空图的"象外之象,景外之景",严羽的"兴趣",等等,"虽艺别专门,见有深浅,粗言细语,盖各不同",然"说竖说横,百虑一致"。

为了让人们对神韵的内涵有更深入的了解,在《谈艺录》中,钱锺书对比中西种种观念,解析了神韵之"神"的含义:

"神"有二义。"养神"之"神",乃《庄子·在宥》篇:"无摇汝精,神将守形"之"神",绝圣弃智,天君不勤。至《庄子·天下》篇:"天地并,神明往"之"神",并非无思无虑,不见不闻,乃超越思虑见闻,别证妙境而契胜谛。《易》所谓"精义入神",孟子所谓"大而圣,圣而神",《孔丛子》"心之精神谓之圣",皆指此言,故 Plotinus 略本柏拉图别 Noesis 出于 Dianoia 之意,又拈出一未定名之功能,谓是 Nous 之充类拔萃。后来 Boethius 于知觉、理智外另举神识。德国哲学家自 Wolff 以下,莫不以悟性别出于理性,谓所造尤超卓;Jacobi 之说,更隐与近人 Bergson 语相发。Bergson 亦于知觉与理智之之外,别标直觉;其认识之简捷,与知觉相同,而境谛之深妙,则并在理智之表。盖均合神之第二义。此皆以人之神明,分而

① 钱锺书:《管锥编》(四),生活·读书·新知三联书店 2001 年版,第 2118 页。
② 钱锺书:《管锥编》(二),生活·读书·新知三联书店 2001 年版,第 2116 页。

> 为三。《文子·道德篇》云："上学以神听之，中学以心听之，下学以耳听之。"晁文元《法藏碎金录》卷三亦谓：觉有三说，随浅深而分。一者觉触之觉，谓一切含灵，凡有自身之所属，无不知也。按即文子所谓"下学"。二者觉悟之觉，谓一切明哲，凡有事之所悟，无不辨也。按即中学，皆与西学吻契。文子曰"耳"者，举耳根以概其他六识，即知觉是，亦即"养神"之"神"，神之第一义也。谈艺者所谓"神韵""诗成有神""神来之笔"，皆指上学之"神"，即神之第二义，Pater 与 Bremond 论文所谓神是也。①

引文表明，无论中外，都有神秘家、哲学家、心理学家，注意和认识到了人类智力的层面性，或者两层或者三层，而处于最高层面的是那种超越性的智能，它"超越思虑见闻，别证妙境而契胜谛"，"所造尤超卓"，"认识""简捷"，"境谛""深妙"，神韵之"神"就属于此种智能。有意思的是，这恰好与文本构成一种同构关系，文本的语音层、语意层更多的是由理性思维通过逻辑关系建构和支配的，呈现为可以把捉的实体，而神韵层却是一种超越于文字语音等物质外壳的虚无之境，需以直觉能力才能对之品味和领悟。有人说，文学乃人类心灵的镜像和象征。以上所论，可谓钱锺书从人类智力的角度对神韵内涵的阐析。②

---

① 钱锺书：《谈艺录》，生活·读书·新知三联书店 2001 年版，第 111—112 页。

② 著名文艺理论家童庆炳先生曾在对中国古代文论的总结中发掘出了气、神、韵等审美范畴，他反对将"神韵"看作一个词，以为两者是截然不同的范畴："中国文化对文学形象的要求，除了'神'以外，还要求'韵'。清代学者王士祯把'神'、'韵'两字连用，提出'神韵'说，把'神''韵'看成一体的东西。实际上，'神'与'韵'虽然有相通、相似之处，但它们各有所指。神相对于事物的外形而言，它是指事物的内在本质，是超越形质的；韵相对于事物的外在体格而言，是指文学中流露的个人的风格、独特的情趣、气度等，它虽也是超越形质的，但毕竟有所不同。"（见童庆炳《中华古代文论的现代阐释》，中国人民大学出版社 2010 年版，第 45 页）童先生的理解可以说跟钱先生几乎完全相反，前者反对王士祯的说法，实际上钱锺书恰恰就持这种观念。在后者那里"韵"与"神韵"是同一范畴，与前者的理解不一样："观此可识谈艺仅道韵者……无异乎言神韵、气韵也"。两者对"神"的理解偏差犹大，在前者那里，"神"相对事物的外在特征而言，是指事物的本质，而后者所谓"神"则是指人内在的一种超越性智能，与事物似乎并没有直接的关系。这里很难辨清孰是孰非，如果从泛神论角度说，前者关于"神"之论也不无道理，事物展现在我们面前呈现出一种虚无缥缈的空灵之境，可谓"神"，确乎是事物内在本质的显现。反过来钱锺书所谓人之超妙之智能"神"也必须落实到事物之中、文本之中，才可实现，正如他所说："物之神必以我之神接之。"（钱锺书：《谈艺录》，生活·读书·新知三联书店 2002 年版，第 141—142 页）可见他也并不排斥物之有"神"，因此象外之象、言外之旨，是指人之"神"意、神韵，也是文学文本特别是诗的一种最基本也是最高的特征和境界。在此两者又是可以沟通的。然而他们对于韵的看法不一致，非本书所能解答，值得进一步研究。

谈到神韵，与意境的比较是一个绕不开的话题。意境实际包含虚实两个层面，而神韵就是那个虚的一面。宗白华先生曾说："艺术意境不是一个单层面的平面的自然的再现，而是一个境界的层深的创构。从直观感象的模写，活跃生命的传达，到最高灵境的启示，可以有三个层次"①。意境是一个虚实相生的审美对象，这里第一、二个层次无疑是实的，而第三层次则是虚的，神韵则属于这一层面。如果说一首诗展现为一个意境的描写的话，它事实上就构成一个文本内容，按照钱锺书的层次观念，宗白华的前两个层面就是语意层："为象为藻，以写心宣志者，为意为情"，而后一层面则是神韵层："调有弦外之遗音，语有言表之余味，则神韵盎然出焉"：一种"最高灵界的启示"，一种对宇宙人生的无限意味，一个无比丰盈和空灵的审美境界。不约而同的是，如前所引，钱锺书恰恰也认为它是"诗中最高境界"。

第三节　文学作品的辩证构成

文学作品的研究，除了可以对文本做层次分析之外，还可以对作品的构成关系进行考察，即对它的结构形态、方式以及语言要素等构成关系进行分析，从而揭示文学作品表达情意、展现审美感知的内在运行机制。在前人研究的基础上，钱锺书对此进行了精心探究，在其看来，文学作品的内在关系呈现出辩证性，形成一种张力，在这种张力的作用下，文学的审美功能才能得以发挥。之所以如此，其根源在于世界万物以及文学创作主体心灵天然的辩证性。此种理念与西方现代英美新批评作品结构理论有着密切联系。

一　文学作品的辩证构成

（一）文学作品内在关系的辩证性

钱锺书是一个对事物的辩证性很感兴趣，而且也颇有研究的学者，考察其文本，随处可见他对前人辩证思想的抉发，对事物辩证现象的揭示，我们甚至从钱锺书自身的学术乃至创作内在肌理也可发现辩证色彩。其文本结构理论，即是以辩证性作为理论透镜展开的。

---

① 宗白华：《美学散步》，上海人民出版社 1981 年版，第 63 页。

1. “首尾俱应，乃为尽善”

黑格尔曾在论到事物的因果关系时说：

> 在相互作用里，因果关系虽说尚未达到它的真实规定，但那种由因到果和由果到因向外伸展直线式的无穷进程，已得到真正的扬弃，而绕回转变为圆圈式的过程，因而返回到自身来了。直线式的无穷进程的圆圈化而绕圆为一自成起结的关系也如一般随处皆有的简单返回一样……①

这里表明，事物的因果关系实际呈现为一种终点绕回到与起点相结合，首尾相应的圆圈。当然这种结合或者说圆圈，绝不是一种简单的回归和重合，而是一种否定之否定的辩证过程。钱锺书曾经一再说任何一种观念或问题的研究都是在寻找“回家”之路，也就是说问题的发生与解决，实际构成一个圆圈。从这个意义上说，辩证法是呈圆形的：

> 黑格尔曰矛盾乃一切事物之究竟动力与生机，曰辩证法可象以圆形，端末衔接，其往亦即其还，曰道真见诸反覆而返复。曰思维运行如圆之旋，数十百言均《老子》一句之衍义，亦如但丁诗所谓“转浊成灵，自身回旋”②。

如果说事物或问题的开始和解决的思维过程呈圆形，那么作为人类意识形态之审美反映的文学作品的结构理应也呈圆形。执着于从文艺维度审视问题的钱锺书自然而然将这个问题引向了文学。他屡屡从具体的文艺鉴赏上揭示这一现象。在《管锥篇·昭公五年》这一则，他主要谈的就是“作文首尾呼应”的问题。比如“楚子欲辱晋，大夫莫对，薳启彊曰：‘可！苟有其备，何故不可？……未有其备，使群臣往遗之禽，以逞君心，何不可之有’？”此节文字，开首说有备则可，中间以五百来字陈说事理，结尾说无备则必不可。可以说“起结呼应衔接，如圆之周而复始。”又如《中庸》“道之不行也，我知之矣”一节，结尾说“道其不行矣夫！”“首尾勾连”。再如《战国策·赵策》“胜也何敢言事”一节，

---

① ［德］黑格尔：《小逻辑》，贺麟译，商务印书馆1980年版，第319页。

② 钱锺书：《管锥编》（第二卷），生活·读书·新知三联书店2001年版，第691页。

“首句尾句全同，重言申明”[①]，等等。这是文学创作的情况。为了更有力地表明此理，他进一步引证中西学者对此的阐述：

> 古希腊人言修词，早谓句法当具圆相，然限于句……未扩而及于一章、一节、一篇以至全书也。浪漫主义时期作者谓诗歌结构必作圆势，其形如环，自身回转。近人论小说、散文之善于谋篇者，线索皆近圆形，结局与开场复合。或以端末钩接，类蛇之自衔其尾，名之曰“蟠蛇章法”[②]。

这里表明，文学作品从句、节、章、篇到整个全书都是遵循这个规律的。然而这还只是一种存在判断，而非价值判断，接下来钱锺书借陈善《扪虱新话》中的一段话表达了自己的价值倾向：

> 桓温见八阵图，曰：“此常山蛇势也。击其首则尾应；击其尾则首应，击其中则首尾俱应。”予谓此非特兵法，亦文章法也。文章亦应宛转回复，首尾俱应，乃为尽善。[③]

文章只有做到首尾回环呼应，才算尽善尽美。陈善的认识，可以说也是钱锺书自己对于这一问题的认识。在文后，他即称赞《左传》《孟子》《中庸》《穀梁传》诸节，“殆如腾蛇之欲化龙者矣”。可见钱锺书把首尾是否呼应作为文章评判的一个重要的价值条件。

“首尾俱应，乃为尽善”，这一认识其实在钱锺书早年的文章中就体现了出来。他在30年代的《中国文学小史序论》中论及文章的结构时，即这样说道：

> 鄙见则以为佳作者，能呼起（stimulate）读者之嗜欲情感而复能满足之者也，能摇荡读者之精神魂魄，而复能抚之使静，安之使定者也。盖一书之中，呼应起讫，自为一周（a complete circuit），读者不必于书外别求宣泄嗜欲情感之具焉。劣作则不然，放而不能收，动而不能止，读者心烦意乱，必于书外求安心定意之方，甚且见诸行事，

---

① 钱锺书：《管锥编》（第一卷），生活·读书·新知三联书店2001年版，第378页。

② 同上书，第379页。

③ 同上书，第380页。

以为陶写。故夫诲淫诲盗之籍，教忠教孝之书，宗尚不同，胥归劣作。何者？以书中所引起之欲愿，必求偿于书外也。①

佳作与劣作的判定，在于是否首尾呼应，这与陈善的看法没有两样。不过这里的情形不是纯形式和审美的，而是包括内容在内。事实上它们对立统一，因为作品开篇的提出问题正是走向“回家”的开始，如果说问题没有解决，也就是仍在路途中，并没有“回家”，无法达到与开篇的“结合”，做到首尾呼应。因此无论形式还是内容都存在这一规律。文章唤起情感不能满足，意味着文章所要解决的问题，仍然悬而未决，反映在结构上，就呈现出残缺性：没有结尾，结构不完整。因为结尾不是简单的话语的重复，而是经过否定之否定后，对开篇的一种超越，是一种圆圈式的回归，而不是直线式的返回。正因如此，它非封闭的，而是自足的，也是开放的。从这个角度看，将首尾是否呼应视为文章佳劣的一个根本性判定条件，不无道理。

黑格尔曾认为“全体才是真理”，这与其说辩证法呈圆形是一致的。钱锺书也在其学术思想中一再强调“周览”“圆赅”“全体大用”，反对“偏枯不全”“义堕一边”，可以说，正是基于这一思想。钱锺书关于文章结构的“圆形”之论乃是站在哲学的高度对文本的一种看法，不仅仅是关于形式，也是关于内容的，体现的实际是一种周全、圆足、尽善尽美的美学追求。

2. “一与不一相辅成文”

在钱锺书看来，文章内在构成：多样性的局部、个体与统一性的整体、全部之间，也是一种辩证关系。

《管锥编·昭公二十年》梳理和阐发了“和而不同”这一深契辩证之理的概念。“和而不同”表征的是事物的存在关系：多样性的统一。他说：“近世美学家亦论一致非即单调。其旨胥归乎‘和而不同’而已。”②这只是作为例证而已，似乎与文学本身没有什么必然联系，但其中美学家（由其引注可知是克罗齐）所言“一致非即单调”在美学上的内涵，却在《管锥编·物相杂成文》一则得到了进一步阐发，即立足文学谈“和而不同”：

---

① 钱锺书：《写在人生边上·人生边上的边上·石语》，生活·读书·新知三联书店2002年版，第107页。

② 钱锺书：《管锥编》（第一卷），生活·读书·新知三联书店2001年版，第393页。

> 刘氏标一与不一相辅成文，其理殊精：一则杂而不乱，杂则一而能多。古希腊人谈艺，举“一贯寓于万殊”为第一义谛，后之论者至定为金科玉律，正刘氏之言“一在其中，用夫不一”也。枯立治论诗家才力愈高，则“多多而益一”，亦资印证。[①]

显而易见，这一则文字与《管锥编·昭公二十年》是互文的，以“和而不同”理念来阐释文学的内涵。古之所谓文，实际是“纹”，两者通假，乃“物相杂”之意，也即物体相交留下的纵横之纹理，自然“物一无文”，这从“人、乂”交叉的象形即可看出。后来随着文化的发展，人们就将“文”之一字根据其意义引申为“文章”之义。徐锴、朱熹、刘熙载等人即是从文之纹理交杂的古义来推断“文”（应该说，在他们的年代，“文”应有文章之义了[②]）的“现代”内涵，即它不可避免遗留着原始的印迹，表示着“物相杂”的意思。由此，刘熙载得出结论：“盖一乃文之真宰；必有一在其中，斯能用夫不一者也”。钱锺书认为“其理殊精：一则杂而不乱，杂则一而能多”。此种解释，无疑比刘氏原话更为具体与明确，强调了秩序性：“杂而不乱”，这是基础，只有这样，才能“一而能多”：在多样性中体现出整体性来，是丰富性与纯一性的统一。莱辛说：“物体美源于杂多部分的和谐效果”[③]，的确，正是在“品色繁殊”的“不同”之“杂”的紧张对立中，审美的张力才得以产生，从而“目悦心娱”，收到审美之效果。由此不难理解古希腊及其后来人何以将此法则视为艺术的“第一义谛”与“金科玉律”了。这一点从英国浪漫主义诗人柯勒律治的诗论也可看出。众所周知，柯勒律治是一个强调天才的诗人，他认为诗人的天才主要反映在想象力上，而其最重要的特点是，能“使相反的、不调和的性质平衡或和谐中显示出自己来”[④]，即“多多而益一”，据此，柯勒律治认为，是否拥有此种能力乃是我们能否成为一个诗人的最基本条件。

“和而不同”原则在文学现象中普遍存在着。如作家鉴赏心理中存在“嗜好矛盾”，“相反的自我”现象：“对一个和自己的风格绝然不同的或相反的作家，爱好而不漠视，仰企而不扬弃，象苏轼对司空图的企慕，文

---

① 钱锺书：《管锥编》（第一卷），生活·读书·新知三联书店2001年版，第88页。

② 见莫砺锋《朱熹文学研究》，南京大学出版社2000年版，第109—110页。

③ ［德］莱辛：《拉奥孔》，朱光潜译，人民文学出版社1984年版，第111页。

④ ［英］华兹华斯：《文学生涯》，见曹葆华译《十九世纪英国诗人论诗》，人民文学出版社1984年版，第69页。

学史上不乏这类特殊的事”[①]。又如作家的创作风格，“一手之作而诗文迥异，厥例甚多”：“如唐之陈射洪，于诗有起衰之功，昌黎《荐士》所谓‘国朝盛文章，子昂始高蹈’者也。而伯玉集中文，皆沿六朝俪偶之制，非萧、梁、独狐辈学作古文者比”，等等。

歌德说：“人是一个整体，一个多方面的内在联系着的各种能力的统一体。艺术作品必须向人这个整体说话，必须适应人的这种丰富的统一体，这种单一的杂多。”[②] 这正是上述创作和鉴赏的矛盾现象的原因。这是主体的一面，对于文学活动的成果——作品的形象而言更是如此。如人们根据《垓下歌》一诗判定其主人公形象“风云之气而兼儿女之情”。然而在钱锺书看来，司马迁笔下的项羽与之相比则要复杂得多、丰富得多，更富于审美的魅力，在他身上呈现出人性的多重色彩：

> “言语呕呕”与“喑噁叱咤”，“恭敬慈爱”与“僄悍猾贼”。爱人礼士，与“妒贤嫉能”。“妇人之仁”与“屠阬残灭”，“分食推饮”，与“刓印不予”，皆若相反相违；而既具在羽一人之身，有似两手分书，一喉异曲，则又莫不同条共贯，科以心学性理，犁然有当。[③]

所有正反两面的性格，矛盾而和谐地包容在项羽一人之身，司马迁对项羽形象的塑造最典型地体现了“和而不同”的艺术法则。项羽形象之所以独具魅力，《史记》之所以深蕴文学审美之意味，是与此种在杂多与统一中所体现的审美之张力分不开的。可见，“和而不同”，实乃文学创作的一项基本原则，它是文学审美丰富性的保证。

“和而不同”“一与不一”等范畴不但反映出局部之间彼此配合的关系，同时也包含整体与局部的关系。“和”“一”是整体、全体，“不同”“不一”是局部、个体；后者组成前者，前者涵摄后者，离开了后者，前者不复存在，离开了前者，后者无所依归。正是“有一而不亡二、指百体而仍得马、数各件而勿失舆”[④]。但稍微考察这两组范畴，则知它们的侧重点又是不一样的，前者更强调局部之间的关系，而后者重视的是局部作为一个关系项与所有局部所形成的“和”——整体作为一个关系项所

---

① 钱锺书：《七缀集》，生活·读书·新知三联书店 2002 年版，第 27 页。
② 转引自朱光潜《谈美书简》，上海文艺出版社 1980 年版，第 33—34 页。
③ 钱锺书：《管锥编》（第一卷），生活·读书·新知三联书店 2001 年版，第 450—451 页。
④ 钱锺书：《管锥编》（第二卷），生活·读书·新知三联书店 2001 年版，第 688 页。

构成的关系，涉及共性与个性、一般与特殊等问题。一者强调局部与局部的矛盾相攻，一者着眼于个体与整体的对立统一，可谓一体两面，共同反映在文本之中，形成一种既紧张又和谐的状态和局面，这正是艺术审美的源泉。

这种观点的强调与提出，对于文学创作避免单一化、概念化、片面化、图式化倾向，无疑极具意义。联系到它得以产生的时代语境，可看出作者的深苦用心与现实关怀。

3. “无之以为用”

在钱锺书看来，文本除了上述所论“有形”的审美形态之外，还存在一种以之为依托的“虚无”的审美形态；这两者之间也构成一种辩证关系。

《老子》:“三十辐，共一毂；当其无，有车之用。埏埴以为器，当其无，有器之用。凿户牖以为室，当其无，有室之用。故有之以为利，无之以为用”。对于此章义理，历来笺注繁多，然而大多捕风捉影，不得要领。在钱锺书看来，《淮南子·说山训》的阐释最为合理:“鼻之所以息，耳之所以听，终以其无用者为用矣。物莫不因其所有，用其所无，以为不信，视籁与竽”。这几句话以鼻、耳的构造与功用，巧妙地说明了“因有用无”的道理，钱锺书认为“词意圆赅”，“足为《老子》本章确笺”。他解释道:

> 当其无，方有“有”之用；亦即当其有，始有“无”之用。“有无相生”而相需为用；淮南所谓必“因其所有”，乃“用其所无”耳。①

“有无相生”而相需为用，两者互为基础，对立统一，正是世间万物遵循的辩证之理。王安石曾从政治的角度对之进行发挥:

> 故无之所以为用也，以有毂辐也；无之所以为天下用者，以有礼乐刑政也。如其废毂辐于车，废礼乐刑政于天下，而坐求其无之为用也，则亦近于愚矣!②

---

① 钱锺书:《管锥编》(第二卷)，生活·读书·新知三联书店2001年版，第659页。

② 同上书，第660页。

王安石的话，虽并不完全吻合老子本意，因为老子“只戒人毋‘实诸所无’，非教人尽‘空诸所有’”，但王安石虚拟“空诸所有”之情境，用以证明“无”之为用，“有”不可偏废之理，也是符合老子“有无相生”而相需为用基本精神的。

钱锺书触类旁通，将之运用于文学作品的分析。他以为艺术作品，尤其是诗歌，就存在这种虚与实相生相伴的辩证关系：

> 人之骨肉停匀，血脉充和，而胸襟鄙俗，风仪凡近，则伧父堪供使令，以劲力自效耳。然尚不失为健丈夫也。若百骸六脏，赅焉不存，则神韵将安寓著，毋乃精气游魂之不守舍而为变者乎。故无神韵，非好诗；而只讲有神韵，恐并不能成诗。①

这里以人之肉体和精神的关系——按照哲学上的说法，是形而下与形而上的关系——来比方诗之“实”的一面与“虚”的一面的关系，以说明“虚”“实”相生为用的道理，尤其是“实”对于“虚”的意义。这非义堕一边，破坏虚实对立之统一，恰是要遵循这一规律。之所以如此，是因为神韵派以禅拟诗论以及神秘诗学主张语言虚无主义，使诗偏离了正确发展的轨道，从而加以纠偏。对此他进一步论述道：

> 诗借语言文字，安身立命；成文须如是，为言须如彼，方有文外远神、言表幽韵，斯神斯韵，端赖其文其言。品诗而忘言，欲遗弃迹象以求神，遏密声音以得韵，则犹飞翔而先剪翮、踊跃而不践地，视揠苗助长、凿趾益高，更悠谬矣。②

钱锺书对神韵派的批评所根据者，显然正是老子“有无相生”之论，他与王安石所谈，指不同，前者针对“废礼乐刑政”而言，后者就轻视语言文字而论，而旨一样，反对的都是“空诸所有”之倾向，前者评之为“愚”，后者则斥之为“悠谬”。通过对神韵派的批评，钱锺书给我们深刻揭示出，像一切事物一样，在文学文本之中也存在一个有无相生交相为用的辩证关系。在具体的创作和审美实践中，往往体现为主体与客体、情与景、有限与无穷等对立统一之情形。文学作品的审美活力正是在这一

---

① 钱锺书：《谈艺录》，生活·读书·新知三联书店 2001 年版，第 108 页。

② 同上书，第 237—238 页。

实一虚的辩证运动中给激发出来:“实”是审美之津逮与基础,然而过实则板滞,虚是审美想象之动力(现代心理学认为,缺失乃是欲望的源泉),然而过虚则流于空幻,因而文学创作之极致就在于将虚与实的关系处理得恰到好处,达至一个最佳的状态,既意象丰盈,又含蓄空灵,既充溢着对物质世界的感性体验,又涵泳着对彼岸世界的形上追寻。

总而言之,在钱锺书看来,作品内在秩序并非静止、单一、凝固和自我封闭的,而是呈现出一种既紧张又灵活,既冲突又和谐,既开放又自足,既排斥又包容的富有活力的动态局面;这种情形使作品的审美空间充满内在的韧性和张力,蕴含着无限的审美可能性和丰富性。

(二)“诗歌乃反常之语言”

文本理论家乔治·J. E. 格雷西亚指出:“就文本是由以某种确定方式排列起来的符号组成的而言,文本具有语言的特征;而且,语言既提供组成文本的符号,也提供这些符号被安排进文本的规则。”[①] 按照这种理论,研究文本本质上就是研究语言。文本展现在我们面前的首先不是意义、声音或结构,而是语言,前述一切都必须落实到语言上才能够实现。如本节标题所示,人们甚至直接将诗歌说成是反常之“语言”。因而对语言的分析乃是文学研究的关键,这在20世纪以来的形式主义、新批评派等文艺派别看来,尤其如此。

钱锺书对文学语言的认识,也是以辩证性作为内在透镜展开的。在他看来,文学是一种既“不通”又“通”,既“妥适”又“不妥不适”,充满着内在矛盾和张力的“反常之语言”:

> 捷克形式主义论师谓“诗歌语言”必有突出处,不惜乖违习用“标准语言”之文法词律,刻意破常示异;故科以“标准语言”之惯规,“诗歌语言”每不通不顺。实则瓦勒利反复申说诗歌乃“反常之语言”,于“语言中自成语言”。西班牙一论师自言开径独行,亦晓会诗歌为“常规语言”之变易,诗歌之字妥句适即“常规语言”中之不妥不适。当世谈艺,多奉斯说。余观李氏《贞一斋诗说》中一则云:“诗求文理能通者,为初学言之也。论山水奇妙曰:‘径路绝而风云至。’径路绝、人之所不能通也,如是而风云又通,其为通也至矣。古文亦必如此,何况于诗。”意谓在常语为“文理”欠“通”

① [美]乔治·J. E. 格雷西亚:《文本性理论:逻辑与认识论》,汪信砚、李志译,人民出版社2009年版,第64—65页。

或“不妥不适”者，在诗文则为“奇妙”而“通”或“妥适”之至；“径路”与“风云”，犹夫“背衬”（background）与“突出处”也。已具先觉矣。①

从以上表述，可以将标准语言与诗歌语言做这样的切分，前者是遵守“文法词律”，通顺、妥适的语言，不存在矛盾对立性；而后者“破常示异”，不遵守普通语法，因而“不通不顺”、“不妥不适”，但同时文学又是一种内指的语言，瓦雷里所谓“语言中自成语言”，因而它又是“‘奇妙’而‘通’或‘妥适’之至”的，于是“通”与“不通”，“妥适”与“不妥不适”，构成一种既矛盾紧张又和谐统一的关系。简单地说，标准语言是一种理性化的语言，文学语言是一种充满矛盾的语言。这段文字与其说是对两者的比较，不如说是对后者特点的阐述。

钱锺书指出，“比喻是文学语言的特征”，诗歌的通与不通的辩证关系主要反映在以比喻为代表的文学修辞上，对此钱锺书做过大量论述。我们来看《读〈拉奥孔〉》一文对比喻内在形成机制的阐释：

比喻体现了相反相成的道理。所比的事物有相同之处，否则彼此无法合拢；它们又有不同之处，否则彼此无法分辨。两者全不合，不能相比；两者全不分，无须相比……不同处愈多愈大，则相同处愈有衬托；分得愈远，则合得愈出人意表，比喻就愈新颖。古罗马修辞学早指出，相比的事物间距离愈大，比喻的效果愈新奇创辟。中国古人对比喻包含的辩证关系，也有领会。刘向《说苑·善说》记惠子论“譬”，说“弹之状如弹”则“未喻”；皇甫湜根据“岂可以弹喻弹”的意思，总括出比喻的辩证原则：一方面“凡喻必以非类”，另一方面“凡比必于其伦”。杨敬之《华山赋》里有下面几句：“上上下下，千品万类，似是而非，似非而是”，恰可移作皇甫湜那两句话的阐释……比喻是文学语言的擅长，一到哲学思辨里，就变为缺点——不谨严、不足依据的比类推理（analogy）……从逻辑思维的立场来看，比喻被认为是“事出有因的错误”，是“自身矛盾的谬语”，因而也是逻辑不配裁判文艺的最好证明。②

---

① 钱锺书：《谈艺录》，生活·读书·新知三联书店2001年版，第506页。

② 钱锺书：《七缀集》，生活·读书·新知三联书店2002年版，第44页。

在钱锺书看来，比喻是一种典型的语言辩证现象，包含相反相成两个方面的因素，既有相似的一面，但也不是越相似越好，又有相异的一面，但也非隔得越远越佳，要点在于对这两者的恰到好处的处理。不过根据文学的陌生化原则，那种离得越远、分得越开，而在文学家灵心妙悟之下合得越出人意料的比喻，就越新奇，效果就越好，越让人称赏。辩证唯物主义认为事物是普遍联系的，因而在某种程度说，任何事物都是可比的，然而这种联系往往非一目了然，让人轻易窥破，因此最绝妙的比喻，自然就是那种本体和喻体在外在联系上一般人看来最疏远，然而却又可以在某一点上沟通起来、符合人们的认识逻辑的比喻。因为它所反映出的超妙的心灵力量——对事物之间微妙关系感知和把握的悟性和直觉能力，能相应激发起读者的想象力，因而能最大限度地展现出审美潜能。因此比喻的辩证原则是：一方面“凡喻必以非类”，另一方面“凡比必于其伦”。后者自然不用多说，人们都知道比喻就是以事物类似之点打比方，如瑞恰慈所谓“语言普遍原则”[①] 的比喻，符合理性逻辑，能够为人所理解。然而前者恐怕就不是所有人都能领会的了，因为对于逻辑思维来说，比喻是以事晓事，以物谕物，应尽可能本体与喻体接近为好，前者强调差异性，与后者恰相矛盾，可谓“不通”“欠妥”了。因此钱锺书主要就前者展开讨论，举例甚详。他首先从反面说明本体与喻体不宜靠得太近，如以“弹喻弹”就构不成比喻，因为不符合“凡喻必以非类”原则。他更多从正面入手，举了木与夜、智与粟等不属于同一范畴、相隔很远的例子，指出这些情形虽违背逻辑思维，但却符合形象思维；“貌异心同”，看不到，却想得懂。因此比喻“被认为是‘事出有因的错误’，是‘自身矛盾的谬语’，因而也是逻辑不配裁判文艺的最好证明”。

钱锺书所拈“凡喻必以非类”的比喻原则与瑞恰慈所提出的“语境交流”原则在内在上是高度相通的。所谓“语境交流原则”，即如果要使比喻有力，就必须把两个非常不同的语境联系在一起，如说“狗像野兽一样咆哮”，就不如说“人像野兽一样咆哮”，而说“人像野兽一样咆哮”则不如说“大海像野兽一样咆哮”。因为最后一个比喻的喻体和与本体之间相隔的距离最远，也最能形成语言之间的强大张力，给人以新奇的感觉，所以富于表现力。钱锺书所言“不同处愈多愈大，则相同处愈有

---

① ［美］韦勒克、沃伦：《文学理论》，刘象愈等译，生活·读书·新知三联书店 1984 年版，第 213 页。

衬托；分得愈远，则合得愈出人意表，比喻就愈新颖"，根据的是同样的道理。

不光比喻如此，语言的运用也不例外，钱锺书拈出宋代文人梅圣俞"以故为新，以俗为雅"的观点就体现了这种原则，"故"与"俗"所以会变"新"和"雅"，是语境改变的结果。这一点与学科词汇的交叉运用产生的新颖效果没有两样：

> 丁耶诺夫尝谓："行业学科，各有专门，遂各具词汇，词汇亦各赋颜色。其字处本业词汇中，如白沙在泥。素丝入染，厕众混同；而偶移置他业词汇中，则分明夺目，如丛绿点红，雪枝立雀。"①

然而，瑞恰慈强调的只是反面，即比喻的距离感，而对两者之间的相似处避而不谈，事实上比喻正如钱锺书所揭示，是一个相反相成的辩证的结构，只强调"凡喻必以非类"，诚然能产生新奇创辟的效果，但是一味地炫奇，必将陷入神秘之境，走向极端，从而比喻成了迷宫，令读者望而却步，反而减损了艺术的魅力。这一点正是新批评派所推崇的英国 17 世纪玄学诗派之所以难以得到读者普遍接受的原因所在。

有学者曾经以西方形式主义陌生化原则来笼括钱锺书对文学创作现象的基本看法，以为"文学创作中往往反常的程度越高，就越具美学价值"②。这是看到了两者之同，而忽视了两者之异。钱锺书虽然指出梅圣俞"以故为新，以俗为雅"的观点与形式主义的陌生化原则存在一致的地方，但只是一种存在判断，而非价值判断。事实上对于文学中的矜博好奇现象，他是并不赞成的，如他引《东坡题跋》卷二《题柳子厚诗》道："用事当以故为新，以俗为雅；好奇务新，乃诗之病。"③ 并认为"求雅反俗"，而"山谷或难辞作俑之咎耶。山谷散文每有此病"。又如他这样评论柳子厚和黄山谷的文章："夫黄文不能望柳文项背，然二家均刻意求工，矜持未化，会盂品题，不中不远。'涩'之一字，并可评目黄诗耳。"④ 可见虽然钱锺书不反对陌生化原则，但显然也不是完全赞成的，正如他对比喻的观念一样，凡事不能绝对，任何事物都存在相反相成的两方面，过于强调一方，都不利于事物健康发展。

---

① 钱锺书：《谈艺录》，生活·读书·新知三联书店 2001 年版，第 58 页。

② 见季进《钱锺书与现代西学》，上海三联书店 2001 年版，第 134 页。

③ 钱锺书：《谈艺录》，生活·读书·新知三联书店 2001 年版，第 36 页。

④ 同上书，第 67 页。

文学语言的反常性、辩证性，不仅反映在比喻等修辞上面，也反映在语意上，在论到语言的多义性时，钱锺书就特意拈出了文学语言的悖论性："并行或歧出之分训得以同时合训"，所谓"语出双关，文蕴两意，乃诙谐之惯事，固词章所优为"。

语言的意义本质上根源于体现在比喻中的隐喻思维。维柯在《新科学》一书中认为诗性智能是人类的一种自然本性，而语言文字的创造就是此种诗性智能的体现。谈到语言的起源问题时，维柯指出："语言起源的理论尤其要符合关于人类本性的一些基本原则"①。"我们从诗人们的神学，或诗性玄学，通过从此起来的诗性逻辑，来寻求语言和字母的起源。"② 维柯所谓诗性智能即隐喻思维，这在卡西尔的《语言与神话》一书中尤有阐发，他说："语言……是以确定的客观的形式和形象对主观的冲动和激动情状的表象。"③ 它更是被克罗齐、海德格尔、后期维特根斯坦等人反复强调。如果说语言的意义是隐喻的结果，以隐喻思维为基础的诗歌和文学，其意义更是隐喻的产物，因而从本质上说，文学语言意义的悖论性实是来源于比喻。钱锺书曾经拈出"喻有两柄亦有多边"现象，实际反映的就是比喻导致语言多义性的情形；这种意义的悖论性也即是比喻的悖论性。

总之在钱锺书看来，文学语言是充满着矛盾的，是一种反常的语言，深契辩证之理，其之所以具有一般语言无法比拟的审美魅力，一个很重要的原因就在于此。

二　"事理"—"心理"—"文理"

在钱锺书的文本构成意识里，无论作品内在关系还是语言，辩证性都处于一种极为重要的位置，可以说钱锺书是在以一种辩证的眼光考量和审视文本问题。然而，为什么文本会呈现这样一种辩证的状况呢？对于这个问题，钱锺书也有独到见解。在论到文学语言的辩证性时，他指出这根源于人类"心理事理"的纠结性：

> 心理事理，错综交纠：如冰炭相憎，胶漆相爱者，如珠玉辉映、笙磬和谐者，如鸡兔共笼、牛骥同槽者，盖无不有。赅众理而

---

① ［意］维柯：《新科学》，朱光潜译，商务印书馆1989年版，第234页。

② 同上书，第212页。

③ ［德］恩斯特·卡西尔：《语言与神话》，于晓等译，生活·读书·新知三联书店1998年版，第106页。

约为一字，并行或歧出之分训得以同时合训焉，使不倍者交协、相反者互成……

这里“心理事理”一起谈，它们在大千世界中的情况错综交纠；这只是一种表象，在其内部实际贯穿的是一种辩证法的运动规律。恩格斯说：“在自然界里，同样的辩证法的运动规律在无数错综复杂的变化中发生作用……这些规律也同样贯穿于人类思维的发展中，它们逐渐被思维着的人意识到。”① 显然，“并行或歧出之分训得以同时合训”的语言悖论现象即来源于“心理事理”的辩证性。

关于事物辩证性的揭示是《管锥编》的一个重点，上文在论述钱锺书关于文学内在结构时所论到的几种现象都是辩证性的不同体现。在钱锺书看来，人类的思想意识正是事理物理的反映，后者决定前者：

心同理同，正缘物同理同；水性如一，故治水者之心思亦若合符契。《文子·自然》：“循理而举事，因资而成功，惟自然之势”……思辩之当然，出于事物之必然，物格知至，斯所以百虑一致、殊涂同归耳。斯宾诺莎论思想之伦次、系连与事物之伦次、系连相符，维果言思想之伦次当依随事物之伦次，皆言心之同然，本乎理之当然，而理之当然，本乎物之必然，亦即合乎物之本然也。②

这种观点实际跟上述所引恩格斯唯物辩证法思想是一致的。既然事理是辩证的，那么人之心理当然也是辩证的。在《中国文学小史序论》一文中，他指出：

心理状态之所以变易，是依照着它本身的辩证韵节（dialectical rhythm），相反相成，相消相合，政治、社会、文学、哲学跟随这种韵节而改变方式。

比喻是文学的一个典型特征，自然也会跟随这种“韵节”而呈现出相应的面貌了。在《中国固有的文学批评的一个特点》中，钱锺书进一步写道：

---

① ［德］恩格斯：《反杜林论》，人民出版社1970年版，第9页。

② 钱锺书：《管锥编》（第一卷），生活·读书·新知三联书店2001年版，第85页。

> 超越对称的比喻以达到兼融的化合，当然是文艺创造最妙的境界，诗人心理方面天然的辩证法（dialectic）；这种心理状态，经波德来雅（Baudelaire）再三描摹之后，已成为文艺心理的普通常识，我不必更事申说。①

这里不光指出诗人心理具有辩证结构，更表明文本的辩证性的根源就在于诗人心理的辩证性。歌德曾经说："文章乃作者内心真正的印象"。叔本华也表达过同样的意思："文章乃心灵的面貌"②。但他们只是指出文本乃是对内心的反映，并没有从心理结构上将两者联系起来。波德莱尔的"契合"论，强调诗人心理与世界物象相对应，但也并非从辩证法的角度来论述问题，尽管其强调从丑恶中发现美具有辩证意味，但没有从理论的高度去认识它。诗人心理辩证法一说乃是钱锺书的揭示，而非波德莱尔指出道明，后者只是以象征的形式"描摹"而已。

钱锺书的观点类似于拉康的理论，拉康认为主体的结构与语言的结构是相似的③，都存在一种斗争和冲突现象，而其中就贯穿辩证规律。可以说钱锺书之所以认为比喻等语言现象为一种辩证性存在，是与其对人类心理特点的深刻认识分不开的。

综合上面所论之思路，可以将钱锺书对文本构成性规律的解释，描述成这样一条演绎理路，世界是辩证的，对立统一的，这一点是形成人的辩证思想的基础，也是人类心理内在辩证结构的根源，文本作为人类心灵的产物，其内在构成便不可避免与之形成同构关系，也相应呈现出辩证性来。这一认识清晰解析了世界、作者、文学作品之间的关系，有助于加深对文学作品发生问题的理解。

本章讨论的是钱锺书关于文本的一些观念：形式与内容的关系，文本的层次性，文本的内在关系，这些范畴或现象涉及的是文本最根本的问题。尽管钱锺书的诸多论述和认识事实上在西方是一个早已成为常识的问题，如内容与形式的统一，在黑格尔、克罗齐以及20世纪的形式主义那里已被反复论述，关于层次问题，不但西方人关注，中国古人亦多有论列，文本的辩证性，也是一个无论西方还是东方，都有人论及的现象。

然而钱锺书对于这些问题的重申，自有其不可忽视的意义和价值，它

---

① 钱锺书:《写在人生边上·人生边上的边上·石语》，生活·读书·新知三联书店2002年版，第125页。

② 同上书，第121页。

③ 参见［法］拉康《拉康选集》，褚孝泉译，编者前言，上海三联书店2001年版，第12页。

至少在以下两个方面值得关注和重视：一是将文本的问题与哲学问题沟通，从物质运动和创作主体情感与心灵的本质规律入手契入文学问题的思考，为深刻地认识文本的深层特性提供了更开阔的视野和思路；二是具有一种立足中国文学理论实际的问题意识，诸如形式与内容的讨论实际即是针对中国古代“载道”观以及现代“有物”论展开，又如关于文本辩证构成的认识，也可以从中窥探中国现当代文本工具化认识的现实面影。因此说钱锺书的这些观念有古人或西方人理论的痕迹，但又非一种简单的重复和照搬，而是在新的思想维度、新的时代语境下对文本理论的一种新的思考、贡献与发展。

第四章 文学的创作主体:“妙悟”与“力学”

钱锺书文本中存在一个重要理念:“文人为高出学人”,其中的区别就是“才”,“艺之成败,系乎才也”,将天才视为文人的根本素质。不过同时他也提出“悟亦必继之以躬行力学”、“化书卷见闻为吾性灵”等命题,既强调才的必要性,也不忽视学的重要意义,主张两者的统一。由此将自己与神秘主义和天才论者区分开来。

第一节 “艺之成败,系乎才也”

《谈艺录·性情与才学》写道:

> 诗者,艺也。艺有规则禁忌,故曰“持”也。“持其情志”,可以为诗;而未必成诗也。艺之成败,系乎才也。才者何,颜黄门《家训》曰“为学士亦足为人,非天才勿强命笔”;杜少陵《送孔巢父》曰:“自是君身有仙骨,世人那得知其故”;张九龄《与王阮亭书》曰:“历下诸公皆后天事,明公先天独绝”;赵云松《论诗》诗曰:“此事原知非力取,三分人事七分天”;林寿图《榕阴谈屑》记张松廖语曰:“君等作诗,只是修行,非有夙业”。①

这段话强调,作为一个诗人,必须具备良好的素质,即“才”,它是决定艺术成败的关键。这里所谓“才”,是指与生俱来的禀赋,如“天才”“先天”“天”“夙业”,而非“后天事”、“人事”。钱锺书对于“何为才”这个问题的回答体现的是典型的中国传统风格,类似以诗评诗,没有给出一个明确的答案,而且所指涉的内容只是在同一层面重复,都是

---

① 钱锺书:《谈艺录》,生活·读书·新知三联书店2001年版,第107页。

在表明“才”的先天性质。他也没有再对这个问题做过明确与专门的论述。不过深研细究其文本，还是可以发现其中所提到的一些智力现象，可以归并到这一概念中去，或者说构成其主要内涵。

钱锺书曾在文本中，反复申明和强调这么一个观点：“文人为高出学人”，“学人之望为文人而不可得”①。之所以如此，在他看来，就是因为前者的感悟力明显地先于和高于后者。这意味着，文人作为一类独特的群体具有某种不一般的禀赋：感悟力或者说悟性比普通人突出，亦即“诗有别才”。这种判定所显示之意向与前述天才论内在相通。对此他尤从心理感知与把握的维度，使之显示了出来。

对自我的认知，即便不从哲学角度，仅仅从人类自我心理视阈，自古以来就是一个疑难问题。人类思想情感之主宰是“脑”，还是“心”？这一点并非一开始就不言自明。比如直到清末，学者俞正燮还在其《癸巳类稿》中说西方人的身体构造与中国人不一样，他们“知觉以脑不以心”②，这潜在表明“知觉以心不以脑”在中国古代是一种基本常识。

钱锺书考据，关于这一问题最早做出正确揭示的是诗人。如《诗经·伯兮》说“愿言思伯，甘心首疾”。意思是说，主人公因思念、焦虑而头痛，这就提示思想的中心是大脑。又如《孟子·梁惠王》：“举疾首蹙额”，赵岐注：“疾首，头痛也，蹙额、愁貌”；显然“疾首”与“首疾”意义相类，都表示“头痛”之义，而之所以如此，是因为“思”或者“愁”，这就清楚表明人的心理活动的场所在“首”，而不是“心”。俗语说“伤脑筋”，西方话语称“事之萦心撄虑者”为“头痛”或“当头棒”，就是这个意思。这说明在很早的时期诗人就敏感到“心之官系于头脑”了。③

然而，“诗人感觉虽及而学士知虑未至”，比如《说文解字》中的“思”字却从“田”，从“心”，后者乃其义项。而且《说文解字》中表示思想活动的字，都是从“心”的解释。可见，“文词早道‘首’，而义理只言心”④。这种梳理似乎也可从心理学家那里找到依据，比如即使到了心理学的研究已相当发达的19世纪晚期，威廉·詹姆斯仍要在其《心理学原理》中强调“身体的经验，特别是大脑的经验，必须在那些心理学需要加以考虑的心理生活条件中占有一席之地”。因此他特别申明“我

① 钱锺书：《谈艺录》，生活·读书·新知三联书店2001年版，第465页。

② 钱锺书：《管锥编》（第一卷），生活·读书·新知三联书店2001年版，第170页。

③ 同上书，第169—170页。

④ 同上。

们的第一个结论是，特定分量的脑心理学必须作为前提，或者必须被包含在心理学之中"[①]。如果说此时才确认到这一点的话，那么可知学士（包括心理学家）对人类心理器官的认识在人类自我认知的发展中确实是比较靠后的。

不光如此，在钱锺书看来，对于微妙复杂、神秘莫测的内在思维活动的运行方式的体察和感受方面，诗人也比学者要早。人的心理活动到底处于一种怎样的运行状态？我们往往只知詹姆期其《心理学原理》一书中最早提出了"意识流"或"思波"的说法："意识并没有对它自己显现为是被砍碎了的碎块，像'链条''序列'这样的语词，并没有恰当地将它描述为它最初将自己呈现出来的样子。它完全不是结合起来的东西，它是流动的。'河'或者'流'的比喻可以使它得到最自然的描述……让我们称它为'思想流''意识流'，或'主观生活流'。"[②] 从此这一说法遂成定论，流行开来。但这种对心理活动的描绘其实早就在诗文中存在了。即以中国古代文学为例，《汉书·外戚传》上武帝悼李夫人赋，有句云"思若流波，怛兮在心"；建安诗人徐干《室思》说"思君如流水，何有穷已时"；南朝梁时诗人何逊的《为衡山侯与妇书》说"思等流水，终日不息"，又《野夕答孙郎擢诗》写道"思君意不穷，长如流水注"。六朝以还，以"流"拟"思"几成套语。如唐代诗人吴融在其绝句《情》中，即这样表达他的思绪："依依脉脉两如何，细似轻丝渺似波"，其内心活动"似丝"又"似波"，等等。基于这一事实，钱锺书指出：

> 詹姆士《心理学》谓"链""串"等字佥不足以示心行之无缝而泻注，当命曰"意识流"或"思波"。正名定称，众议翕然。窃谓吾国古籍姑置之，但丁《神曲》早言"心河"，蒙田挚友作诗亦以思念相联喻于奔流。词人体察之精，盖先于学人多多许矣。[③]

对于心灵状态的把握是这样，对于情感的研求更是如此：

> 培根早谓研求情感，不可忽诗歌小说，盖此类作者于斯事省察最精密。康德《人性学》亦以剧本与小说为佐证；近世心析学及存在

① ［美］威廉·詹姆斯：《心理学原理》，田平译，中国城市出版社 2003 年版，第 6 页。

② 同上书，第 335 页。

③ 钱锺书：《管锥编》（第二卷），生活·读书·新知三联书店 2001 年版，第 944 页。

> 主义论师尤昌言诗人小说家等神解妙悟，远在心理学专家之先。①

这一点，不光体现在创作上，也反映在文艺评赏方面。在《管锥编·列子张湛注·周穆王》中，钱锺书论列了古今中外文学作品对“醒制卧逸”的人类心理现象的叙述和描写。他发现对于同一文本的解读，文人和学者的悟性和识力是不一样的，前者往往更准确精当。《列子》“周之尹氏大治产”一节，叙述一老役夫“旦旦为仆虏，夜夜梦为人君”的情境，这跟刘朝霞所谓“梦裹几回富贵，觉来依旧恓惶”的描写是一致的。钱锺书指出，这一奇情妙想并非列子独创，实际来自于《庄子·齐物论》论梦与觉之“君乎牧乎固哉”之言。对于这一点，自古以来“说者都未窥破”。然而钱锺书却发现，在文人那里却早有体会和揭橥，如《二刻拍案惊奇》卷一九牧童寄儿事又踵而敷饰，说道：“不如庄子所说那牧童做梦，日里是本相，夜里做王公。”这里不说列子，而直接说庄子，又以“牧童”代“役夫”，似乎表明《列子》此节本于《庄子》“君乎牧乎固哉”之句。对此钱锺书不由感叹：“果尔，则文人慧悟逾于学士穷研矣。”“隐于针锋粟颗”之言，在文人心有灵犀的体悟和创造性借用之下，“放而成山河大地”，“亦行文之佳致乐事”② 也。

又比如《楚辞·大招》有一句说：“青色直眉，美目媔只。”《楚辞洪兴祖补注》指出：“‘青色’谓眉也。”这里的“青色”两字是黑色之意，是用来形容眉毛的。但东汉学者王逸《楚辞章句》却将之解读为：“复有美女，体色青白，颜眉平直。”可见王逸误以“青”为肌肤之色。后来学者以讹传讹，闹出不少笑话。钱锺书特意举了文人对这一相同文本解读的情况与之对比：

> 韩愈《华山女》：“白咽红颊长眉青。”苏轼《芙蓉城》：“中有一人长眉青”，皆早撇去王注，迳得正解；秀才读诗，每胜学究，此一例也。③

韩愈苏轼“皆早撇去王注，迳得正解”，并没有受王逸的干扰和影响，而是以自己独有的慧悟获得了正知真解。可以说从悟性和理解力的角

① 钱锺书：《管锥编》（第一卷），生活·读书·新知三联书店2001年版，第375页。

② 钱锺书：《管锥编》（第二卷），生活·读书·新知三联书店2001年版，第760—761页。

③ 同上书，第971页。

度看，秀才读诗，确实是胜于学究的。“秀才”之感悟力在人与文字相对时，往往能形成精神的默契，以及双向的情感和意义的交流，把死文字读成活文字。因此，文学史家杨义将文人阅读之“感悟”称为“悟性细读”[①]。“此一例也”，表明这样的例子不胜枚举，也说明文人秀才感悟能力高于学人学士这一认识并非钱锺书一时所感，而是他在读书治学过程中基于大量事实而形成的一种基本认识与判定。

总之，不论是创作还是阅读，“心理学家见事每落文学家之后，可以隅反”[②]。而“今之文史家通病，每不知‘诗人为时代之触须’（庞特语），故哲学思想往往先露头角于文艺作品，形象思维导逻辑思维之先路”[③]。

诸如此类，反复致意，无非说明一个总的观点：诗人对于心理的感知与把握能力比学士即便是心理学家都要强。就钱锺书所举之例，单纯从现象发生的时间看，应该说是信而有征、确凿无疑的。的确诗人的体察比心理学的认识要早，这是一个基本的事实，我们无法否认。但钱锺书通过这个事实所下的结论：诗人在对人类自身的认知上，比心理学家要敏锐——至少他的话里内含着这样的意思——是站不住脚的，或者说他举的那些例子不构成充分条件。一个现象揭示的迟早，并不能证明主体能力的高低。文化人类学告诉我们，在人类历史文化演变的纵向序列中，诗天然就处于最靠前的位置。正如维柯所说，原始人即是天生的诗人，后来的一切文化都基于诗性智能发展起来，从这个意义上说，诗人的文化存在天然决定了“诗人”先于“学士”：是先有诗人，然后才会有学者。现代语言学也认为，人类的语言是先有神话和隐喻思维，然后才慢慢地发展为逻辑思维。因此，诗人的感觉、意识和发现早于学士，是人类学的问题，与人类自身智力的发展相关，而不是比较文化学的问题，在逻辑上不能用以证明诗人与学者感悟能力程度之差别。但论证不合理，并不必然表示论点的荒谬，更不会影响思想的倾向性。反而在某种程度上，强化了论者的观点，这正如他对莱辛的误读一样。

钱锺书为何一再从心理感知的层面，将文人和心理学家进行对比，并认为前者在感悟性上比后者强呢？这与其在文学观和创作论上的心理主义倾向息息相关。

文学的向内转是近现代西方文学的一个重要特征。近代以来，由于人

---

① 见杨义《“感悟”的现代性转型》，《学术月刊》2005 年第 11 期。

② 钱锺书：《写在人生边上·人生边上的边上·石语》，生活·读书·新知三联书店 2002 年版，第 154 页。

③ 钱锺书：《钱锺书散文·致郑朝宗》，浙江文艺出版社 1997 年版，第 423 页。

们的思想从神学的束缚下解放出来，对于人自身的关注和表现，便取代神成为文学创作的一个主要方面。浪漫主义看重作家的“内在心灵”，渴望了解创作的“内在意识”。之后的象征主义虽不满前者的宣泄，但其创作也是内心化的，强调自我表现，反映内心真实，甚至在他们看来，外在的世界，也不过是内我的一种“象征”。同时兴起的表现主义的文学即建立在艺术“是在表现自己”[①] 的观念基础之上。与文学相呼应的是现代心理学的蓬勃发展，提出了心理主义的文学观念，如狄尔泰的“体验”说，弗洛伊德的精神分析思想，荣格的“原型”理论，存在主义的生命存在论，等等。以上文学和心理学思潮，都在表明文学是一种立足于内心的艺术，文学即使要反映社会，也必须通过人自身心灵这一中介，才能实现，因而文学创作最关键的步骤在于主体体验生命的存在状态，在于对自我内在世界的精微把握，从根本上说，真正领悟、了解和把握了自身也就把握了世界，从而才能创作出杰出的作品。因此强调主体对内心的体悟、省察、感知能力，便成为近代诗论的一个非常重要的方面。如华兹华斯这样强调：“诗人比一般人具有更敏锐的感受性。”[②] 什么是天才？康德的回答是“构成天才的心意能力，就是‘想象力’和‘悟性’”[③]。诗人郑敏以里尔克为例指出，诗人不同于凡人之处，就在于诗人对生命的超常敏感。[④] 可以说，一个作家对内在生命奥秘的认识能力：对它的深度、广度、复杂性乃至具体微妙形态的探究与把捉能力，乃是一个作家最根本的素质，决定着创作的成败。钱锺书的文学创作正是以其对人物之心理事实的细腻描画和状写而备受推崇从而成为文学经典的。他小说的一个基本主题就是揭示人类内心的真实状态：在机械焦灼的现代社会，人的生存体验、反思、内省的生命过程，以及孤独、无奈和绝望的生命图景。因此心理描写、反讽、悖论、象征等直接契入内心的手段成为其构建文本的主要方法。笔者以为，正是上述文学和心理学潮流的潜移默化，再加上自己文学创作的深刻体验，使钱锺书自然而然倾向于从心理感知的视角，来衡量文学家与学者在感悟性方面所显示的智能程度与差异，突出阐述了文人之“才”的内涵：异于常人的感悟力。反映在创作上，凭依它诗人才“心思锐敏，能见到‘貌异心同’的地方，抓住常人所看不到而想得懂的类似

---

① 转引自胡经之主编《西方文艺理论名著教程》，北京大学出版社 1986 年版，第 15 页。

② ［英］华兹华斯：《〈抒情歌谣集〉第二版序言》，曹葆华译，《十九世纪英国诗人论诗》，人民文学出版社 1984 年版，第 13—14 页。

③ ［德］康德：《判断力批判》，宗白华译，商务印书馆 1964 年版，第 163 页。

④ 见谭桂林《本土语境与西方资源》，人民文学出版社 2008 年版，第 46 页。

之点，创造新的比喻”，也才能“从最微末的花瓣里窥见了天国，最纤小的沙粒里看出了世界，一刹那中悟彻了永生”。[①]“学道学诗，非悟不进”。

在前面关于“神”之内涵所引的一段文字中，钱锺书将悟性、神、直觉视为同一范畴。并以为它处于人类智能的最上层，其特点在于“超越思虑见闻，别证妙境而契胜谛”，也即可以不经分析和推论直接抵达事物之底蕴。对于这种能力的强调，正如引文所举例，古今中外不乏其人。尤其在强调天才、带有神秘主义倾向的人那里更是如此，如西方的斯宾诺莎、康德、谢林、叔本华等，而“中国哲学中，讲直觉的最多”[②]。除开上面提到的庄子、老子外，中国式佛教禅宗更是视此为基本的致思方式。钱锺书所谈之“悟”与禅宗之“悟”有着更紧密的联系。

钱锺书在论到严羽《沧浪诗话·诗辨》中所说“诗有别才非书、别趣非理”一语时，指出这种“别才”是“宿世渐熏而今生顿见之解悟”。就是说它是天生才能。这与前引《谈艺录·性情与才学》中钱锺书自己对“才”的理解是相通的。而且他所使用的这些关于“悟”之智能的概念几乎都取自佛家，如“诗人心印胜于注家皮相也”之“心印”，又如前面引言中的“神解”“妙悟”“慧悟”“妙谛”等，都是佛家的一些基本词语。可见钱锺书对于诗人才能的理解受到了佛家的启发，带有很深的佛家色彩。

有学者曾指出，在西方的生命神秘观念如弗洛伊德精神分析、柏格森的创化论、尼采的超人说以及存在主义的影响下中国文学形成了一股神秘主义诗学潮流，他特别提到了一个具有神秘倾向的英国诗人布莱克，以为很多中国现代诗人都从他那里汲取养料获得对诗艺的理解[③]，比如徐志摩、梁宗岱等，后者称其诗“是幽秘沉郁的直觉”[④]。这种概括和理解无疑是非常准确和符合实际的，但似乎还可以在其中再添加一个人物：钱锺书。钱锺书对诗艺的理解也受到过布莱克的影响，他的神秘诗学观可以说就来自后者，比如他在批评曹葆华的《落日颂》中所体现的神秘倾向时，道出了自己对这一问题的认识：“神秘主义需要多年的性灵的滋养和潜修：不能东涂西抹，浪抛心力了，要改变摆伦式的怨天尤人的态度，要和宇宙及人生言归于好，要向东方和西方的包含着苍老的智慧的圣

① 钱锺书:《写在人生边上·人生边上的边上·石语》，生活·读书·新知三联书店2002年版，第315页。

② 张岱年:《中国哲学大纲》，中国社会科学出版社1982年版，第558页。

③ 谭桂林:《本土语境与西方资源》，人民文学出版社2008年版，第67页。

④ 梁宗岱:《象征主义》，《文学季刊》1934年第2期。

书里，银色的和墨色的，惝恍着拉比（Rabbi）的精灵的魔术里找取通行入宇宙的深秘处的护照，直到——直到从最微末的花瓣里窥见了天国，最纤小的沙粒里看出了世界，一刹那中悟彻了永生。”① 后面的这一说法即来自布莱克的名诗《天真的预示》，而且在他的文本中反复出现，用以表达悟性和想象观念。值得一提的是这与禅宗“一沙一世界，一叶一菩提”、“须弥芥子”、“刹那永恒”的说法几乎完全一致。由此可见钱锺书与神秘诗学的密切关联。

第二节 “悟亦必继之以躬行力学”

艺之成败，系乎才，诗人独特禀赋和先天条件，确实重要与关键。但如果据此认为钱锺书是一个康德叔本华式的天才论者，或者是一个主张空诸依傍、玄虚惝恍之诗论的宗教神秘主义者，那就大错特错了。在《谈艺录·性情与才学》一则中，在表明了“艺之成败，系乎才”之观点后，他紧接着就补充道：

> 虽然，有学而不能者矣，未有能而不学者也。大匠之巧，焉能不出于规矩哉。②

有天赋的人还需要后天的积累和学习，凡是所谓高妙的技能和卓绝的才华都是建立在“规矩”——人类固有的知识经验——之上的。孔夫子所谓：“从心所欲不逾矩”，佛语：“规矩备具，而出于规矩之外。”苏东坡强调：“出新意于法度之中，寄妙理于豪放之外。”因此天赋重要，固有的知识经验的学习也不可偏废。如果说前者，在钱锺书文本中还只是闪烁其词、偶尔兴发之论，那么后者就可谓一种洋洋洒洒、旗帜鲜明的理论主张了。这一点，他主要针对中国古代神韵派的“妙悟说”的辨析和抉发展开。

一 “夫悟而曰‘妙’，未必一蹴即至也”

在《谈艺录·妙悟与参禅》一则中，钱锺书起首即开宗明义：

---

① 钱锺书：《写在人生边上·人生边上的边上·石语》，生活·读书·新知三联书店 2002 年版，第 315 页。

② 钱锺书：《谈艺录》，生活·读书·新知三联书店 2001 年版，第 107 页。

> 夫悟而曰“妙”，未必一蹴即至也；乃博采而有所通，力索而有所入也。①

这是说，由“悟”到“妙”有一个过程，这个过程是一个自我丰富和充实的过程。只有火候到了，妙才会自然而然，水到渠成。关于这一点，清代学者陆世仪《思辨录辑要》里有个绝妙的比喻，他说：“人性中皆有悟，必工夫不断，悟头始出。如石中皆有火，必敲击不已，火光始现。然得火不难，得火之后，须承之以艾，继之以油，然后火可不灭。故悟亦必继之以躬行力学。”② 不但工夫应在“悟”先，必工夫不断，悟头始出，而且“悟亦必继之以躬行力学”，在这里，悟与学构成一种循环往复的过程。受这一妙喻的启发，钱锺书将“悟”作了进一步细分，他以为“悟有迟速，系乎根之利钝、境之顺逆，犹夫得火有难易，系乎火具之良楛、风气之燥湿。速悟待思学为之后，迟悟更赖思学为之先”③。无论“速悟”还是“迟悟”，都需要后天的思考和学习，只是时间点不同而已。这种划分无疑比陆世仪来得具体和细腻，它不是笼统谈悟与学的先后关系，而是针对悟性的程度有所区别，因而具有很强的指导性与操作性，体现出理论的实践价值。一定意义上，与孔夫子的“因材施教”论可以相通。“速悟”“迟悟”的说法，实际来自禅家所谓“顿悟”“渐悟”的观念。

钱锺书关于悟的观念与禅宗有着密切联系。他对悟与学的理解更是直接本于禅宗。禅宗中论悟最周匝圆融者，当推“唐之圭峰”，他的《禅源诸诠集都序》将“悟”分为“因悟而修”之“解悟”与“因修而悟”之“证悟”，最后说“若远推宿世，则惟渐无顿。今顿见者，已是多年见熏而发现也”。钱锺书运用此一观念，对“妙悟”说立足本体论高度做了进一步解说：

> 严沧浪《诗辨》曰：“诗有别才非书，别学非理，而非多读书穷理，则不能极其至。”曰“别才”，则宿世渐熏而今生顿见之解悟也；曰“读书穷理以极其至”，则因悟而修，以修承悟也。可见诗中“解悟”，已不能舍思学而不顾；至于“证悟”，正自思学中来，下学以

---

① 钱锺书:《谈艺录》，生活·读书·新知三联书店 2001 年版，第 235 页。
② 同上。
③ 同上书，第 236 页。

> 臻上达，超思与学，而不能捐思废学。犹夫欲越深涧，非足踏实地，得所凭借，不能跃至彼岸；顾若步步而行，趾不离地，及岸尽裹足，惟有盈盈隔水，脉脉相望而已。①

这里以形象的说法，深刻表明了悟和学的辩证关系，从事物发展演化的角度看，也即量的积累要达到一定程度，才能导致质的飞跃，这与存在主义大师克尔凯郭尔将“跳跃”看作是“人生经验中要事”之理念暗合。由此可联想到他论神秘主义的观念：“神秘主义需要多年的性灵的滋养和潜修”，才能“彻悟”，正与此相通。悟达到“彻”之程度，也就臻至“妙谛”了，可见光靠先天之“解悟”不行，还需后天的修为。

由此看来，“学”是一种积累，“妙”是质的飞跃，因而在某种程度上，“学”是“悟”的前提，没有“学”，“悟”无从谈起。从发生学的角度讲，任何文化的创造和进步都建立在既有知识、经验、方法、技能之上，或对它模仿与复制，或对它改进与超越。文学创作更是如此，按照狄尔泰的文学体验说，文学创作就是一种生命体验的表达，生命是一个知情意统一的整体，既存在内在的一面，也存在外在的一面，而后者就是通过学习和经历获得的，即便是一个天才作家，他也要了解以往历史知识，学习生活经验，熟悉人情物理，积累生活素材，把握时代精神，掌握既有形式技巧和表现手法……他们的天才创造正是在此基础之上的一种文学实践活动，而非闭门造车、无中生有。钱锺书强调后天学习，正是看到了知识积累对于文学创作的积极参与性和建构性，这对于文学摆脱“尚虚”的神秘主义，走向一种向上的“求实”作风，无疑具有积极意义。

然而知道“学”是一回事，怎么“学”又是另一回事，并非只要进行知识的积累，就必然能提高悟性，从而达到“妙”的境界。相反，读得不好，不会读书，反而湮没性灵。这里存在一个方法问题。

二 “化书卷见闻作吾性灵”

“读”与“学”确实是创作主体在创作之前必须进行的一项文学积累活动。一般而言，知识越广博，阅历越丰富，对于创作来说就越有利，然而如果创作主体不能充分调动自己的主观能动性，将所读之书、所历之事、所感之情融于一体，涵泳消纳，化为一己之私：我之血肉与津液，成为生命整体的一个有机组成部分，而是“死读书”，读死书，完全

---

① 钱锺书：《谈艺录》，生活·读书·新知三联书店 2001 年版，第 236—237 页。

“沉没在文字海里”，读书的直接目的就是从书中寻找好词佳句、成语典故，以炫博矜奇，卖弄风雅，以致“资书以为诗”，“除却书本子，则更无诗”，那么所谓“读书”对创作就只会有害而无益。事实上这种情况，在中国文学史上屡见不鲜，集中代表就是“宋诗”。

钱锺书在《宋诗选注・序》中对宋代诗人作诗“殆同书抄”的现象及其源流和弊端，进行过透辟详尽的评述，指出这是一种“把末流当作本源的”危险倾向，“仿佛是宋代诗人里的流行性感冒”。在他看来，嫌孟浩然“无材料”的苏轼有这种倾向，把“古人好对偶用尽”的陆游更有这种倾向；不但西昆体害这个毛病，江西派也害这个毛病，而且反对江西派的“四灵”竟传染着同样的毛病。这种习气用现代白话来说，就是“从古人各种著作里收集自己诗歌的材料和词句，从古人的诗里孳生出自己的诗来，把书架子和书箱砌成了一座象牙之塔”。因此，“这可以说是宋诗——不妨还添上宋词——给我们的大教训，也可以说是整个旧诗词的演变里包含的大教训”。[①]

以上说法不免夸张，但应该说切中了宋诗的要害。所根据者就是毛泽东关于现实生活与艺术传统的源流理论，透过它我们能体察到解放之后盛行的现实主义文艺思想对钱锺书的潜隐影响。然而如果以钱锺书整个学术和创作文本作为考察之语境[②]，会发觉上述评判，更多的是一个方法论的问题，即它们并非对“学”或者“读”的根本否定，而是对宋代诗人只知对古人成语故实强取豪夺、生搬硬套、生吞活剥的机械创作风气的批评。因为在钱锺书看来，“学”和“读”不是一般的知识积累，不是要将自我变成一个“书蠹”、“书呆子”，而是要积极地“消纳”，使所学所读最终成为经过情感体验和意识过滤了的自我生命的一个部分，由“眼中之金屑”化为“水中之盐味”。在《徐燕谋诗序》一文中，他对之阐发道：

> 才若黄公度，只解铺比欧故，以炫乡里，于西方文学之兴象意境，概乎未闻，此皆如眼中之金屑，非水中之盐味，所谓为者败之者是也。譬若啖鱼肉，正当融为津液，使异物与我同体，生肌补气，殊功合效，岂可横梗胸中，哇而出之，药转而暴下焉，以夸示己之未尝

---

① 钱锺书:《宋诗选注》，生活・读书・新知三联书店 2002 年版，第 13—19 页。

② 由钱锺书自己醉心于“学问”沉迷于“典故”的创作实际——他因此被人称为学者型作家，以及他的主要诗学著作《谈艺录》及其增订本在谈到宋诗时实际所持的欣赏态度看来，他对文学的古典主义倾向并不像在《宋诗选注・序》里所表露的那样“深恶痛绝”，而是在更深的心理层面上别有偏嗜。

蔬食乎哉？故必深造熟思，化书卷见闻作吾性灵，与古今中外为无町畦。及夫因情生文，应物而付，不设范以自规，不划界以自封，意得手随，洋洋乎只知写吾胸中之所有，沛然觉肺肝所流出，曰新曰古，盖脱然两忘之矣。《姜白石诗集序》所谓“与古不得不合，不能不异”云云，昔尝以自勖，亦愿标而出之，以为吾党告。若学究辈墟拘隅守，比于余气寄生，于兹事之江河万古本无预也。①

这段话，历来被学界当作比较文学方法论看待，一是显示了钱锺书对待新旧中西学问的态度和方法：广采博取、融会贯通；二是对当时仍然在流行的“中体西用”论的批评：反对一味羡慕和学习西方的机械文明，即从“用”的维度功利性地学习西方物质文明，而是主张学习西方文明的精髓“性理”之学，即从“体”的方面来更深入地学习西方的精神文明。

它实际上也表征了钱锺书的创作论：阐述主体怎样去积累知识，为创作进行知识储备。其方法是“深造熟思，化书卷见闻作吾性灵”。孔子说“学而不思则罔，思而不学则殆”，钱锺书已经强调了“学”的重要性，这里是在强调“思”的重要性。在其看来，学问知识只有经过主体思维和心灵的充分消化与酿造，运用起来才能意得手随、挥洒自如，无生硬碍滞之感。

在《谈艺录·随园主性灵》一文中，他就袁枚将性灵与学问对举从而至言“学荒翻得性灵出”的割裂之弊，做了批评，进一步从学理上深化了这种观点：

今日之性灵，适昔日学问之化而相忘，习惯已成自然者也。神来兴发，意得手随，洋洋只知写吾胸中之所有，沛然觉肺肝所流出，人己古新之界，盖超越而两忘之。故不仅发肤心性之为“我”，即身外之物、意中之人，凡足以应我需、牵我情、供我用者，亦莫非我有。万方有罪，汤曰“在予”；一人或溺，禹如由己。孟子“万物皆备”，象山“六经相注”；昌黎所谓“词必己出”之“己”正当作如是观。《随园诗话》卷十三曰：“蚕食桑，而所吐者丝，非桑也；蜂采花，而所酿者蜜，非花也。读书如吃饭，善吃者长精神，不善吃者生痰

① 钱锺书：《写在人生边上·人生边上的边上·石语》，生活·读书·新知三联书店2002年版，第228—229页。

瘤”，故少陵“读破万卷，盖破其卷，取其神，非囫囵用糟粕”。则庶几明通之论，惜他处尚未尽化町畦耳。[1]

这里貌似与前段文字相同，实际上有所深化。已由前者仅仅着眼学问，上升到对一切事物的吸收和利用层面，带有一种哲学方法论的意味，尽管重点仍在学问上。他首先指出，学问不但不会妨害性灵，只要善于读书，真切体验，它还会融化成为自我之性灵的一个有机组成部分；因此性灵的文学抒写，在某种意义上说，也就是学问的无形生展。接下来他运用詹姆斯关于“自我”的理念[2]，将这一问题哲学化：不光学问经过心灵的中介可以化为我之私，一切外在事物通过人内部系统的消纳，也在被吸收成为“我”之组成部分。詹姆斯在《心理学原理》中说：“从最广泛的可能性上看……个体的自我是他所能称为他的总和，不仅限于他的身体和心理力量，还包括他的衣服和他的房子，他的妻子和儿女，他的祖先和朋友，他的名声和成果。”[3] 这表明，凡主体之我所接触的一切与个人利害相连的事物都构成自我成分。其中的“心理力量”显然与学问相关。在钱锺书看来，学问必须转化为创作主体“自我”之“心理力量”才能成为创作的重要元素，从而发挥积极作用，就像“蜂采花，而所酿者蜜”之“酿”，“读书如吃饭，善吃者长精神”之“长”，“读书破万卷”之“破”一样。一切学问只有经过思想的消化，成为生命的机能，才能被主体自由支配，驱遣自如，无形呈现在文本中。

在詹姆斯之前，狄尔泰关于生命乃知、情、意结合的整体论，可以说就内含此种意思。后来的里尔克的“经验”论也可作如是观。伽达默尔更是指出，“所有被经历的东西都是自我经历物，而且一同组成该经历物的意义，即所有被经历的东西都属于这个自我的统一体，因而包含了一种不可调换、不可替代的与这个生命整体的关联”[4]。显然，钱锺书的观念与上述理念都是息息相通的，尽管他只是引述了詹姆斯一个人的话。

钱锺书曾在《谈艺录·王静安诗》中对黄遵宪和王国维的诗做了对比批评，扬“王”而抑“黄”，所根据者就是此种理论。他先是指出黄遵宪的诗：

---

① 钱锺书：《谈艺录》，生活·读书·新知三联书店 2001 年版，第 522 页。

② 同上。

③ James W., *Principles of Psychology* (Vol. I), New York: Holt Press, 1890, p. 291.

④ ［德］伽达默尔：《真理与方法》，洪汉鼎译，上海译文出版社 1999 年版，第 85—86 页。

> 差能说西洋制度名物，掎摭声光电化诸学，以为点缀，而于西人风雅之妙、性理之微，实少解会。故其诗有新事物，而无新理致……公度生于海通之世，不曰“有苗三危通一家”，而曰“黄白黑种同一国”耳。凡新学而稍知存古，与夫旧学而强欲趋时者，皆好公度。盖若辈之言诗界维新，仅指驱使西故，亦犹参军蛮语作诗，仍是用佛典梵语之结习而已。[①]

在钱锺书看来，黄遵宪的诗虽然体现出“新”，有新事物，但这种“新”只是表面化的，更多的是一种形而下层面的新，即所谓“声光电化诸学”，而对于内在的新，形而上的新，西人之风雅与性理——“理致”之新，却付诸阙如。换言之，黄遵宪的诗只知拾掇西学之皮毛，而对于西方文明之精粹——精神学理却忽焉不察。从创作论的角度讲，这与其说是指责黄氏在西学选择上存在误区，不如说是指责他“乏深湛之思”[②]，不善于读书、不善于积累知识。与黄遵宪在近代诗界的名声和地位相比，此种评价显然太低，难怪会引得“吴雨僧先生颇致不满”[③]。钱锺书对黄遵宪的批评与其对宋代诗人“资书以为诗”的形式主义的批评是一致的，不过前者是“食古不化”，而“后者则是食洋不化”。

与之形成鲜明对比的是，王国维的诗得到了高度评价：

> 老辈惟王静安，少作时时流露西学义谛，庶几水中之盐味，而非眼里之金屑。其《观堂丙午以前诗》一小册，甚有诗情作意，惜笔弱词靡，不免王仲宣“文秀质羸”之讥。古诗不足观；七律多二字标题，比兴以寄天人之玄感，申悲智之胜义，是治西洋哲学人本色语。[④]

同是言“新”，黄遵宪只知对西人事物名词生吞活剥，所谓新只是“眼里之金屑”，而王国维则真正领会了西学之“义谛”，不再拘泥于名词与概念等浅层的东西，而是直接将西学的精髓融化为“水中之盐味”，成为一个生命的新自我了。因此，仅对西学的把握及运用来说，王国维诗是在黄遵宪诗之上的，尽管其诗“笔弱词靡”。

---

① 钱锺书：《谈艺录》，生活·读书·新知三联书店 2001 年版，第 69 页。

② 同上书，第 72 页。

③ 同上书，第 69 页。

④ 同上书，第 72 页。

总而言之，钱锺书强调“学”和“读”的重要性，但同时又反对囫囵吞枣似的“学”和“读”，在他看来，只有将知识和学问，进行充分的情感体验和意识过滤，经过“消纳”、接受，成为自我生命和心理结构中的一个有机组成部分，由“眼中之金屑”，化为“水中之盐味”。这样，创作之时才能做到“神来兴发，意得手随，洋洋只知写吾胸中之所有，沛然觉肺肝所流出，人己古新之界，盖超越而两忘之”。

第五章　文学创作:“得心应手”

文学创作主体具有才情、学识与体验，只是为创作提供了一种可能性，要将此种可能性变为现实性，尚有待于一个具形化过程。钱锺书猛烈批评感伤主义“执情强物”创作方法，而对具有直觉主义倾向的“即物生情”观却大加推崇，要求文学应创造美的“妙境”，而不是简单机械的“镜子”式模仿与反映。“得于心”还得“应于手”，钱锺书以为应“执心物两端而用厥中”，而不能像克罗齐一样“执心弃物”。本质上这是一种艺术形塑的过程，有才情更有技巧：“歌者情感之艺术表现也”。其创作真实体现了这一智性化倾向，是中国现代理性主义文学思潮的有力组成部分。

第一节　“强物”与“即物”

文学作品是作者思想情感和人生体验的客体化，然而它们又非以自然的形态，直接进入文本，而是要经过作者心灵过程充分的孕育、涵泳，凝结成一个个意象和形象，呈现在接受者面前。它无非依托两种形式，一是“拟物”，一是“寓物”：

> 悲愁无形，侔色揣称，每出两途。或取譬于有形之事，如《诗·小弁》之“我心忧伤，惄焉如擣”，或《悲回风》之“心踊跃其若汤”，“心鞿羁而不形兮”；是为拟物。或摹写心动念生时耳目之所感接，不举以为比喻，而假以为烘托，使读者玩其景而可以会其情，是为寓物。[①]

---

① 钱锺书：《管锥编》（二），生活·读书·新知三联书店2001年版，第960页。

其实质就是寻找客观世界中的对应物来表达情感。[1] 所以诗人表现自己，抒发情感，就涉及怎么对待外物——我与世界的关系——这一文艺学上的大问题，实际也是创作构思一个部分。在钱锺书看来，主要有两种态度或方式：一是“执情强物”，一是“即物生情”，对这两者的内涵和意义他都有过透彻的阐析。

一 “执情强物”

在对李贺诗歌的研究中，钱锺书发现了一个独特的审美现象：爱用“啼”“泣”等极富哀怨悲愁情感基调的字汇。如《箜篌引》“芙蓉泣露香兰笑”，《苏小小墓》“幽兰露，如啼眼”，《伤心行》“木叶啼风雨”，《湘妃》“九峰静绿泪花红”，《黄头郎》“竹啼山露月”，《南山田中行》“冷红泣露娇啼色”，等等，连篇累牍，不胜枚举，可以说在李贺笔下，触物皆悲，万汇同感，鸟亦惊心，花可溅泪。“殆亦仆本恨人，此中岁月，都以眼泪洗面耶。”[2] 时代稍晚的李商隐诗学李贺，也深染此习。其诗中如“幽泪欲干残菊露”“湘波如泪色漻漻”，“蜡烛啼红怨天曙”，“蔷薇泣幽素”，“幽兰泣露新香死”“残花啼露莫留春”，“莺啼花又笑”，“莺啼如有泪”等含“啼”带“泣”之句也比比皆是，“皆昌谷家法”[3]。对于二李创作中此种强烈的感伤化倾向，钱锺书是深不以为然的。在他看来，如果像《刘子·言苑》“秋叶泫落如泣，春葩含日似笑”那样，偶一为之，未尝不可，但如弄得满篇“啼”“泣”“悲”“愁”，就未免用情太过了，无异于“强草木使偿泪债者哉”。其实质是“推性灵及乎无生命知觉之山水”[4]，也即将作者之情单向度地投射到客体上，使之着上我的“颜色”，呈现“我”之性质。由于这种关系是单向输出，而非双向交流，因此心与物之间，并没有真正沟通，物仍是物，我仍是我，主客、内外无法合一同化，交融一体。对此，钱锺书指出：

> 象物宜以拟衷曲，虽情景兼到，而内外有别。只以山水来就我之性情，非于山水中见性情……[5]

---

① 钱锺书：《管锥编》（二），生活·读书·新知三联书店 2001 年版，第 961 页。

② 钱锺书：《谈艺录》，生活·读书·新知三联书店 2002 年版，第 135 页。

③ 同上书，第 137—138 页。

④ 同上。

⑤ 同上书，第 138 页。

用他后面提到的话来说，就是“挟成见而执情强物”[①]，从主体内在心理维度看，是“先入为主，吾心一执”[②]。他认为，以此方式体察万物，必将模糊自己的眼睛，“不见物态万殊”，最终得到的只是自己内在心灵的幻觉，并非事物本身。比如春可乐，而庾信《和庾四》却说：“无妨对春日，怀抱只言秋”；秋可悲，而范坚却作《美秋赋》，更多的如唐贾至《沔州秋兴亭记》、李白《秋日鲁郡尧祠亭赠别》、刘禹锡《秋词》皆言秋之可喜。用汉《郊祀歌·日出入》篇的话说：“春非我春，夏非我夏。”再比如孔稚珪的《北山移文》，假借山灵嘲笑假隐居之士，把主观的感情强加到山林，写林木涧泉意在为他的假隐居而感到惭愧，在强大的内心作用下，事物都改变了本来面目，服从表达思想感情的需要，“极嘲讽之致”，然而却“无与游观之美”。之所以会产生上述种种现象，深层的心理原因正是“良以心不虚静，挟私蔽欲，则其观物也”。[③] 观物是如此，观人也不例外。钱锺书特别举了《列子·说符》篇中亡斧者怀疑邻人之子偷斧的典故。亡斧者心中怀疑邻人之子是贼，所以眼中看他的行为举止，无不成贼相，当斧既找到，事实表明邻人之子非贼时，再去观察他，感觉就全然不一样了，怎么看都不像贼。这是因为“我既有障，物遂失真，同感沦于幻觉”。而“长吉诗中好用涕泪等字”，即此“先入为主之类也”。[④]

以上情形实质上是一种“感情误置”。在论到嵇康的《声无哀乐论》时，钱锺书特别阐明了这一点：

> 嵇康《声无哀乐论》：“和声无象而哀心有主，夫以有主之哀心，因乎无象之和声，其所觉悟，唯哀而已。”按即刘向《说苑·书说》、桓谭《新论·琴道》两篇记雍门周对孟尝君，谓贫贱羁孤、困穷无告，“若此人者，但闻飞鸟之号，秋风鸣条，则伤心矣，臣一为之援琴而太息，未有不凄恻而涕泣者也”；亦即陆机《豪士赋》：“落叶俟微风以陨，而风之力盖寡；孟尝遭雍门而泣，而琴之感以末。何者？欲陨之叶，无所假烈风；将坠之泣，不足烦哀响也。”盖先入为主，情不自禁而嫁于物（pathetic fallacy），触闻之机

---

① 钱锺书：《谈艺录》，生活·读书·新知三联书店2002年版，第142页。

② 同上。

③ 同上书，第142—143页。

④ 同上书，第143页。

(occasion) 而哀，非由乐之故 (cause) 而哀。[①]

"pathetic fallacy" 即我们熟知的概念"感情误置"的英文原词。它是英国文艺理论家罗斯金于1856年在其著作《现代画家》中首次提出来的概念，用以指称将人类的能力和情感赋予自然物体的一种表现手法。对于罗斯金来说，"真实"是一条基本的艺术准则。因此他所谓的"感情误置"带有明显贬义性质，是一种批评术语——这个词组并非用于"对事物的真实面貌的描写"，而是用于"我们在情感和冥思的影响下所做的怪异、非真实的描写"。在罗斯金那里，"只有领悟灵感最深的诗人所采用的'感情谬误'才是妥当的。因为在那些极为罕见的情形下，一味遏制强烈地想把所看见的事物人格化的感情，将是太不尽情理了"[②]。本着这种观念，罗斯金将"审美移情"现象都归入"感情误置"，即便连莎士比亚、柯勒律治等浪漫主义先行者的诗行也显得病态。而在钱锺书那里，李贺、李商隐大量使用"啼"、"泣"等感伤词语，将主体自我最浓烈的情感，单向度地投射到景物山水之中，以我为主，以物为奴，对事物做"怪异、非真实的描写"，从而使作品中之景物呈现出一种幻觉，也是一种典型的"感情误置"。显然，在对待抒情诗的问题上，罗斯金的理念对钱锺书的影响是不言而喻的。不过也应该看到，这两者虽对待抒情诗的态度存在一致，但正面主张却并不相同，前者强调真实性原则，倾向于现实主义，而后者的态度却相当复杂，一般说来，更偏重中国古代以"悟"为特征的直觉主义，而对现实主义的真实性原则则基本不感冒，这也是一个不争的事实。

值得指出的是，钱锺书所拈"执情强物"也类似于王国维的"有我之境"的创作手法，两者都是"以我观物"，指主体以己强烈之情感，宣泄和灌注于客体之中，从而形成情绪饱满的意象。而且他们对它的评价也都不高，不过相对来说，王国维更客观，尽管也将之置于审美较低层次，但仍然充分承认它的价值，把它列为优美这一范畴，而钱锺书却基本上对之持否定态度，认为是一种"感情谬误"。两者的更大差异还在于，钱锺书认为"执情强物"只是一种纯粹的单向感情流动，并不存在真正的审美静观，而王国维的"有我之境"观源自叔本华的抒情诗直观论，强调

① 钱锺书：《管锥编》(三)，生活·读书·新知三联书店2001年版，第1731页。

② [美] M. H. 艾布拉姆斯：《欧美文学术语辞典》(第四版)，朱金鹏、朱荔译，北京大学出版社1990年版，第204页。

审美意境于“由动之静时得之”[①]，对此学者王攸欣指出“王国维的有我之境实指审美主体在达到产生美感所需要的纯粹直观之前，须要经过一个有意志摆脱审美对象给予主体的威胁和其他利害关系的过程，……经此努力而达到静观，这就是‘由动之静’”[②]，可见在王国维看来，它也是一种审美过程，只是不那么纯粹和一贯而已。从这种差异也可窥见，两者评价不一致的原因。有学者曾将“执情强物”与“有我之境”进行简单比附，以为后者乃前者的结果，这是不合适的，说明没有真正理解两者内涵：只注意到它们表面的类似，没有认识到它们之间内在的差异性。[③]

二　“即物生情”

在批评“执情强物”创作倾向的同时，钱锺书正面提出了“即物生情”说。

严铁桥《全汉文》、刘向《别录》说“人民蚕虫，多则地痒，凿山钻石则地痛。”又《东汉观记》记马援论击贼，说“须除其竹木，譬如婴儿头多虮虫，必剃之荡之”，再如《论衡·解除》篇说：“民居地上，犹蚤虫贼人肌肤”，钱锺书以为，这三篇文献中的手法，皆不过设身处地的悬拟之词，并非“真谓土皮石骨，能知有感”。这表明两者只是单纯的比拟关系，并没有在精神上内在沟通。不同的是孟郊《杏殇》中的句子：“踏地恐土痛，损彼芳树根。此诚天不知，剪弃我子孙。”《杏殇》组诗托咏早殒的杏花骨朵，借以抒发对不幸夭折的哀伤。这里“地痛”，也即是我痛，殇子之痛。孟郊通过对大地和杏花骨朵的观照、刻画和描写，表达了浓重之哀思。这是因为杏花骨朵与大地有着独特的物理属性，前者易夭，后者慈爱，正与作者之子以及作者自我之情分性状，相契投合。在这里，山水万物已不再是纯粹客体，而是自我与他者交融合一、同呼吸共命运的另一主体。因此同是讲“地痛”，其中的差别是，“彼只设想，此乃同感，境界迥异”：

> 要须流连光景，即物见我，如我寓物，体异性通。物我之象未泯，而物我之情已契。象未泯，故物仍在我身外，可对而赏观；情已

---

① 王国维：《人间词话及评论汇编》，书目文献出版社 1983 年版，第 2 页。

② 王攸欣：《选择·接受与疏离——王国维接受叔本华/朱光潜接受克罗齐美学比较研究》，生活·读书·新知三联书店 1999 年版，第 98 页。

③ 见许龙《钱锺书诗学思想研究》，中国社会科学出版社 2006 年版，第 191 页。

契，故物如同我衷怀，可与之融会。[①]

事物都有内在的客观性质，我们能体验到这些性质，并非我们单方面灌注给它们，而是这些性质在本质上和我们的内在心理结构存在相通和一致的地方，也正基于这一点它们才与我们的心理情分相投相契，从而融合为一，成为最真实地表现我们内在生命和情感的审美意象。比如孔子说“智者乐水，仁者乐山”，这是因为“智者动”，所以爱动之水，而“仁者静”，于是喜静之山。内在性分上的一致性，导引了情感上的投契性。北宋画家郭熙《山水训》对此阐发尤详，他说：“身即山水而取之，则山水之意度见矣。春山淡冶而如笑，夏山苍翠而如滴，秋山明净而如妆，冬山惨淡而如睡。春山烟云连绵，人欣欣；夏山嘉木繁阴，人坦坦；秋山明净摇落，人萧萧；冬山昏霾翳塞，人寂寂。”[②] 瑞士哲人亚弥爱儿（Amiel）说“风景即心境”[③] 也即这个道理。一切自然景物，乃至时令季节，都自有其内在性征，它们对应着人的不同感觉区域和兴奋点，或使人欣欣，或使人坦坦，或使人萧萧，或使人寂寂。实际上这也是山水和万物之道，乃客观存在于宇宙大化中，有待于人之主观精神去观照和体验。

“体异性通”，还只是就创作主体与山水万物的关系而论，表明物与我天人合一、内在相通。既然如此，那么对于创作主体而言，要怎么样才能接近、洞透和把握万物之道——外在事物的内在本质，并使之与自我的生命发生审美关联？换言之，创作主体需要以什么样的面貌和心态去认识外物之性，并使之与我重叠，成为我的情感表现物呢？钱锺书郑重提出了“无容心即物生情”的审美主张：

> 抑所谓我，乃喜怒哀乐未发之我；虽性情各具，而非感情用事，乃无容心而即物生情，非挾成见而执情强物。春山冶笑，我只见春山之态本然；秋气清严，我以为秋气之性如是。皆不期有当于吾心者也。[④]

《文子·道原》：“虚者，中无载也”[⑤]。创作主体只有在一种虚空内

---

① 钱锺书：《谈艺录》，生活·读书·新知三联书店2002年版，第138页。

② 同上书，第138—139页。

③ 同上书，第141页。

④ 同上书，第142页。

⑤ 同上书，第143页。

心，澡雪精神，排除欲念的心灵状态中，才能消除一切成见和干扰，免却既有心理和知识结构的倾向性，对世界万物凝神观照，方能真切参悟和感应宇宙博大深沉的精神脉搏和生命律动，从而把捉的物理情态才符合事物之本然，否则“心不虚静，挟私蔽欲”，就会“我既有障，物遂失真，同感沦于幻觉”。而与此同时，后者反客为主，以其鲜明特质，叩响我之生命律动，积极参与我的审美心理活动。正是在这种双向互动交流中我与宇宙完成了精神的对接、融合和同一，物即是我，我即是物，我之性分情趣在物中，物之形态面貌呈我相，所谓“即物见我，如我寓物，体异性通”。而且这种物我两者遇合、交汇，不带有任何功利目的，乃是不期然而然，悄然发生。通过“即物生情”所凝结之审美意象，既反映了事物真实的表现性特征和内在结构，也从更深的层面返照和折射出创作主体真切的生命体验和人生情境。

这一创作思想在中国古人那里有大量表达。李太白《赠横山周处士》诗，言其放浪山水，说：“当其得意时，心与天壤俱，闲云随舒卷，安识身有无。”苏东坡《书晁补之藏与可画竹》第一首说：“与可画竹时，见竹不见人。岂独不见人，嗒然遗其身。其身与竹化，无穷出清新。庄周世无有，谁知此凝神。”董彦远《书李营丘山水图》说：“为画而至相忘画者”；《书时记室藏山水图》又说：“初若可见，忽然忘之”；又《书范宽山川图》说：“神凝智解，无复山水之相”。罗大经《鹤林玉露》卷六记曾无疑论画草虫说：“不知我之为草虫耶，草虫之为我也。”① 说“安识身有无”，说“嗒然遗其身”，说“相忘”，说“不知”，等等，皆是贵虚忘我之意，“最道得出有我有物、而非我非物之境界”②。而达此境界，就达至艺术之高境：“盖艺之至者，从心所欲，而不逾矩”③。由此观之，“即物生情”的观物构思之法，与儒家天人合一、禅宗净虑、顿悟以及道家虚静、坐忘等理念息息相通，深刻体现了中国传统诗学的基本精神。

然而从创作心理的角度考察，“即物生情”所呈现的心理特征也与西方现代心理学所揭示的一些文艺心理现象高度契合，可比照研究。

首先它可与英国文艺理论家布洛的“心理距离”说相参印。在 1912 年，布洛发表了题为《作为艺术中的因素和美学原理的心理距离》的文章，在文中他提出了“心理距离说”。这里的距离不是讲时空距离，而是

---

① 钱锺书：《谈艺录》，生活·读书·新知三联书店 2002 年版，第 142 页。

② 同上。

③ 同上书，第 155 页。

与自己的切身利害关系的距离，在他看来，我们的审美只有在这样一种心理距离之中才能有效进行。他举了一个“雾海航行”的例子，当海上起大雾时，船面临种种危险，水手和乘客的内心都会极度不安，万分焦虑，充满着恐惧感，因此对于大海上水天一色、朦胧迷离的美景无心观赏，而只觉得它神秘莫测、危险重重，宛如迷阵。之所以这样，就是因为他们的内心“不虚”，完全被先入为主的切身利害所控制和支配，因此呈现在眼前和心中的景色就变了味道，改了性质，于是本真成了幻觉。钱锺书一再反对先入为主，主张“无容心”，不就含有一种强调主体与自己的切身利害应保持心理距离的意味吗？他对李贺的批评，实际上就是责怪他没有将自己在现实中的抑郁失志、忧伤悲凉的情绪忘怀，因而很难以审美的心态来观照事物。显然，在审美应该虚空内心，抛弃现实烦扰这一点上，“即物生情”观与“心理距离”说是无二致的，一定程度上也与康德席勒所提出的艺术无功利无目的性的说法内在相通。当然两者也存在差别，前者强调的是主体内心应该具备的襟怀和修为，后者则揭示的是艺术审美发生的必要条件，论述的目的和对象是不相同的。

将“即物生情”观与“心理距离”说相比，是单就创作主体而论。然而，前者涉及的不单单是主体，也有客体，体现的实际是一种主体间性。这一思想更可与美国格式塔心理学家阿恩海姆的“异质同构”说相参照。在阿恩海姆看来，“人体之外的所有事物都具有真正的表现性”，“事实上，表现性乃是知觉式样本身的一种固有性质”，因此，将一个事物的外部表现性与一个人的心理状态进行比较，在决定事物的表现性方面不会起到决定性作用。“一棵垂柳之所以看上去是悲哀的，并不是因为它看上去像是一个悲哀的人，而是因为垂柳枝条的形状、方向和柔软性本身就传递了一种被动下垂的表现性；那种将垂柳的结构与一个悲哀的人或悲哀的心理所进行的比较，却是在知觉到垂柳的表现性之后才进行的事情。”① 这种说法，在某种程度上，正是对钱锺书“山水境亦自有其心”与“体异性通”论的理论阐述。不过，在关于物我的联结或者说审美表现的生成上，两者的观念却是不同的。阿恩海姆以为，事物的表现性，要成为文学审美的事实，需要这样一种心理机制：“我们可以把观察者经验到的这些‘力’，看做是活跃在大脑视觉中心的生理力的心理对应物，或者就是这些生理力本身。虽然这些力的作用

① ［德］鲁道夫·阿恩海姆：《艺术与视知觉》，滕守尧、朱疆源译，四川人民出版社 1998 年版，第 619 页。

是发生在大脑皮质中的生理现象，但它在心理上却仍然被体验为是被观察物本身的性质。"[①] 这是一种试图对审美意象生成的科学化解释。意思是说，审美对象之结构反映在大脑皮层就呈现为一种视觉动力，而当心理体验到这种力时，尽管我们意识到这是大脑皮层的生理变化，但我们还是会将之看成是我们体验到的外在物体的内在结构和性质。这样，心理事实与物理事实就被沟通了。这种对审美意象生成的解释，积极意义不言而喻，但缺失也是很明显的，因为它考虑的仅仅是人的物质因素，而忽略了精神的因素，纯粹强调意象的客观化特征，排斥情感性，如对移情说的驳斥。[②] 在阿恩海姆的视觉动力学中，审美主体视觉经验（其中包含着很丰富的个体经验和社会历史内容）的能动性是没有地位的，因而无法解释同构之个体审美的差异性。[③] 钱锺书的即物生情说，却是一种审美内省心理学，强调虚静净心，凝神观照，物我两忘，本质上是一种直觉主义，而不是像阿恩海姆那样，深入视觉知觉内在机制，将物我分析得那样明白清楚。

从前面论述可知钱锺书此种理念深受中国传统天人合一、世界万物生命一体化哲学理念影响，包含着很浓厚的移情意味。[④] 他虽强调虚空内心，但并没有完全排斥主体审美经验存在的必要性，他引元僧觉隐妙语所云："我以喜气写兰，怒气写竹。"并进而指出"所谓我，乃喜怒哀

---

① ［德］鲁道夫·阿恩海姆：《艺术与视知觉》，滕守尧、朱疆源译，四川人民出版社 1998 年版，第 615 页。

② 同上书，第 619 页。

③ 见宁海林《阿恩海姆的视觉动力学述评》，《自然辩证法研究》2006 年第 3 期。

④ 有学者曾以为"执情强物"才体现出移情特征，"即物生情"没有移情（见许龙《钱锺书诗学思想研究》，中国社会科学出版社 2006 年版，第 192—193 页），这其实是误解了立普斯的观念，在立普斯看来，"移情作用的意义是这样的：我对一个感性对象的知觉，直接地引起在我身上的要发生某种特殊心理活动的倾向，由于一种本能这种知觉和这种心理活动二者形成一个不可分裂的活动……对这个关系的意识就是对一个对象所生的快感的意识，必须以那对象的知觉为先行条件。这就是移情。"［立普斯：《再论移情作用》，朱光潜译，伍蠡甫、胡经之主编《西方文艺理论名著选编》（中卷），北京大学出版社 1986 年版，第 483 页］"即物生情"本身就突出了"情"字，而且正如钱锺书的理解，世界上凡是被人感觉到、知觉到、直觉到的所有事物、知识、范畴、概念里都可以说渗透着移情作用，即在根本点上，移情在人对象化的世界里是无所不在的。"即物生情"应该说体现了移情的作用，即便是王国维所谓"无我之境"（由前面所论看来，也是包含在"即物生情"范畴里的），也不能说没有人类情感活动，只是以一种更微妙、隐蔽的方式存在而已。在实际的诗歌创作中，纯粹的"有我"与"无我"之境是不存在的，我们不能夸大两者的差别。否认"即物生情"说的移情性实际是陷入了一种客观主义的泥淖而不自知。

乐未发之我”，“物之神必以我之神接之”①，就内含审美主体经验不可或缺之意。

同时也应该看到，在钱锺书那里，“即物生情”之物，本质上还是心造之物。他说：“无假他物，自乐其乐，事理所不许，即回味意淫，亦必心造一外境也。”可见这种观念与象征主义的“契合”论是心有灵犀的，所以他认为波德莱尔“体会及此，妙笔又足以曲达之”，其情感理路，正如黑格尔指出的，“‘精神’运行，产生异己之对立物，而复格化之以归于己，由己别出异己，复使其同于己，旋转不息”②。

第二节　“执心物两端而用厥中”

情感、意趣，遇合客观对应物，经过“执情强物”或“即物生情”的心理化过程，便在主体头脑中形成了情感饱满、蕴涵丰富的审美兴象和意境，完成了“心之事”。然而，要将创作主体头脑中感受、捕捉和涵泳的审美形象——心象（本质上仍是一种“无形”的心理形式），化为呈现在文本中，摆在读者面前，可供其品味、评赏和把捉的文学审美形象，还需要一个“物之事”，即文学表现或传达。得之于心，还需应之于手。关于这一点，钱锺书以对克罗齐的直觉即表现的观念所体现出的“执心弃物”倾向的批评为切入点展开。

一　“应手之难”

苏东坡在《文与可画筼筜谷偃竹记》中说：“故画竹，必先得成竹于胸中，执笔熟视，乃见其所欲画者，急起从之，振笔直遂，以追其所见，如兔起鹘落，少纵即逝矣。”③ 这里提出了“胸有成竹”的观念，强调了艺术构思的重要性。苏东坡的观点不免使人误解，以为只要“胸有成竹”，再“兔起鹘落”，抓住稍纵即逝的脑中形象，艺术作品便会按照构思的情形，顺利完成。

创作的实际情形当然并非如此，事实上，由“形之于心”到“形之于手”，中间有一个非常繁复的过程，后者甚至比前者还要更艰难。同是

① 钱锺书：《谈艺录》，生活·读书·新知三联书店2002年版，第141—142页。

② 同上书，第139页。

③ 苏轼：《文与可画筼筜谷偃竹记》，《苏东坡全集》（上），中国书店1986年版，第395页。

以画竹为喻，郑板桥则是这样的体会："江馆清秋，晨起看竹，烟光日影露气，皆浮动于疏枝密叶之间。胸中勃勃遂有画意。其实胸中之竹，并不是眼中之竹也。因而磨墨展纸，落笔倏作变相，手中之竹又不是胸中之竹也。"[①] 郑板桥比苏轼进了一步，兼及构思与表达的差距。钱锺书给我们举了更多外国的例子。Lessing 剧本 *Emilia Galloti* 第一幕第四场有一句话说："倘目成即为图画，不须手绘，岂非美事。惜自眼中至腕下，自腕下至毫颠，距离甚远，沿途走漏不少。"以图画相拟，类似画竹之喻。

弗·施莱格尔的说法更为巧妙："男女爱悦，始于接吻，终于免身，其间相去，尚不如自诗兴忽发以至诗成问世之远。"以男女灵肉结合的时间距离，来比拟表达之难，形象而诙谐，可谓"罕譬"。而巴尔扎克则这样说："设想命意，厥事最乐。如荡妇贪欢，从心纵欲，无罣碍，无责任。成艺造器，则譬之慈母恩勤顾育，其贤劳盖非外人所能梦见矣。"[②] 将命意构思比荡妇对待情感的态度，是言其自由，将表现传达喻慈母哺育，是言其艰苦，这样的话非深知此中甘苦者不能道出。

以上等等，皆非言"得心之难"，而言"应手之难"。由此，钱锺书引出与之相反的克罗齐"直觉即表现"的观点：

> 乃比来 Croce 氏倡为新说，即吾国见事素迟，落人甚后，亦不乏随身附和者。以为真艺不必有迹，心中构此想象，无须托外物自见，故凡形诸楮墨者，皆非艺之神，而徒为艺之相耳。有曰：必手下能达得出，方心中可想得到。世人常恨不能自达胸中所有，实为瞀说，胸中苟有，定能自达；若难自达，必胸中无，大家之异于常人，非由于技巧，能达常人所不能达；直为想象高妙，能想常人所不能想。大画师尝云："画以心不以手，知言哉。"[③]

这段话本源于 Doulas Ainslie 英译本 *Aesthetic*[④]。可以说比较准确地概括了克罗齐"直觉即表现"论的内涵。在克罗齐看来，之所以创作者不能以手应心，意到笔随，"主要是由于一种错觉或偏见：以为我们对于实在界的直觉很完备；而实际上它不是那样完备"。从此出发，他指出，假如人们有伟大的思想，就表示这些思想已经被恰如其分地表现出来了；反

① 郑燮：《郑板桥集》，中华书局 1962 年版，第 161 页。

② 钱锺书：《谈艺录》，生活·读书·新知三联书店 2002 年版，第 527—528 页。

③ 同上书，第 528 页。

④ 同上。

之，就表明“它们本来不存在或本来贫乏”[①]。所以，艺术家和一般人的差别不在表达技巧和水平的高下，而在于“心灵境界”，也即直觉能力的高低。由于克罗齐将直觉（意象）等同于表现[②]，因而就在根本点上否定了艺术媒介在艺术中的必要性，于是所谓的“物之事”——艺术的表现和传达过程，也就不存在了。艺术便成为一种纯心灵化的活动。这当然是极其偏颇的，对此钱锺书批评道：

> 克罗采专主意象，抹杀迹象为不足道，论既偏宕，亦且自违心手一体之教矣。[③]

针对此种“偏宕”，他接下来予以有理有据的阐析、辩驳。首先，克罗齐在论证上存在问题：“但丁屡叹文不逮意、力不从心。克罗采引本国画圣语以自佐，而于本国诗圣道寸心得失之语，度外置之，窃未所解。”克罗齐在论证上犯了为我所用，不及其余的主观主义毛病，自然得出的结论不周到，不客观，只能代表某一类人的观点，不具有普遍性和说服力。其次克罗齐对自己观点的态度也前后矛盾：“其后来著作则道及诗家每苦心之精微笔舌难宣，且引孟佐尼未刊稿中之语曰：‘吾自觉入神之妙思，不受语言羁绊而脱然飞逝。’”而且文不逮意，“不仅构文造艺为然”，“论文谈艺”，亦时有贾谊在其《鹏赋》中所说的“口不能言”之感。比如，钟嵘在其《诗品》中记袁嘏“诗平平”，而“自谓能”，尝言：“我诗有生气，须人捉着，不尔便飞去”，“乃已成章句之夸诞，非未落言诠之怅惘也”。评诗也“口不能言”，即使言之，也与诗实际表现出来的“生气”有差距。可见“心手相乖”，“固作者述者所同叹尔”。此中况味，即便克罗齐也“尝自述之”[④]。一方面理论上漠视传达的困难，一方面却又在创作上、文艺评赏上，对之大加感叹，这不是自我抵牾吗？以子之矛攻子之盾，应该说钱锺书的批评是有力的，抓住了问题的要害。而且值得指出的是，它也切合克罗齐的自我认识。在其后期的著作《诗歌》一书中，他就形容《作为表现科学和一般语言学的美学》一书的病累在于“年轻气

① ［意］克罗齐：《美学原理美学纲要》，朱光潜译，人民文学出版社 1983 年版，第 13—14 页。

② ［美］韦勒克：《近代文学批评史》，杨自伍译，上海译文出版社 2006 年版，第 311 页。

③ 钱锺书：《谈艺录》，生活·读书·新知三联书店 2002 年版，第 529—530 页。

④ 同上书，第 530—531 页。

盛的偏激主义"①，这表明他对早期的观点有所反思。

然而从学理上看，在文学创作中，为何会出现心手相乖的现象呢？这是因为，文学是"艺之取资于文字也"，通过语言文字来表情达意，而语言文字天然就存在表达上的局限；文学创作中的言意矛盾，在很大程度上就植根于语言的局限性，这在钱锺书的学术作品中被一再揭橥和阐述。为此他特意提请读者参观《管锥编》论《老子王弼注》第二"语言文字为人生日用之所必须"一段迤后内容。② 我们不妨将这段话全部摘录下来：

> 语言文字为人生日用之所必须，著书立说尤寓托焉而不得须臾或离者也。顾求全责善，啧有烦言。作者每病其传情、说理、状物、述事，未能无欠无余，恰如人意中之所欲出。务致密则苦其粗疏，钩深赜又嫌其浮泛；怪其粘着欠灵活者有之，恶其暧昧不清明者有之。立言之人句斟字酌、慎择精研，而受言之人往往不获尽解，且易曲解而滋误解。"常恨言语浅，不如人意深"（刘禹锡《视刀环歌》），岂独男女之情而已哉？"解人难索"，"余欲无言"，叹息弥襟，良非无故。语文之于心志，为之役而亦为之累焉。是以或谓其本出猿犬之鸣吠，哲人妄图利用；或谓其有若虺蛇之奸狡，学者早蓄戒心。不能不用语言文字，而复不愿用、不敢用抑且不屑用，或更张焉，或摈弃焉，初非一家之私忧过计，无庸少见多怪也。象数格物诸科，于习用语文，避之若浼，而别籍符号，固置不论。哲学家湛冥如黑格尔、矫激如尼采之流，或病语文宣示心蕴既过又不及，或鄙语文乃为可落言诠之凡庸事物而设，故"开口便俗"，亦且舍旃。即较能践实平心者，亦每鉴于语文之惑乱心目，告戒谆谆。如《墨子·小取》谓"言多方"，"行而异，转而危，远而失，流而离本"；《吕氏春秋·察传》谓"言不可以不察"，"多类非而是，多类是而非"；斯宾诺莎谓文字乃迷误之源"；霍柏士以滥用语言判为四类，均孳生谬妄；边沁所持"语言能幻构事物"之说，近人表章，已成显学。词章之士以语文为专门本分，托命安身，而叹恨其不足以宣心写妙者，又比比焉。陆机《文赋》曰："恒患意不称物，文不逮意"；陶潜《饮酒》曰："此中有真意，欲辩已忘言"；《文心雕龙·神思》曰："思表纤旨，文外曲致，言所不追，笔固知止"；黄庭坚《品令》曰："口不能言，心下

---

① ［美］韦勒克：《近代文学批评史》，杨自伍译，上海译文出版社 2006 年版，第 310 页。

② 钱锺书：《谈艺录》，生活·读书·新知三联书店 2002 年版，第 530—531 页。

> 快活自省”；古希腊文家曰：“目所能辨之色，多于语言文字所能道”；但丁叹言为意胜；歌德谓事物之真质殊性非笔舌能传。①

此段文字雄辩地说明了语言文字在表达上的局限性，从言意矛盾层面有力批驳了克罗齐“胸中苟有，定能自达”的偏颇之论②，深刻表明，文学是语言的艺术，语言既然不能完整无缺地表达意义，那么文学的表现与创作主体内在心灵意象和境界显然就会存在距离，不是心灵过程一完成，艺术创作即万事大吉。可见艺术的表达是一个特别需要重视的过程。

二　“得手应心”

钱锺书的理论讨论总是有其现实指向性的，他很少单独地、空对空地论述一个纯理论问题。克罗齐的观点在中国“不乏随身附和者”，它所显示的“执心弃物”向度，势必导致一种即便承认文学需要传达，但同时又会轻视这种传达的重要性，忽视技巧的锤炼，从而将文学看作一件非常轻易的事情的不良创作倾向：

> 流俗以为艺事有敲门砖，鸳鸯绣出，金针可度，只须学得口诀手法，便能成就。此说洵足为诗窖子、画匠针砭。然而，矫枉过正，诸凡意到而笔未随、气吞而笔未到之境界，既忽而不论，且一意排除心手间之扞格，反使浅尝妄作、畏难取巧之徒，得以直书胸

---

① 钱锺书：《管锥编》（二），生活·读书·新知三联书店2001年版，第635—637页。

② 当然这其中似乎也存在中外学人对待语言的不同态度的差异。有学者在这方面针对朱光潜与克罗齐的不同语言背景做过精深研究。认为克罗齐的语言属于精神的本体（逻各斯），经验的媒介由先验的逻各斯决定，有了逻各斯就必然能得到经验的体现。因此说克罗齐是更重视内在的、先验的语言及其可传达性。这种语言的形而上学才是导致克罗齐产生偏执之论的原因所在，而中国语言背景中的朱光潜不具有语言的先验概念，语言在他眼里要么只有经验的普及性（传达），即“外显的语言”，要么只有内在的个别性，即内涵的语言（相当于“言不尽意”的“意”），这两方面不可能完全重合。（见王攸欣《选择·接受与疏离——王国维接受叔本华/朱光潜接受克罗齐美学比较研究》，生活·读书·新知三联书店1999年版，第181页）依此观点，显然我们在这里所看到的，正是钱锺书表现出来的，同时也在朱光潜以及中国学人身上体现得特别明显的对于语言的不信任态度。但钱锺书所举之例，不光有中国人，也有西方人，比如古希腊文家、但丁、歌德、黑格尔等深具逻各斯语言背景的文学家或哲学家，可知钱锺书对语言的认识并非如朱光潜一样仅仅“从经验的心理学层面”，也是“从哲学的层面”——事实上上面的一段话即紧承从本体的角度对语言的讨论而来，可以说是对它的一种理论演绎——从这个角度来说，其论述显得比前者更为全面，也更有说服力。

> 臆为藉口。[①]

前者之弊在于过分迷信艺术窍门，将艺术问题简单化、机械化；后者缺失在于，一味执着心灵，“排除心手间之扞格”，将创作表达主观化，本质上也是简单、机械地看问题。两者的共同点是，都失之偏颇，义堕一边。然而矛头所指却主要是后者：它正是克罗齐观点的反映。前者固然培养不出艺术家，而是工匠——所谓“诗窖子、画匠”，所创作的作品也非艺术，而是如本雅明所说后现代机械“复制品”。然而物极必反，抹杀表达，更是会在根本上取消艺术，尤其值得警惕。就此，钱锺书提出“执心物两端而用厥中”的观点：

> 夫艺也者，执心物两端而用厥中。兴象意境，心之事也；所资以驱遣而抒写兴象意境者，物之事也。物各有性：顺其性而恰有当于吾心；违其性而强以就吾心；其性有必不可逆，乃折吾心以应物。一艺之成，而三者具焉。自心言之，则生于心者应于手，出于手者形于物，如《吕览·精通》篇所谓“心非臂也，臂非椎非石也，悲存乎心，而木石应之”。自物言之，则以心就手，以手合物，如《庄子·天道》篇所谓“得手应心”，《达生》篇所谓“指与物化，而不以心稽”。[②]

在《管锥编》中，钱锺书指出：“参之《中庸》执其两端而用其中，亦儒家于辩证发凡立则也。”[③] 从总的语境来看，钱锺书在这里提出了一种辩证的文学创作观：文学是艺术构思和表达的统一，即“夫艺也者，执心物两端而用厥中”。但细究起来，整段文字却又概念不清，矛盾重重，钱锺书似乎像其所批驳的克罗齐一样，玩弄着文字游戏或者说文字魔术。这典型地体现在他对“物”字的运用上，从开端到“乃折吾心以应物”之“物”，应是指“物象”，与心灵结合化为“意象”。而“出于手者形于物”之“物”，应是指体现为文本形式的物理方式如文字、颜料、声音等。但在“自物言之，则以心就手，以手合物”之“物”就又是“物象”。而“指与物化，而不以心稽”中的“物”，却

① 钱锺书：《谈艺录》，生活·读书·新知三联书店2002年版，第531页。

② 同上。

③ 钱锺书：《管锥编》，中华书局1982年版，第416页。

是一种外在的工具或对象，又非前面两种情况所指之“物”了。一段文字中，竟然有三种对“物”字的不同使用。显然钱锺书在这里违反了语言表达的逻辑同一律。似乎可以这么解释，“物”字在其中承当着不同的意义，但只要认真细读上下文，就不难发现这种解释站不住脚，根据钱锺书的本意，他应是在第二种情况上来使用“物”字，要不就无法理解，因为前一种意义正是克罗齐的观念，比如他说：“直觉的活动能表现所直觉的形象，才能掌握那些形象”，“我们如何真正能对一个几何图形有直觉，除非我们对它有一个形象，明确到使我们马上把它画在纸上或黑板上”。[①] 钱锺书自己也这么理解克罗齐直觉论：“以为真艺不必有迹，心中构此想象”，“克罗采专主意象”，“克罗采主张意象与表达二而即一之论”。[②] 如果说“物”是在“意象”之“象”这个意义上使用，那与克罗齐的观念又有什么差别？何须批驳呢？显而易见钱锺书对于“物”这个概念的理解和使用是混乱的。然而表达上的混乱并没有从根本上遮蔽他的一个非常强烈的观点：那就是艺术需要物化，需要表达，这就涉及技巧问题，他所举庄子“指与物化，而不以心稽”，即是指此，所谓“熟能生巧”、“得心应手”。由“物”的讨论，自然而然谈到了技巧。

接下来他即指出，“Croce 执心弃物”，并“否定技巧的关联性”[③]，“何其顾此失彼也”，“夫大家之能得心应手，正先由于得手应心”，在一定程度上，前者以后者为基础。显然，艺术技巧对文学传达具有重要的意义。高尔基甚至这样说：“必须知道创作技巧。懂得一件工作技巧，也就是懂得这一工作本身。”[④] 正是看到了这一点，因此钱锺书说，“专恃技巧不成大家，非大家不须技巧也，更非若须技巧即不成大家也。”[⑤]

然而要做到“得手应心”，并无金针可度，也没有敲门砖可搬，只有靠长期不懈学习，艰苦锻炼，才有可能达到。在钱锺书看来，清代桐城派大师曾国藩在其日记中所记自己读书写作的心得，不啻对此的绝佳注解。在《求阙斋日记类钞》下卷己未十一月中，曾国藩写道：“古文一事，寸心颇有一定之风格。而作之太少，不足以自证自慰。”这是说文章要多写多练，才会形成自己一定的风格。在辛未五月中他又写道：“每一作文，

① ［意］克罗齐：《美学原理美学纲要》，朱光潜译，人民文学出版社 1983 年版，第 13 页。

② 钱锺书：《谈艺录》，生活·读书·新知三联书店 2002 年版，第 529 页。

③ ［美］韦勒克：《近代文学批评史》，杨自伍译，上海译文出版社 2006 年版，第 319 页。

④ ［俄］高尔基：《论文学》，人民文学出版社 1978 年版，第 42 页。

⑤ 钱锺书：《谈艺录》，生活·读书·新知三联书店 2002 年版，第 531 页。

下笔之先，若有佳境，既下笔则一无是处。”这是讲心手不一，技巧功夫还未到家。在辛酉二月中他又记道：“往年深以学书为意，苦思力索，困心衡虑，但胸中有字，手下无字。近岁不甚思索，但笔不停挥，十年前胸中之字，竟能达之腕下，可见思与学不可偏废。”

曾国藩的日记，不但记述了对写作表达心物矛盾的认识，而且也展示了克服此一矛盾的艰苦心路历程，向我们表明，唯有不停地艺术实践，持之以恒地锤炼技巧，直至使之成为内在性灵的一个有机组成部分，才能游刃有余地表达思想感情，真正做到从心所欲，“得手应心”。由此，钱锺书指出，“技术工夫，习物能应；真积力久，学化于才，熟而能巧”①，阐明了积累、锻炼与才学的辩证关系。这既来源于他从创作实践中得出的亲身体会，也是对以往文学家宝贵创作经验的悉心总结。

“工欲善其事，必先利其器”，文学的器具是语言文字，要想在文学上有所造诣，就必须具备运用语言文字的“才”：高度的艺术技巧，这是古往今来一切艺术大师们的共识。钱锺书对克罗齐的反驳，既显示了文学传达的艰难，也表明了文学表现的艺术性，深刻揭示了心物辩证统一的艺术规律。

第三节　“歌者情感之艺术表现也”

文学艺术家将内心酝酿成熟的兴象意境，通过高超的技巧，抒写描画出来，即为文学作品。反过来说，文学作品也就是作者思想情感的艺术化。自然的思想情感与艺术作品里的思想情感的差别，就在于艺术构造与形塑。对于这一点认识与强调的轻重，在文学史上往往会形成颇为对立的创作倾向与流派：主情派与主智派，而钱锺书以其智性化的文学审美追求，使自己成为中国现代智性主义文学潮流的一个重要组成部分。

一　“诗者，艺也”

钱锺书曾对中国古代“诗者，持也”这一重要的理论命题，进行重新观照、发抉，显示和突出了其中所蕴含的不为人所知或历来被有意无意忽视的崭新的理论意义，指出“抒情通乎造艺”，表明诗歌创作不等于情感宣泄，而是对自然情感的一种艺术加工与锤炼。

---

① 钱锺书：《谈艺录》，生活·读书·新知三联书店2002年版，第531页。

《谈艺录》在论述“性情与才学”的关系时，这样说道：

> 王济有言：“文生于情。”然而情非文也。性情可以为诗，而非诗也。诗者，艺也。艺有规则禁忌，故曰“持”也……有学而不能者矣，未有能而不学者也。大匠之巧，焉能不出于规矩哉。[①]

性情对于诗来说，当然重要，可以说是诗产生的前提，所谓“文生于情”，但情本身却并不是诗。诗之所以成为诗，本质要素并非情，而是“艺”，这里所谓艺，是指“规则禁忌”，“规矩”，需要通过“持”这一创作过程来完成；它是情感升华为诗的决定性因素。《谈艺录》初步从艺术自律的角度对“诗者，持也”这个中国古代诗学中的核心命题进行了解释，表明诗中的情感不同于一般自然性情，而是一种经过了艺术加工的艺术情感。不过这里只是提出问题，稍加发挥，尚没有完全展开。到了《管锥编》中，钱锺书明显有了更成熟的思考，他结合中国古代典籍对之做了更系统、透辟的阐发。

在中国古代诗学中，一般而言，认为诗主要承担着两种功能，一是表达主体的情感，所谓“诗言志”；一是社会教化，所谓“诗者，持也”：

> 郑玄《诗谱序》：“《虞书》曰：‘诗言志，歌永言，声依永，律和声’；然则诗之道放于此乎”；《正义》：“名为‘诗’者，《内则》说负子之礼云：‘诗负之’，《注》云：‘诗之为言承也’；《春秋说题辞》云：‘在事为诗，未发为谋，恬澹为心，思虑为志，诗之为言志也’；《诗纬含神雾》云：‘诗者持也’。然则诗有三训：承也，志也，持也。作者承君政之善恶，述己志而作诗，所以持人之行，使不失坠，故一名而三训也。”[②]

在《毛诗正义》那里，诗人作诗的出发点是“承君政之善恶”，伦理教化与政治规训，其方式是“持”——也就是温柔敦厚。关于温柔敦厚，正义是这样解释的：

> 温谓颜色温润，柔谓性情和柔。《诗》依违讽谏，不指切事情，

---

① 钱锺书：《谈艺录》，生活·读书·新知三联书店2001年版，第107页。

② 钱锺书：《管锥编》（一），生活·读书·新知三联书店2001年版，第99页。

故云温柔敦厚是诗教也。

并说：

诗主敦厚。若不节之，则失在愚。

就此，它进一步解释道：

此一经以《诗》化民，虽用敦厚，能以义节之，欲使民虽敦厚，不至于愚。则是在上深达于《诗》之义理，能以《诗》教民也。①

《毛诗正义》对"持"的解释，着眼的是教化，"化民"、"教民"，其思想基础是"义理"，也即构成"君政之善恶"核心内容的"儒家伦理"。这种对诗的解释应该说是符合古人对诗的理解的，在中国古人那里，的确诗不仅仅就是抒情写志，表达一己之情那么单纯，而是承当着社会教化功能，如《论语》就说："诗三百言，一言以蔽之：思无邪"，"《诗》可以兴，可以观，可以群，可以怨；迩之事父，远之事君"，是为诗教。所以后世的大诗人杜甫表达自己诗歌创作的目的在于"致君尧舜上，再使风俗淳"。虽然如此，但《毛诗正义》，仅仅从社会功用的角度对诗进行解释，将其完全从属或附庸于伦理学与政治学，却又抹杀了诗的自身规律与本质，是一种典型的工具论腔调。

对此，钱锺书进行了重点辩驳，他认为《毛诗正义》"说'志'与'持'，皆未尽底蕴。"他引经据典阐发道：

《关雎序》云："诗者，志之所之，在心为志，发言为诗"，《释名》本之云："诗，之也；志之所之也"，《礼记·孔子闲居》论"五至"云："志之所至，诗亦至焉"；是任心而扬，唯意所适，即"发乎情"之"发"。《诗纬含神雾》云："诗者，持也"，即"止乎礼义"之"止"；《荀子·劝学》篇曰："诗者，中声之所止也"，《大略》篇论《国风》曰："盈其欲而不愆其止"，正此"止"也。非徒如《正义》所云"持人之行"，亦且自持情性，使喜怒哀乐，合度中节，异乎探喉肆口，直吐快心。《论语·八佾》之"乐而不淫，

① 转引自朱自清《诗言志辨》，广西师范大学出版社2004年版，第103—104页。

> 哀而不伤”;《礼记·经解》之“温柔敦厚”;《史记·屈原列传》之“怨诽而不乱”;古人说诗之语,同归乎“持”而“不愆其止”而已。陆龟蒙《自遣诗三十首·序》云;“诗者,持也,持其情性,使不暴去”;“暴去”者,“淫”“伤”“乱”“愆”之谓,过度不中节也。夫“长歌当哭”,而歌非哭也,哭者情感之天然发泄,而歌者情感之艺术表现也。“发”而能“止”,“之”而能“持”,则抒情通乎造艺,而非徒以宣泄为快有如西人所嘲“灵魂之便溺”矣。①

诗是“志”的表现,所谓“志”,就是其在《谈艺录》里所说的“情性”,所谓文生于情,文为情而生,用现在的话来讲,就是诗是为表达与抒发情感而产生与存在的,归根结底,诗就是情感所呈现的物质外壳:“《诗》之喻,文情归宿之菟裘也,哭斯歌斯、聚骨肉之家室也。”从诗的情感属性来阐释诗的本质。同时钱锺书对“诗者,持也”这一命题,也有着不同的理解与看法。他认为《诗纬含神雾》所说:“诗者,持也”,即“止乎礼义”之“止”;《荀子·劝学》:“诗者,中声之所止也”,《大略》篇论《国风》曰:“盈其欲而不愆其止”,正此“止”也,就是说诗的表达要适度,不多不少,恰到好处,因此作诗时必须控制情感,即“持”,使其有所“止”,使喜怒哀乐,合度中节,异乎探喉肆口,直吐快心,而不是没完没了,任由情感泛滥。因而诗并非只是“志”,而应有“持”:艺术加工;这两方面结合起来才构成诗的完整定义。并以“哭”与“歌”为例,分别对它们的内涵进行分析,加以说明,指出前者只是情感的自然发泄,不过一种生理现象,而后者却是一种艺术表现,其奥妙在于“‘发’而能‘止’,‘之’而能‘持’”。因而诗之所以为诗,不在于是否有情,而在于如何抒情,这才是“造艺”的关键。换言之,艺术情感非即自然情感,而是一种经过了创作主休充分调适、涵泳、沉思、醇化,合度中节,不再“淫”、“伤”、“乱”、“愆”,从而生成为适于艺术表达快适度的审美化情感,由此诗歌才得以产生。

所以诗非徒如《正义》所云“持人之行”,而是生成于“‘之’与‘持’一纵一敛,一送一控,相反而亦相成”的辩证过程:

> “之”与“持”一纵一敛,一送一控,相反而亦相成,又背出分训之同时合训者。又李之仪《姑溪居士后集》卷十五《杂题跋》“作

① 钱锺书:《管锥编》(一),生活·读书·新知三联书店2001年版,第99—100页。

诗字字要有来处”一条引王安石《字说》：“‘诗’，从‘言’从‘寺’，寺者法度之所在也”（参见晁说之《嵩山文集》卷一三《儒言》八《诗》）。倘“法度”指防范悬戒、儆恶闲邪而言，即“持人之行”之意，金文如《邾公望钟》正以“寺”字为“持”字。倘“法度”即杜甫所谓“诗律细”、唐庚所谓“诗律伤严”，则旧解出新意矣。①

钱锺书对“诗者，持也”这一古代经典诗学命题的解读，扩展了《毛诗正义》“持人之行”的狭隘理解，“旧解出新意”，指出“诗者，持也”之“持”就是要形成一种细致而谨严的“诗律”，以对自然情感进行适度控制与约束，从而臻至诗的妙境，化成为诗。这样，他就别具匠心地从诗歌的表达角度，突出了其中的“造艺”意蕴，揭示出诗歌的内在规律，完全剥离与扬弃了千百年来附着在这一命题上的道德主义限定，使其深蕴着的文学本体论意义得以敞开与彰显。

《管锥编》在论到陆机《文赋》“信情貌之不差，故每变而在颜；思涉乐而必笑，方言哀而已叹”② 等词句所关涉的深层审美内涵时，又从具体创作的角度，对此给予了进一步的阐释。指出“笑”与“叹”只是一种展现在颜面上的情貌，或者说外在的情感形态，而非形诸笔墨体现在文本中的“乐”与“哀”等情词。在他看来，“徒笑或叹尚不足以为文”，由前者到后者的转化，必须经由一个创作主体内在生命体验和审美意识不断观照和渗透的过程：“作文之际，生文之哀乐已失本来，激情转而为凝神，始于觉哀乐而动心，继乃摹哀乐而观心、用心。”从而粗俗、纷乱的自然之情一跃而向净朗、整饬的审美之情提升，成为落纸之情词，文本之内容。

钱锺书不愧为中西贯通的大学者，他对“抒情通乎造艺”的论述，不但立足本土文化、文学语境，同时也视野开阔，放眼于西方文学理论，从中发抉大量相似理论主张对之予以参考与印证：

瓦勒利力非“读者生情迳出于作者此情”之说，斥为“鹘突乱道，一若不须构思成章者”。至曰：“人有常言：‘欲博我下泪，君必先赔眼泪。’”我则窃恐君泪墨淋漓之作使吾厌苦欲哭或且不禁失

① 钱锺书：《管锥编》（一），生活·读书·新知三联书店 2001 年版，第 100 页。
② 钱锺书：《管锥编》（三），生活·读书·新知三联书店 2001 年版，第 1878 页。

笑耳。

古希腊人（指朗吉努斯——引者注）谓诗文气涌情溢，狂肆酣放，似口不择言，而实出于经营节制，句斟字酌；后世美学家（指席勒——引者注）称，艺术表达情感者有之，纯凭情感以成艺术者未之有也；诗人（指魏尔伦——引者注）亦尝自道，运冷静之心思，写热烈之情感。时贤每称说狄德罗论伶工之善于表演，视之若衷曲自然流露，而究之则一颦一笑、一举一动莫非镇定沉着之矫揉造作。

……文由情生，而非直情径出，故儒伯、席勒、华兹华斯等皆言诗生于后事回忆之情而非当场勃发之情。

时贤每称说狄德罗论伶工之善于表演，视之若衷曲自然流露，而究之则一颦一笑、一举一动莫非镇定沉着之矫揉造作。[①]

以上文段中涉及瓦雷利、朗吉努斯、席勒、魏尔伦、狄德罗、儒伯、华兹华斯等西方古今诗人与文论家，显然，钱锺书在阐述自己的艺术情感论时，他们关于自然情感与艺术情感的区分与认识，在发挥重要的参考价值和积极的建设作用。

考察对这一问题的论者，不难发现一个有意思的现象，就是他们都有着某种古典的或者说理性主义的色彩或背景，针对的是主情主义抑或感伤主义。中国的情况无遑多论，中国古代文学中最基本的倾向是理性主义、禁欲主义。强调文学写作最重要的一点，就是不要放纵情欲，应温柔敦厚，不偏不倚，合于中庸之道。西方的情况也一样，理性主义强化之程度一点不亚于中国，早在古希腊，苏格拉底即主张哲学家摆脱七情六欲的牵缠，而达灵魂的澄净状态，“从一切诸如此类的东西，即快乐、恐惧以及其他种种类似情欲之中解放了出来”[②]，如此才可臻至学术和德行之高境。后来的亚里士多德的“净化”说承其续发扬光大之。特别是古罗马，在那个时代，理性是最高的律令，凡是创作都要讲求规范，要求“合式”，遵守纪律。不脱古典精神的启蒙思想家狄德罗对情感问题阐述犹详，他说：“你是否在你的朋友或情人刚死的时候就作诗哀悼呢？不会的……只有当剧烈的感情的痛苦已经过去，感受的极端灵敏程度有所下降，灾祸已经远

① 钱锺书：《管锥编》（三），生活·读书·新知三联书店2001年版，第1879—1880页。

② Platu, *Phaedo*, *Platu*: *Complete Works*, Indianapolis: Hacketet Publishing Company, 1997, p. 69.

离，只有到这个时候当事人才能够回想他失去的幸福，才能够估量他蒙受的损失，记忆才和想象结合起来，去回味和放大过去的甜蜜时光，也只有到这个时候他才能控制自己，才能做出好文章。"[①] 强调自然的情感需要艺术的沉淀和涵泳，需要理性力量的控制，才能为作家所把握。狄德罗虽是一个启蒙思想家，但他的骨子里还是古典的理性主义思想，强调德行、趣味和真理，认为"诗人不能听从想象力的摆布，诗人有他一定的范围"[②]。据此反对当时的感伤主义。浪漫诗人华兹华斯，一般人记住的是他"诗是强烈情感的自然流露"这样的话，不知他同时也认为"它（诗——引者注）起源于在平静中回忆起来的情感。诗人沉思这种情感直到一种反应使平静逐渐消失，就有一种与诗人所沉思的情感相似的情感逐渐发生，确实存在于诗人心中"[③]。华兹华斯的确是一个主情主义者，但与感伤主义还是有所区别，事实是他追求的是一种高度节制的、宁静自然的田园牧歌情怀，因此被目为消极的、保守的浪漫主义。特别是到了晚年，他更是"承认有'艺术规则和功夫'"，并劝一位朋友说"作诗是一门永无止境的艺术"[④]。到了现代，新古典主义诗人艾略特，对情感的压抑更是走向极端，提出"非个人化"理论，指出："诗歌不是感情的放纵，而是感情的脱离；诗歌不是个性的表现，而是个性的脱离。"[⑤] 席勒、魏尔伦等人也是深具智性或古典主义趣味的文学家。

由上面共通之现象，似乎可以得出这样一个结论，凡是对于这个问题一再强调、反复申明的言说者，往往是一个理性主义或智性主义者，其言说往往具有某种现实指向性，即反对当时展现出来的情感主义或过于伤感的倾向。一定程度上，强调艺术规则、纪律，主张把控与节制情感，提倡创作过程应进行充分的艺术提炼，乃中西古典主义、理性主义几乎共同的理论主张。

显然，不论是中国还是西方，艺术情感论所代表的理性主义构成一种深厚的理论背景或前结构，对钱锺书有着深刻的影响，以致他在阐述理论问题时，对之融会贯通，吞吐消纳，形成了自己极具理性主义色彩和古典

---

① ［法］狄德罗：《狄德罗美学论文选》，施康强译，人民文学出版社 1984 年版，第 305 页。

② ［法］狄德罗：《论戏剧诗》，徐继曾、陆达成译，《狄德罗美学论文选》，人民文学出版社 1984 年版，第 163 页。

③ ［英］华兹华斯：《〈抒情歌谣集〉第二版序言》，见曹葆华译《十九世纪英国诗人论诗》，人民文学出版社 1984 年版，第 22 页。

④ ［美］韦勒克：《近代文学批评史》，杨自伍译，上海译文出版社 1989 年版，第 171 页。

⑤ ［英］艾略特：《艾略特文学论文集》，百花洲文艺出版社 1994 年版，第 11 页。

倾向的文学理解与识见。

二 钱锺书的智性化写作

这种古典倾向与理性色彩，不光体现在钱锺书的理论主张上，也充分反映在文学创作上。主要表现在两个方面：思想主题上的智性化、艺术形式上的以理抑情。

（一）思想主题上的智性化

读钱锺书的文学作品，给人一种很强烈的感觉，深沉睿智，富有哲理，情感很淡，淡得几乎没有，以致很难感觉到作者的存在。他似乎总是将他对人世间的感受、情绪，进行反复酝酿、斟酌、涵泳，然后凝华成某种喻世或醒世真谛，呈现给世人。

钱锺书小说几乎每一篇都旨在解释一个深奥的哲理或揭示一种丑恶的现象。其短篇小说集《人・兽・鬼》，从题目即可看出，是对社会的批判，对人性丑恶的针砭，人/兽、鬼，对立统一，情感被敛聚于理性的情节虚拟与人物塑造之中，含而不露。《上帝的梦》中，上帝是人类进化的最高境界，是至善完美的人，然而却又是“万恶的魔鬼”。《灵感》中的作家以生死为界，游走于人间地府，通过人鬼之界对比展现人之丑恶。《猫》中，以动物猫作为人类悲喜剧的观赏者——一个冷峻的、隐含的叙事者和参照物，来审视人类丑态百出的活动与形象。作品寓批判、针砭于无形，主体情性、感触不着痕迹。

《围城》更是一部哲理小说，《人・兽・鬼》中对人性的批判，在此得到更猛烈、集中的展现。《围城〈序〉》开宗明义：“在这本书里，我想写现代中国某一部分社会，某一类人物。写这类人，我没忘记他们是人类，还是人类，具有无毛两足动物的基本根性。”其中人物的塑造，几乎都紧紧围绕这一意向铺开，但不是赤裸裸的批判，而是深入骨髓的心理揭示与描写，把人的阴暗面与卑劣之处给以血淋淋呈现。钱锺书笔下似乎没有一个好人，他不是在写出一个人、某一类人，而是通过某一个人、一类人，来写出整个人类，他是在试图表明一个哲学理念：人性在本质上都是恶的，从而超越了对个体、阶级或国别的人的具体、感性的认识。在这里，作者是冷漠无情的，个体的情感早被冷峻的哲理思考所过滤。

在为《中国年鉴 1944—1945》所写的《中国文学》一文中，钱锺书这样写道：

> 中国讽刺作家只徘徊在表层，从未深入探查人性的根本颓败。他们接受了传统中社会的和道德的价值标准，相信人的自我完善，温和地取笑那些他们认为是从政治和守礼的状况中不幸堕落的人和事。他们缺乏能够理解“最好的人也不过是好在一时’的目光锐利、不感情用事的愤世嫉俗态度……中国讽刺作家也缺乏火一般地将所触及的污秽事物净化的狂暴的愤恨。①

在钱锺书看来，中国古代文学不能认识到人性的根本颓败，本质的恶，对人的看法是具体的、片面的，拘泥、执着于个体的人或事：“从政治和守礼的状况中不幸堕落的人和事”，只是温和地、含情脉脉地劝善，而不是从人性本质的层面去观照、批判，缺少一种“不感情用事的愤世嫉俗态度”。从此可以看出，超越作者具体自然情感，对事物作形而上的观照与思索，是钱锺书的基本文学追求。这一点在其小说中彰明昭著。

在那里，钱锺书仿佛一位隐身的、高高在上的、俯视群伦的上帝，对人性予以辛辣抨击，给人一种冷漠无情之感，然而正是在这种“不感情用事”的冷静写作中，内在地包蕴着一种“火一般”的爱，只是它被作者创作意图所强烈包裹与掩抑，不轻易透露出来而已。上帝的性情，恰恰是冷中带热，“道是无情却有情”，这一点其学术文本一再向我们揭示，可谓夫子自道也。

钱锺书强大的理性穿透力，似乎洞察一切，他笔下的事物都仿佛经过他打量、体察、分析、研究，情感在这里完全被理性的力量宰制。即如在描写景物时，景色似乎也不是纯粹自我的，这其中不像其他作家那样情感喷发，而是收控着，给人一种别样的理趣与机智：

> 这船，倚仗人的机巧，载满人的扰攘，寄满人的希望，热闹地行着，每分钟把玷污了人气的一小方水面，还给那无情、无尽、无际的大海。②

这段文字对人性的厌恶不言而喻，而海也早已不是自然的海，而是无情、绵长而空廖的海，其中显然含蕴一种无穷无尽的时间意味。在此，时

① 钱锺书：《中国文学》，《中国年鉴 1944—1945》，转引自舒建华《论钱锺书的创作》，《文学评论》1997 年第 6 期。

② 钱锺书：《围城》，胥智芬汇校，四川文艺出版社 1992 年版，第 2 页。

间与空间二而为一。

在写到博士文凭时，他将之喻为亚当夏娃遮挡下体的那片遮羞的树叶；而在写到人世间的冷漠时，他搬出了叔本华的刺猬意象；等等，这种极具嘲讽、批评而又含蓄深刻的段落与场景无处不在，俯拾皆是，或者说竟成为他创作的一种特有方法与手段。当伴随作者智慧锐利的目光洞察人性，思索世间哲理，遍览人生百态而走完文本全程，掩卷沉思，又会惊奇地发现，作者最终现呈给我们的是由无数偶然、荒诞构成的，无可逃遁与摆脱、宿命般的荒诞世界，不由不让人生发人生原来如此悖论之慨叹。作者牢牢地以其上帝之眼、如来之手，把持自己的情感与笔调，任意驱遣、揉捏，化为艺术醇素，形诸深刻、美妙而发人警醒的文字。

如果说钱锺书的小说是对人生镜像与境遇的描述与揭示，那么其散文《写在人生边上》就是对人世间的议论与评说，正如其序所表明的“人生据说是一本大书”，而“假使人生是一部大书，那末，下面的几篇散文只能算是写在人生边上的”。[①] 在散文中他以一种冷眼旁观的姿态，站在人生这本大书旁边，不断发表自己对人生世态、社会万象的精警思考与睿智评说。

（二）艺术形式上的以理抑情

早在30年代，钱锺书的忘年交，晚清著名同光体诗人陈衍对其旧体诗创作，有过这样的评价：“世兄诗才清妙，又佐以博闻强志，惜下笔太矜持。夫老年人须矜持，方免老手颓唐之讥，年富力强时，宜放笔直干”。钱锺书也认为：“丈言颇中余病痛”[②]，并在诗中自言“万卷撑肠一字悭”[③]。他也曾对吴忠匡谈诗云：“或者病吾诗一‘紧’字，是亦知言”[④]。一曰“矜持”“悭”，一言“紧”，用语不一，表达的意思却是一致的；“矜持”“悭”，指的是创作态度，而“紧”指的是审美效果。它们构成一种因果关系：因为创作上过于追求艺术锤炼与技巧，在形式上太用力，以致以理抑情，不禁使人有“紧”之感：情感枯涩，内容瘦硬。钱锺书喜爱宋诗，早年与之交游接触的老辈诗人，都是倾向宋诗的古体诗人，宋诗逞才炫博，富于理趣，好用典故的特点对他显然有着深刻的影响。更何况钱锺书才华横溢，博通古今，各种典故运用可谓驾轻就熟，顺

---

① 钱锺书：《写在人生边上·人生边上的边上·石语》，生活·读书·新知三联书店2002年版，第7页。

② 同上书，第480页。

③ 同上书，第485页。

④ 吴忠匡：《记钱锺书先生》，《中国文化》1989年第4期。

手拈来，于是感受到的自然情感，经过这样一番艺术锤炼、加工，就化为了一种含蓄、凝练、雅致的纸上之情词。

他不光在古体诗创作中爱用典故，更是将之大量运用于现代作品中，其小说、散文中俯拾皆是的中西各种知识掌故，是一个主要特色，钱锺书也因之被称为学者型作家。他所表达的思想与情感往往含蓄地体现在典故之中，它们使作品显得更深沉、高雅，大大提升了作品的艺术和文化品位。

除了爱用典故之外，钱锺书的作品还普遍使用比喻和象征等修词手法。巧妙、优美、机智的各种比喻与象征的灵活运用，在其作品中蔚为大观，成为一绝，使其作品好似金玉盈室的七宝楼台，光彩夺目、熠熠生辉。而正是这些修词手法的运用，大大加强了作品的理智化色彩，使其情思紧紧内化蕴蓄其中。

事实上在钱锺书看来，修辞手法就是一种“类比推理”，体现着作者的理性化思考，是一种形象思维运思方式，关于这一点他进行过反复论述：“在原则上典故无可非议，盖与一切比喻象征性质相同，皆根据类比推理来”①，在另一处他又进一步说道：

> 每一种修词的技巧都有逻辑的根据；一个诡论，照我看来，就是缩短的辩证法三阶段，一个比喻就是割截的类比推理。所比较的两桩事物中间，至少要有一点相合；否则，修词学上的比喻牵强，便是逻辑上的不伦不类。②

比喻首先是一个逻辑问题，一切修词都是如此，词头、套语或故典本质上是一种修词手法，也不应该一味笼统反对、废弃，加以“革命”，对此他加谬推理道：

> 我们应该注意的是：词头、套语或故典，无论它们本身是如何陈腐丑恶，在原则上是无可非议的；因为它们的性质跟一切譬喻象征相同，都是根据着类比推理来的，尤其是故典，所谓“古事比”。假使我们从原则上反对用代词，推而广之，我们须把大半的文学作品，

① 钱锺书：《致张晓峰书》，《钱锺书散文》，浙江文艺出版社 1997 年版，第 409 页。

② 钱锺书：《写在人生边上·人生边上的边上·石语》，生活·读书·新知三联书店 2002 年版，第 312 页。

不，甚至把有人认为全部的文学作品一笔勾销了。[①]

以上议论对新文学革命派关于“词头、套语或故典”的改良主张的辩驳显而易见，将其上升到文学修词的高度看待，指出“在原则上无可非议”，并论述了比喻等修词的逻辑特点。显然，在钱锺书看来，典故、比喻、象征、诡论、套语等一切修词技巧，不比于外在事物，是纯粹具体、感性的，它们是在形象思维的运作之下生成的，反映出理性的力量，符合事物的内在逻辑。正是在它们的作用之下，原生的情感与思想被加工、转化形成为艺术要素，成为文学的重要组成部分。不难看出，钱锺书作品令人目不暇接的典故、比喻与象征等大量修词手法的运用无不体现其创作上高度的艺术匠心和理智化倾向，而这又与其内容的哲理化高度贴合，圆融一体，不可分割。

总之，钱锺书不仅在理论上强调文学创作的艺术手段与功夫，他自己的文学创作，尤其苦心孤诣，精雕细琢，是对其理论主张的严格践行，也体现出高度的智性色彩和理性主义特征。

三 钱锺书的文学存在与中国现代智性思潮

当回到以上文学活动发生之历史场域，会发现它们乃是时代“反仿”与“正仿”之产物，构成中国现代智性思潮的一个重要组成部分。

一般来说，在钱锺书置身的20世纪中国现代文学语境中，存在情性和智性两种潮流，主潮是情性的高涨。20世纪中国社会内忧外患，革命不断，动荡不安，时代政治波诡云谲，兴衰更替，变化异常，民族心理、情绪因之煽荡，汹涌澎湃，不可抑止。“文章合为时而著，歌诗合为事而作”，“感于哀乐，缘事而发”，这种种，无不在在触动文学敏感的神经。这在新文学运动的前夜已见端倪，梁启超以排山倒海之势，激情呼唤“少年中国”，为20世纪中国文学奠定了情感基调。随后，时代精神狂飙突进，如火如荼：郭沫若《女神》浪漫情怀的吞天沃日，革命文学血与泪的悲情诉说，巴金《激流三部曲》的激情燃烧，路翎《财主的儿女们》的野性抒发，无名氏《北极风情画》的奇情迷恋，再到民族主义文学民族意识的昂扬高蹈，而解放区文学理想、信仰、斗争等革命壮志豪情的奔进，更是谱写了时代精神的最强音。无疑，在中国现代文学场域中，忧

① 钱锺书:《论不隔》，见《写在人生边上·人生边上的边上·石语》，生活·读书·新知三联书店2002年版，第112—113页。

郁、焦灼、感伤或者激越的整体时代氛围及其表达方式在总体上决定了文学的内在走向[①]，以致有研究者指出，中国现代文学一直存在着“情大于理”的倾向[②]。

然而，在整个中国现代文学史上，智性作家对文学滥情主义的反驳，却也不绝如缕，从未间断。这其中的一个反映，也是对于情感性质、强度的辨析和阐述，对自然情感与艺术情感的区分和强调。鲁迅曾经这样说：“感情正烈的时候，不宜作诗，否则锋芒太露，能将诗美杀掉。”[③] 人文主义诗人闻一多反对在感情强烈时作诗，而在“感触已过，历时数日，甚至在数月之后”，将记忆的“最根本最主要的情绪的轮廓”[④] 用想象来表现。梁实秋大力主张“文学的纪律”与“节制的精神”，认为“情感想象都要向理性低首”，“伟大的文学力量，不在情感里面，而在制裁情感的理性里面”。[⑤] 他们的考虑是一样的，都强调压抑自然的情感，通过心灵的沉淀，使之向艺术情感过渡，说的虽是创作方法，但也体现出情感性质的差异，因为感情正烈时，激昂澎湃，像脱缰的野马，理智的力量无法对之进行有效控制和改造，反映在文本中就呈现出一种粗野、无序的状态，没有美感可言。因此作文之关键就在于将自然情感艺术化。应该说，这里还只是一种提倡，后来的诗人进行了更卓有成效的探索。30 年代京派作家持一种古典主义立场，主张美的“和谐”与“静穆”，不满情感太宣泄、太泛滥，沈从文说：“应当极力避免文学表面的热情。”[⑥] 卞之琳要求自己“总在不能自已的时候，却总倾向于克制，仿佛故意要做‘冷血动物’”[⑦]。并且“常倾向于写戏剧性处境，做戏剧性独白或对话，甚至进行小说化”[⑧]，将情感化为玄思，并以一种深层象征为之赋形。到了 40 年代，在九叶派诗人那里以一种更自觉的方式提了出来，他们致力于“追一个现实、象征、玄学的传统综合”，“尽量避免直截了当的正面陈诉，

---

① 参见舒建华《论钱锺书的文学创作》，《文学评论》1997 年第 6 期。

② 参见方锡德《中国现代小说与文学传统》，北京大学出版社 1992 年版，第 126 页。

③ 鲁迅：《两地书·三二篇》，《鲁迅全集》卷十一，人民文学出版社 1981 年版，第 97 页。

④ 闻一多：《致左明》（1928 年 2 月），《闻一多论新诗》，武汉大学出版社 1985 年版，第 258 页。

⑤ 梁实秋：《关于白璧德先生及其思想》，见《梁实秋批评文集》，珠海出版社 1998 年版，第 213 页。

⑥ 沈从文：《给一个写诗的》，见《沈从文全集》（第 17 卷），北岳文艺出版社 2002 年版。

⑦ 卞之琳：《雕虫纪历·自序》，见《雕虫纪历》，人民文学出版社 1984 年版。

⑧ 卞之琳：《人与诗：忆旧说新》，生活·读书·新知三联书店 1984 年版，第 10 页。

而以相当的外界事物寄托作者的意识和情感”[1]，显示出“思想的知觉化”，强调诗应“多少带有一点智的成分”[2]。故而在他们的诗中，“极少看到有狂喊乱叫式的情感宣泄……”[3] 九叶诗派的这种在诗歌上的艺术实践，与钱锺书在小说上的创作倾向高度一致。整个现代文学诗歌的发展，从“新月”，经“现代”，最后到“九叶”，形成了一条一脉相承的、反对“以宣泄为快”的“灵魂便溺”式诗学模式的诗歌智性化发展线索。陈敬容指出“中国新诗虽还只有短短二十年的历史，无形中，却已经有了两个传统：就是说，两个极端，一个尽唱的是梦呀，玫瑰呀，眼泪呀，一个尽吼的是愤怒呀，热血呀，光明呀”[4]，这两个极端充分表征了中国现代文学情大于理的创作倾向，其实质在于没有正确处理自然情感与审美情感的关系，将两者等同起来，这样便使诗成了一种滥情的宣泄，从而使诗走出了艺术。对于这种滥情主义，即在30年代初，才刚刚踏上学术道路的钱锺书就表示出了强烈不满，指出：“仅以可歌可泣为标准，则神经病态之文学观而已”[5]。并且认为：“‘感伤主义是对于一桩事物过量的反应’——这是瑞恰慈先生的话，跟我们的理论不是一拍就合么?”[6] 在针对曹葆华的诗评中，他搬出了亚里士多德，指出曹诗“粗豪”有加而“熨帖”不够：“几十首诗老是一个不变的情调——英雄失路，才人怨命，Sadan被罚，Plomethius被絷的情调。说文雅些，是摆伦式（Byronic）的态度；说粗俗一些，是薛仁贵月下叹功劳的态度，充满了牢骚、侘傺、愤恨和不肯低头的傲兀”[7]，其中所透出的理智、温和，与当时高喊平和、节制的梁实秋呈现出同一个基调。可见，钱锺书的理论书写乃是中国现代智性思潮的一个有机组成部分。

尤其需要指出的是，在钱锺书后半生置身的当代社会，“以可歌可泣为标准”的直裸裸的政治抒情式的文学，以一种变本加厉的、疯狂亢奋的方式，进一步恶性发展，变成了一种廉价的颂歌或者露骨咒语，成了货真价实的宣泄情感的“灵魂便溺器”；文学园地完全呈现出一片“淫”、

---

① 袁可嘉：《新诗戏剧化》，《诗创造》1948年第12期。

② 唐湜：《梵乐希论诗》，《诗创造》1947年第1期。

③ 范伯群、朱栋霖：《1898—1949中外文学比较史》（下卷），江苏教育出版社1993年版，第1097页。

④ 陈敬容（默弓）：《真诚的声音》，《诗创造》1948年第12期。

⑤ 钱锺书：《写在人生边上·人生边上的边上·石语》，生活·读书·新知三联书店2002年版，第107页。

⑥ 同上书，第68页。

⑦ 同上书，第313页。

“伤”、“乱”、“愆”的混乱局面。到了此时，可以说，诗歌或者文学已彻底走出了艺术。

卡西尔说：“不是感染力的程度而是强化和照亮的程度才是艺术之优劣的尺度。”① 只有使情感本身的力量成为艺术的构成力量、积极因素，艺术才达到一种高度。对自然之情感与艺术情感的区分，体现的是一种对艺术的强调和追求。诗中的情感汹涌泛滥、毫无节制，本质上是艺术观照和强化不足的表现。这种缺少基本审美锤炼的情感与自然的哭喊有何差异？可以说，对待情感的态度涉及的是艺术本体论。钱锺书对自然情感与艺术情感的区分，是从情感的维度对艺术和审美本质的一种强调和维护。

充分联系中国现当代滥情主义横行，艺术性与审美性屡遭放逐的文学生态，来考察钱锺书对“诗者，持也”这一传统诗学道德主义命题所作的艺术化挖掘，尤能深刻感受其不免老调重弹的良苦用心。从兹亦能深深体味钱锺书文本所隐含的强烈学术问题意识和深切的现实关怀。

---

① ［德］恩斯特·卡西尔：《人论》，甘阳译，上海译文出版社1985年版，第179页。

第六章　文学在“对话”中发展

钱锺书认为，文学应该按照艺术的内在规律与审美尺度判定价值，并在古今、中西、学科的“对话”交流中发展自身。于是从纵的维度，他为“复古”论辩护，反对以进步主义的“后来居上”的价值观为尺度裁断文学优劣，并对建基在功利观上的白话文、新文学持批评态度，而对不求创新、一味剽窃的“仿古”风习，深恶痛绝；从横的维度，强调“打通”与“照明”，主张文学跨学科、国界的互参、互识、互补与互利，反对自我封闭、固守一隅。这种既坚守又敞开的“对话”原则，正是文学不断发展的内在动因。

第一节　“复古”与“仿古”

在对待“古”的问题上，钱锺书表现出两种态度：一是为复古辩护，认为源于进化史观的“后来居上”理念在价值论上行不通，“复古”并非“逆流”，而且复古之“古”本质上具超时空性，一定意义上复古与革新对立统一；二是反对仿古、袭古，认为文学创作应注目生活，致力创新。前者强调的是延续，后者重视的是创造，从正反两个不同方面凸显出钱锺书关于文学发展问题的辩证认识和冷静态度。

一　“文学进化”与“复古”

近代以来，“维新”与“革命”成为中国社会时代主潮，被视为国家走向现代化的必要步骤。与之形成反差的是，“古”一变而为封建、落后的代名词，一再受到冷落与贬低，得不到应有的价值认同。在孕育了五千年灿烂文化的文明古国，如何看待古，如何认识传统文化的价值，在向现代演进的途程中，不可避免成为现代中国人所面临的一个颇为沉重而又纠结的问题。像很多现代中国知识分子一样，钱锺书也对此发表过自己精审见解，其中所蕴含的辩证认识和冷静态度即使到了当今所谓“后现代”社会，仍然具有不可忽视的现实意义。

在钱锺书所处的30年代，革新或革命成为一种时代潮流。“蔑视复古”似乎变为“极时髦的态度”，从时代的主流反转成了“逆流”。

郭绍虞曾在1934年出版《中国文学批评史》一书，此书就集中反映了此种倾向，它这样谈到中国历史上的复古现象：“文学观念经了以上两汉与魏晋南北朝两个时期的演进，于是渐归于明晰。可是，不几时复为逆流的进行……一再复古。”“因此文学方面，亦尽可不为传统的卫道观念所支配，而纯文学的进行遂得以绝无阻碍，文学观念亦得离开传统思想而趋于正确。”“不过历史上的事实总是进化的，无论复古潮流怎样震荡一时……以成为逆流的进行，而此逆流的进行，也未尝不是进化历程中应有的步骤。”“凡是作家，总无有不知新变的。刘昫这样不主尊古、不主法古……这当然因为他是史家。他本于历史的观念以批评文学，当然能知文学的进化，而不为批评界的复古潮流所动摇了。”[①] 等等，从以上所引看来，郭先生所代表的批评复古的观点，其逻辑理路很明显，事物是不断进化、不断进步的，后来者居上，因此任何文学复古的行为都是历史的倒退，是一种阻挠历史前进步伐的“逆流”。显而易见，在进化论者那里，创新成了唯一的价值标准。[②]

为了批评郭绍虞上述观点，钱锺书专门写过一篇《论复古》的文章，他认为郭绍虞之弊在于将“文学进化”与“事实进化”混为一谈。借用查尔斯·A. 比尔德的话说，是“幼稚而不加批评地将关于有机体进化的现成解释应用于文明的历史”[③]。因为“事实进化”只指着由简而繁，从单纯而变到错综。“文学进化”则要复杂得多，不仅仅是一种“事实”的描写，更意味一个价值的判断：

> “文学进化”不仅指（甲）后来的文学作品比先起的文学作品内容上来得复杂，结构上来得细密；并且指（乙）后来的文学作品比先起的文学作品价值上来得好，能引起更大或更高的美感。这两个意义是要分清楚的，虽然有“历史观念”的批评家常把他们搅在一起。（甲）是文学史的问题，譬如怎样词会出于乐府，小说会出

---

① 钱锺书：《写在人生边上·人生边上的边上·石语》，生活·读书·新知三联书店2002年版，第327—328页。

② ［美］韦勒克：《批评的概念》，张金言译，中国美术学院出版社1999年版，第45页。

③ ［英］约翰·伯瑞：《进步的观念·引言》，范祥涛译，上海三联书店2005年版，第8页。

于评话等等；（乙）才属于文学批评的范围。承认意义（甲）文体的更变并不就是承认意义（乙）文格的增进；反过来说，否认（乙）并不就否认（甲）。"后来居上"这句话至少在价值论里是难说的。[①]

鉴于此，钱锺书认为，即使从"内质"说来，郭绍虞著作比刘昫的《旧唐书·文苑传序》精博得多，但不一定在"外形"的优美上，也高出于刘昫一筹。他指出，Brunetière 是第一个把天演论介绍进文学批评的人，即便他也没有把文体的变化和文品的增高混为一事。《谈艺录》在谈到文体的递变时，就曾对布伦谛诺的文体进化论，表达了批评，以为"文体递变，非必如物体之有新陈代谢，后继则需前仆"，而"法国 Brunetière 以强记博辩之才，采生物学家物竞天演之说，以为文体沿革，亦若动植飞潜之有法则可求。所撰《文体演变论》中论文体推陈出新诸例，如说教文体亡而后抒情诗体作，戏剧体衰而后小说体兴……然说虽新奇，意过于通"。[②] 郭绍虞的观点相对于 Brunetière 的文体递变论，无疑又前进了一步，竟至将进化论引入审美价值评判。自然在钱锺书眼里，要更为草率武断了。

即便退一步讲，专就历史事实而言，钱锺书认为，对于"进化"两字也得仔细斟酌，不能轻下结论，因为"进化"意味着目标，除非我们能确定地知道事物所趋向的最后目标，否则"我们不能仓卒地把一切转变都认为是'进化'"。事实是我们并不能确定知道事物所趋向的最后目标，在他看来，对天演极抱乐观的生物学家像 Julian Huxley，对于文明的进步极抱乐观的史学家 J. B. Bury 都不敢确定天演的目标。[③] J. B. Bury 在其《进步的观念》一书中，就批评了类似郭绍虞——文明一直朝着一个理想的方向发展——的观点。他这样写道："我们无法证明人类正在向其进发的那一未知目标是否是理想的。发展或许是进步，但也许是朝着一个令人厌倦的方向发展，因而也并非进步。"[④] 据此，钱锺书以为，根据郭绍虞主张魏晋的文学观念，唐宋的"复古"论自然是"逆流"

① 钱锺书：《写在人生边上·人生边上的边上·石语》，生活·读书·新知三联书店 2002 年版，第 329 页。

② 钱锺书：《谈艺录》，生活·读书·新知三联书店 2001 年版，第 99—100 页。

③ 钱锺书：《论复古》，见《钱锺书散文》，浙江文艺出版社 1997 年版，第 505 页。

④ ［英］约翰·伯瑞：《进步的观念·引言》，范祥涛译，上海三联书店 2005 年版，第 1—2 页。

或“退化”，但是，假使有一天古典主义翻过身来（像在现代英国文学中一样），那么，郭绍虞主张魏晋的文学观念似乎也有被评为“逆流”的可能。因而“在无穷尽，难捉摸的历史演变里”，郭绍虞所谓的历史进化观念只是一种完全“依照自己的好恶来确定‘顺流’、‘逆流’的标准”的个人主义，“无论如何，不能算是历史观”①。进化论是一种产生和应用于自然科学领域的理论，对于它在人文科学领域的普适性，一直就存在质疑和争论，即使是社会进化论者赫胥黎也对其在人文科学的运用，持保留态度。而且社会进化论在文学上的运用，持续时间也并不长，自从Brunetière首次将此理论运用于文学之后，到19世纪、20世纪之交蔚为鼎盛，“占有统治地位”，然而至20世纪三四十年代，这个概念在西方，就“完全销声匿迹”，“人们在写文学史和文学体裁史时不再提到这个问题，而且显然根本不去想它”②。然而出于众所周知的原因，此时它在中国还颇为风行，仍然是一种评判事物的价值标尺，郭绍虞的著作即是显例，钱锺书立足中国语境对其决定论性质给予的批评，应该说是切中要害的，体现出深刻的洞察力与独立思考的精神。

在抽去了“蔑视复古”态度的理论基石——文学进化论——之后，接下来，钱锺书进一步对“复古”之“古”的内涵进行了讨论。郭绍虞批评复古的一个重要根据就是唐宋人的载道观念，以为此“道”是古昔圣贤的思想，因此“‘载道’当然是‘复古’”。但是，《中庸章句》说“一理散为万事，放之则弥六合”，“古昔圣贤的思想”，这样说来只是“道”的一部分，也就是说，“古昔圣贤”只能明道传道，不能创造道；因而《中庸章句》只说“传授心法”。这表明“道”并不随“圣贤的思想”而生，也不随“圣贤的思想”而灭。这与柏拉图的理念说类似，道永远存在，无始无终，不生不灭，根本上就无时间性，更无所谓“古”和“今”。基于此，钱锺书指出，既然道学家“文以载道”是“以古昔圣贤的思想为标准”，理由是因为“古昔圣贤的思想”有合于道，并非因为道就是“古昔圣贤的思想”，那么，道学家在原则上就并非“复古”了③。

他又根据郭绍虞之语：“唐人论文，……虽主明道，终偏于文；——

① 钱锺书：《论复古》，《钱锺书散文》，浙江文艺出版社1997年版，第505页。

② ［美］韦勒克：《批评的概念》，张金言译，中国美术学院出版社1999年版，第34页。

③ 钱锺书：《写在人生边上·人生边上的边上·石语》，生活·读书·新知三联书店2002年版，第332页。

所谓‘上规姚姒浑浑无涯’云云，正可看出唐人学文的态度”[①]，指出“文”实际上是指美学价值而言，因而道学家所求在“道”，古文家所求在美（郭绍虞所谓“终偏于文”）。这就是说，“古昔圣贤的著作”可作“标准”，就因它们在美学上的价值。对此钱锺书引经据典道：“按照英国新实在论，‘美’和‘道’是同性质的，是一样超出时间性的。”所以，“古文家的‘上规姚姒’，在原则上并非因为‘姚姒’的古，还是因为‘姚姒’的永久不变的美（至少从古文家的观点说来）”。[②] 而且在古典主义者布瓦洛看来，法古就是法“自然”。在《谈艺录》中钱锺书论到模仿自然和润饰自然的统一性时，就运用了这一理论，他说：“师造化之法，亦正如师古人，不外‘拟议变化’耳”。复古也好，创新也罢，那些时间永存之道，并不因我们的意志为转移，“永久为有，不增不减。人知之与不知之，与其为有无无关”[③]。

在此基础上，钱锺书将复古与革新或革命统一了起来，得出了下面的结论：

> （一）文学革命只是一种作用（function），跟内容和目的无关；因此（二）复古本身就是一种革新或革命；而（三）一切成功的文学革命都多少带些复古——推倒一个古代而另抬出旁一个古代；（四）若是不顾民族的保守性、历史的连续性，而把一个绝然新异的思想或作风介绍进来，这个革新定不会十分成功。[④]

钱锺书本来希望“下篇”文章对此予以进一步论证，但不知为何，文章并没有写出来。不过此种观点却在其文本中不断得到体现与发挥。如在《中国诗与中国画》中，他指出：“新风气的代兴也常有一个相反相成的表现，它一方面强调自己是崭新的东西，和不相容的原有传统立异；而另一方面更要表示自己大有来头，非同小可，向古代也找一个传统作为渊源所自”。这也是一种“复古”的表现，不过是复遥远之古。《钱锺书手稿集·外文笔记》大段抄录了《十日谈》编订者前言中的一段话，说薄

---

① 钱锺书：《写在人生边上·人生边上的边上·石语》，生活·读书·新知三联书店2002年版，第333页。

② 同上。

③ 冯友兰：《中国哲学史》，商务印书馆2006年版，第365页。

④ 钱锺书：《写在人生边上·人生边上的边上·石语》，生活·读书·新知三联书店2002年版，第333页。

伽丘热衷于在《十日谈》中描述了一个无畏的群体，他们忘记了瘟疫所带来的死亡之可怕而设法追求快乐，嘲弄或是漠视旧的信仰，在“避难时刻”欢乐地获得了新生。对此钱锺书特别英文批注道：

> 对于这种流行的浅薄观点，须看 J. H. 维特菲尔德在《彼特拉克与文艺复兴》（Petrach & Renascence，1943）中的矫正意见，他认为韵体俚话与德范故事（fabliaux & exempla）等中古民间文学中的那种怀疑一切的嘲讽（beffa）精神，只是在薄伽丘那里得到了“发扬”而已。①

这里指的是复前一代之“古”，显然钱锺书并不认为文艺复兴的时代精神与中世纪的传统完全对立、断裂。在他看来，一个新的时代可以批判上个时代表现出的核心价值观念，但支撑新时代前进的文化资源，很大程度上仍然来自前一时代，这有力说明了革命与复古相反相成的辩证关系。

钱锺书的观点似乎有着比郭绍虞文章更大的针对背景，他在几乎同时另一篇文章中这样论述过中国新文学：“民国之新文学，渊源泰西；体制性德，绝非旧日之遗，为有意之创辟，非无形之转移，事实昭然，不关理论。”② 一言以蔽之，新文学并非承继于传统，而是全盘移植于西方，依上述理论，它没有顾及“民族的保守性、历史的连续性”，因此“定不会十分成功”了。钱锺书终其一生对新文学不予高看③，其中原因，也许从这里可以找到部分答案。

按照艾略特的说法，自古以来的全部文学都是一种“同时性”存在，“从荷马以来的整个欧洲文学以及包含于其中的他本国的全部文学都具有一种同时性的存在并构成一种同时性的秩序”，这种认为文学超乎时间限制的见解不过是古典主义和传统的另外一种名称。艾略特的观点几乎被所有英美批评家们所采纳。④ 这显然在钱锺书那里得到了认同。

钱锺书的文学革命观没有将古与今、新与旧、民族与现代、继承与发

---

① 钱锺书《钱锺书手稿集·外文笔记》中的话，转引自张治《钱锺书眼中的薄伽丘及后继者》，《读书》2016 年第 8 期。

② 钱锺书：《写在人生边上·人生边上的边上·石语》，生活·读书·新知三联书店 2002 年版，第 106 页。

③ 参见罗新河《旁观与偏见——论钱锺书创作相对于五四的思想倾向》，《船山学刊》2009 年第 2 期。

④ ［美］韦勒克：《批评的概念》，张金言译，中国美术学院出版社 1999 年版，第 43 页。

展等范畴做二元对立式的简单化处理，而是试图以辩证的态度将二者有机地统一起来，应该说是客观理性的，是历史地看待文学发展的。

二　“影响的焦虑”与“仿古”

必须指出的是，钱锺书强调复古，颇具古典趣味，是针对以创新为本位或者以之为唯一价值标准的极端论调而言的，并不意味着他也认同，或者矫枉过正，倒向创作论上的古典主义仿古袭古的作风。实际对于后者，他是深恶痛绝的。

在《宋诗选注·序》中，钱锺书首先以辩证的眼光谈及了宋诗和唐诗的继承和发展关系问题，表明宋人在“诗唐”（闻一多语）之后的尴尬地位：

> 有唐诗作榜样是宋人的大幸，也是宋人的大不幸。看了这个好榜样，宋代诗人就学了乖，会在技巧和语言方面精益求精；同时，有了这个好榜样，他们也偷起懒来，放纵了摹仿和依赖的惰性。[1]

这里指出的宋人的情形，显然存在着一个美国文艺心理学家布鲁姆所言“影响的焦虑”的问题。按照布鲁姆“影响的焦虑”理念，宋诗实际上是处在一种源自唐诗的“影响的焦虑”之中。前驱者，诗人中的“强者”唐代诗人创造了辉煌成果，树立了难以企及的标杆，这是宋人的大幸，他们可以“取前人之所有为己用”。然而正如布莱克在《耶路撒冷》里所写：“我必须创造一个系统，否则便成为他人的奴隶。”在某种意义上说，没有创造自我的人，是没有存在的理由的，特别对文人而言。“试想，哪一位强者诗人希望意识到，他并没有能够创造出自己的独特风格？”[2] 正是在这个意义上，钱锺书说道，“不求与古人合而不得不合，不求与古人异而不得不异——这是宋人的话，已经让古人作了主去，然而还要合中求异”。宋代诗人无可逃避地陷入了一种要摆脱唐人影响以创造自我的焦虑之中。确实在一些方面，如“在技巧和语言方面精益求精”、“在诗歌的‘小结裹’方面有了很多发明和成功的尝试”[3]，面对唐人的挑衅，有了一定的超越，获得了一些自我。然而，“宋人生唐后，开辟

---

① 钱锺书：《宋诗选注》，生活·读书·新知三联书店2002年版，第10—11页。

② ［美］哈罗德·布鲁姆：《影响的焦虑》，徐文博译，生活·读书·新知三联书店1989年版，第1页。

③ 钱锺书：《宋诗选注》，生活·读书·新知三联书店2002年版，第11页。

真难为”，唐诗的登峰造极，注定了它在整体上的不可超越性，宋诗“在‘大判断’或者是艺术的整个方向上没有什么特著的转变，风格和意境虽不寄生在杜甫、韩愈、白居易或贾岛、姚合等人身上，总多多少少落在他们的势力圈里”。[①] 宋诗只知道拘守成规，跟古人相“同”，而不注重立“异”标新。逃不出唐人的局限，宋代诗人便永远被人指认为丧失自我的模仿者和依赖者，永远处在影响的焦虑中，这正是宋诗和宋代诗人的大不幸。也是宋诗模仿成风的一个历史原因，表明它的出现带有必然性。

在指出了宋诗产生的历史必然性之后，钱锺书具体分析了宋诗的模仿情况。依据毛泽东的“源”“流”理论，他将宋诗的模仿、借鉴和依赖，形象地比拟为把末流当本源的“流行性感冒”：“把末流当作本源的风气仿佛是宋代诗人里的流行性感冒”。[②] 他进一步指出，这种复古的形式主义，“在文艺鉴赏里并不是稀罕的症候”。不光是宋人，即便是批评宋人的明人，也在不知不觉地走上了宋诗的道路，应用着他们所鄙弃的宋人的方法，“只变了个表现方式，仿佛鼻涕化而为痰，总之感冒并没有好”。

甚至清诗也隔代沾染此种习气：

> 清代的“浙派”诗“无一字一句不自读书创获”或者“同光体”诗把“学人诗人之诗二而一之”。这是可以理解的，因为它们自己明说承袭了宋诗的传统；可是痛骂宋诗的朱彝尊在作品里一样的“贪多”炫博，丝毫没有学宋诗的嫌疑的吴伟业在师法白居易的歌行里也一样地獭祭典故，这些不也是旁证么？[③]

总之，诗歌创作里这种把“流”错认为“源”的复古模仿风习，实是中国古诗发展史上的一个显著特征。

这一情况西方也同样存在。如德·桑克谛斯在《意大利文学史》中，就批评在文艺复兴时代，那些人文主义作家沉浸在古典文学里，一味讲究风格和辞藻，虽然接触到事物，心目间并没有事物的印象，只浮动着古罗马大诗人的好词佳句。而此时的理论家竟明目张胆地劝诗人到古典作品里去盗窃：“仔细地偷呀！”“青天白日之下做贼呀！”“抢了古人的东西来大

---

① 钱锺书：《宋诗选注》，生活·读书·新知三联书店 2002 年版，第 11—12 页。

② 同上书，第 13—14 页。

③ 同上书，第 18 页。

家分赃呀！”还说：“我把东西偷到手，洋洋得意，一点不害羞。”后来的古典主义一脉相承，发展到极端，从词句、意境以至篇章结构，都主张以古希腊古罗马为准。①

总而言之，“偏重形式的古典主义”的流弊不光是宋诗、宋词，乃至整个中国古代诗词，大而言之，甚至也可以说是整个世界文学创作中的一个大教训。可以认为，钱锺书对宋诗模仿之风的梳理与阐析，与其说是批评宋诗，毋宁说是借对宋诗的批评，来抨击和反对在文学创作中，脱离现实，疏于创造，而只知一味模仿、剽袭古人的形式主义创作风习。在他看来，只有立基于继承之上，扎根于“作者所处的历史环境”和“他生活的现实里”②，不断革新创造，成为一个真正的开拓者与建设者，一个时代的文学才会焕发出不同于既往时代的自我性，从而彰显独特不凡的意义和价值。

《宋诗选注·序》写作于现实主义盛行的50年代中期，如果将此文与其中的变化作于30年代的《中国文学小史序论》一文进行比对阅读，可以明显看出。后文中的一个主要观念是形式主义的“无病呻吟”论，以为“无病呻吟”体现的就是艺术的真谛，但前者却悄悄放弃了此种观点，而是更多地强调社会现实生活是艺术的源泉这一理念，这无疑使其观点显得更为合理、全面。从兹也可看出钱锺书理论所受时代风气的影响。

综合两节内容来看，在钱锺书语义中，复古与仿古，其中的“古”，内涵是并不一样的。前者指的是结构化在当今文化生命中的传统存在，而后者指的却是古人具体的成果与方法。前面钱锺书为复古辩护，是对唯革新断裂是举，忽视延续继承传统的价值观念的批评，强调了事物的延续性和继承性，而他对宋人仿古的批判，则又是对忽视现实和革新创造风习的抨击，呼唤文艺创作的创新品格和生活气息，这一扬一抑，不但不前后矛盾，反而更鲜明地反映出钱锺书在继承和创造问题上的辩证态度。钱锺书观点已发表几十年，重新审视现当代崎岖、曲折的文学发展之路，可以发现，无论在创作、批评，还是理论研究上，它一直都在被无形而又有力地印证着、衍展着，直到现在仍然有不可忽视的现实意义。

① 钱锺书：《宋诗选注》，生活·读书·新知三联书店2002年版，第19页。

② 钱锺书：《宋诗选注·序》，生活·读书·新知三联书店2002年版，第3页。

第二节 “打通”与“对话”

文学是在继承和革新的对立统一的历史运动中得到发展，这是文学的内部运动规律；然而文学作为人类一种精神的生存方式，又不可避免与其他精神生存方式接触与联系。事实上，文学是人类精神和意识系统中的一个组成部分，按照系统论的观点，在整体系统之间的各个子系统是相互联系、互为主体、相互作用的，构成一种互文性结构。[①] 这对于建立在不同文化基础上的文学来说，更是如此；文学史往往也是交流、对话和互补的历史。文学不仅存在一种纵向的内部关系，也同时存在一种横向的外部关系，正是在这两种关系所构成的动力系统的推动下，文学才获得健康发展。对于这一问题的研究，特别是对于后者的考察，实际上构成一种比较文学的视角，即研究文学的外部关系，文学与其他人类精神活动，以及不同文学之间的相互关系。通观钱锺书文本，特别是其集几十年生命精华凝结而成的心血之作《管锥编》，就能够深刻感受到，探究文学的关系，尤其是外部关系，是其学术活动的重心所在。

一　将人文社科“打通”为一家

文学是一种社会性的实践，它以语言这一社会创造物作为自己的媒介[②]。文学再现生活，而生活广义上则是一种社会现实。文学的产生和发展，与生活有着密切联系。

钱锺书曾在《中国文学小史·序论》一文中不赞成文学史按自然时代分期，而主张断代分期，他给出了如下理由：

> 且断代为文学史，亦自有说。吾国易代之际，均事兵战，丧乱弘多，朝野颠覆，茫茫浩劫，玉石昆冈，惘惘生存，丘山华屋。当此之时，人奋于武，未暇修文，词章亦以少少衰息矣。天下既定于一，民得休息，久乱得治，久分得合，相与燕忻其私，而在上者又往往欲润色鸿业，增饰承平，此时之民族心理，别成一段落，所谓兴朝气象，

---

① ［美］乔纳森·卡勒：《文学理论入门》，李平译，译林出版社 2008 年版，第 36 页。

② ［美］韦勒克、沃伦：《文学理论》，刘象愈等译，生活·读书·新知三联书店 1984 年版，第 90 页。

与叔季性情，迥乎不同。而遗老逸民，富于故国之思者，身世飘零之感，宇宙摇落之悲，百端交集，发为诗文，哀愤之思，憯若风霜，憔悴之音，托于环玦；苞稂黍离之什，旨乱而词隐，别拓一新境地。赵翼《题梅村集》所云：“国家不幸诗人幸，说着沧桑语便工”，文学之与鼎革有关，断然可识矣。夫断代分期，皆为著书之便；而星霜改换，乃天时运行之故，不关人事，无裨文风，与其分为上古、中古或十七世纪、十八世纪，何如汉魏唐宋，断从朝代乎？①

自然时期只是星霜改换，天时运行之表现，与社会现实生活无关，而断代分期，却是社会现实生活变化的一种真实反映和标记。文学易代之时，由于现实政治、社会心理、时代思潮的巨大变化，文学作为时代最敏感的神经，作为人类一种特殊的精神实践，不可避免会深刻感应着这种改变，呈现出新的时代特征。因此断代分期较之自然时代分期，更能反映文学发展演变的内在理路和特征。

这里讨论的虽是文学史的分期问题，实际涉及的却是文学的发展问题，表明时代社会生活会对文学产生巨大影响，反过来说，即是，文学发展变化之动因亦可从社会现实生活的变化中去寻找。关于这一点，钱锺书在《宋诗选注·序》中指出：“作品在作者所处的历史环境里产生，在他生活的现实里生根立脚”②。

文学与社会生活环境之间的确存在一种因果联系，但又并非简单的对应关系，不是有什么样的社会就有什么样的文学。实际上，社会对文学的影响是非常复杂的，或者一果多因，或者一因多果，往往微茫繁赜，不可穷究。从社会学的角度研究文学发展问题，就构成文学的社会学研究，其中最著名的代表是法国文艺理论家泰纳，他提出了文学三要素说。泰纳的理论寻求从社会学背景探究文学产生和发展的外部动因，使我们深刻认识到了文学的社会学性质。但泰纳对这一问题的决定论腔调，如他说：“当我们考察过种族，环境，时代，我们就不仅穷究了全部的实际原因，而且甚至更多探究了各种运动可能的来龙去脉。”③ 就使其理论走向了绝对，“已经遭到严厉批判”，到了今日，“他的著述已无人问津”④。

---

① 钱锺书：《写在人生边上·人生边上的边上·石语》，生活·读书·新知三联书店2002年版，第98页。

② 钱锺书：《宋诗选注》，生活·读书·新知三联书店2002年版，第3页。

③ 韦勒克：《近代文学批评史》（第四卷），杨自伍译，上海译文出版社2009年版，第41页。

④ 同上书，第39页。

本书第一章已介绍，钱锺书曾经对实证主义的“因世以求文”的文学决定论，进行过批评，表达了自己对这一问题的审慎态度。他认为，应当“因文以知世”，而“不宜因世以求文”，因为“因世以求文”，必将导致“强别因果”的现象发生，因此“Taine之书，可为例禁”。

实际上泰纳的三要素概念是极模糊的，过于概括，一定程度上丧失了理论的明确性和指称功能。[①] 进一步说，泰纳的解释，只是针对文学的外在物质形态而言，对于文学的内在机制、价值构成、形式要素等文学的精神性特征，则无法给以有效说明。鉴于此，钱锺书提出了自己的主张，“不如以文学之风格、思想之型式，与夫政治制度、社会状态，皆视为某种时代精神之表现，平行四出，异辙同源，彼此之间，初无先因后果之连谊，而相为映射阐发，正可由以窥见此种时代精神之特征；较之社会造因之说，似稍谨慎”[②]。应当指出的是，钱锺书这里强调谨慎，并非要否定文学与其他社会形态——与文学一样是人类的一种生存方式，构成文学的社会生活环境——的因果关系。实际上，“相为映射阐发”，表达的正是一种相互因果关系，不过反映的是互为主体的对等性，而非“先因后果之连谊”——简单的决定与被决定关系。它们因同为时代精神的反映形式而统一起来，从这个意义上说，人文社会科学可打通为一家。

卡西尔认为，人是符号的动物，在他看来，神话、宗教、语言、艺术、历史、科学等一起构成以符号作为本质特点的以人为圆心的文化的圆周。钱锺书强调各人类学科不过是人的精神和心理的一种“平行四出，异辙同源”的表现，其根本性质就在于人类的精神性和心理性，这与卡西尔的说法可谓异曲同工，只不过前者强调的是人的符号塑造功能，后者关注的却是人的精神层面，然而不管是符号也好，心理也罢，它们都将文学和其他人类文化产品从最根本点上统一了起来。圆周表明，文化实际上是一个循环系统，各种人类文化结构，互为主体，相互推动，交流融合，增益补充，通过自我的完善、丰富和壮大，共同促进了文化共同体的发展。

事实上，钱锺书的文化和学术实践就是以谈艺论文为中心，探究了文学与几乎所有的人类学科——各文化扇面——之间的联系和交流。同是艺术，他讨论了绘画、音乐、书法、雕塑等与文学的亲源关系，并辨析了它

---

① ［美］韦勒克：《近代文学批评史》（第四卷），杨自伍译，上海译文出版社2009年版，第39页。

② 钱锺书：《写在人生边上·人生边上的边上·石语》，生活·读书·新知三联书店2002年版，第99—100页。

们与后者在具体的表现手法上的一致性和差异性；同是人文学科，他探讨了哲学、历史、社会学、伦理学、人类学、心理学、宗教、神话、语言、道德、政治、神秘主义等对于文学的意义和价值，寻求内在沟通的可能性；即便是与文学相去甚远的自然科学、军事谋略，他也试图与文学作内在沟通，从人类性上统一起来。正是在这种文学所处的人类各学科的网络中，文学发展的理路得到了真正的揭示；这是一种开放的、互文的、互为主体的、而非主客、决定与非决定，影响与被影响的动力系统；文学就是在这其中获得有力发展和嬗变。可以认为，钱锺书的致力“打通”，乃是一种努力探寻文学跨科际的内在线索，从而为文学的发展寻求更多更有益的价值资源的可贵尝试。

二　文学间的对话

文学的发展是社会文化发展的一个重要组成部分，后者的变化总会在前者那里得到反映。文学由于历史文化环境的差异，会呈现不同的面貌和风格，但人类不同文化群落不可能永远独来独往，不与外界发生关系而处于自生自灭的封闭状态，历史事实表明，文化在不断交流中发展。文学当然也不例外。关于这一点，歌德曾经提出著名的“世界文学”概念：

> 我愈来愈深信，诗是人类的共同财产。诗随时随地由成百上千的人创作出来。这个诗人比那个诗人写得好一点，在水面上浮游很久一点，不过如此罢了……每个人都应该对自己说，诗的才能并不那样稀罕，任何人都不应该因为自己写过一首好诗就觉得自己了不起。不过说句实在话，我们德国人如果不跳开周围环境的小圈子朝外面看一看，我们就会陷入上面说的那种学究气的昏头昏脑。所以我喜欢环视四周的外国民族情况，我也劝每个人都这么办。民族文学在现代算不了很大的一回事，世界文学的时代已快来临了。现在每个人都应该出力促使它早日来临。不过我们一方面这样重视外国文学，另一方面也不应拘守某一特殊的文学，奉它为模范。我们不应该认为中国人或塞尔维亚人、卡尔德隆或尼伯龙根就可以作为模范。如果需要模范，我们就要经常回到古希腊人那里去找，他们的作品所描绘的总是美好的人。对其他一切文学我们都应只用历史眼光去看。碰到好的作品，只要它还有可取之处，就把它吸收过来。[①]

---

① ［德］爱克曼辑录，朱光潜译：《歌德谈话录》，人民文学出版社 1978 年版，第 113 页。

世界文学不光是一种主观的愿望，更是一种客观的必然，历史的走向。在传播媒介日益发达、全球化趋势愈演愈烈的近现代社会，这种状况更加明显。马克思、恩格斯指出："过去那种地方的和民族的自给自足闭关自守状态，被各民族的各方面的互相往来和各方面的互相依赖所代替了。物质的生产是如此，精神的生产也是如此。各民族的精神产品成为了公共的财产。民族的片面性和局限性日益成为不可能，于是由许多民族的和地方的文学形成了一种世界的文学。"① 这里表明，文学的发展，特别是近现代社会的文学发展，是一种全球文学交融共生的局面，任何一种文学都将以其独特的面貌参与到世界文学的建构中来，同时也不断吸收其他民族文学的精华而完成自我的更新。用简·布朗在《歌德与"世界文学"》一文中提到的伊列乌斯（Brius）的话来说，这是一种"惊人的现代性"，"Weltliteratur"（世界文学）意味着"跨文化交流"，表示全球对话和交换，在这些对话和交换中，不同文化的共性日趋明显，而个性却并未被抹杀。② 可以说，现代文学是一种在对话中发展的文学。

解志熙先生曾认为，钱锺书是"中国现代作家中，也许是最富有现代文化批判意识和世界眼光的一位"，这无疑道出了钱锺书对世界思想文化趋势的敏锐洞察力。这种洞察力在一定程度上也体现在他对这种跨文化交流的世界文学理念的敏感、呼应和提倡上。其文本全面而深刻地表达了世界文学和比较文学的思想和理念。既提出了跨文化交流和对话的心理基础，人类共同的诗心文心："东海西海，心理攸同"。也大量拈出了中西文学交流的事实，这在《管锥编》《谈艺录》《七缀集》等学术著作中，俯拾皆是。在此基础上，他更是提出了不同文学间应充分对话和交流的主张："为了充实我们的某些审美经验，我们必须走向外国文学；为了充实我们的另一些审美经验，我们必须回归自身。文学研究中的妄自菲薄固然不可取，拒绝接受外国文明成果的爱国主义就更不可取。"③ 这种既不妄自菲薄、崇洋媚外，也不夜郎自大、故步自封，充分尊重中西双方文学的价值和作用，强调文学文化之间的互识、互证、互补，从而中西兼收并取、和而不同的文学研究原则，对于今天比较文学理论的发展和中西文学在平等基础之上的双向对话和交流，无疑具有极大的理论价值。直到晚年他还在《意中文学的互相照明：一个大题目，几个小例子》一文中重申此种主

---

① ［德］马克思、恩格斯：《马克思恩格斯选集》（第2卷），人民出版社1972年版，第276页。

② 引自简·布朗《歌德与"世界文学"》，《学术月刊》2007年第6期。

③ 钱锺书：《钱锺书英文文集》，外语教学与研究出版社2005年版，第64页。

张：“正如两门艺术——像诗歌和绘画——可以各放光明，交相辉映，两国文学——像意大利和中国的——也可以互相照明，而上面所说的类似，至少算得互相照明里的几支小蜡烛。”① “互相照明”，意味着互为主体，双向对话、相互阐发、平等交流，而不再是以一方为绝对中心对另一方的阐释或改造。这样，文学双方既充分发挥自己的优点和长处，又在相互沟通、理解和借鉴中不断吸取他者的精华和养料，从而丰富和发展自身。

在钱锺书看来，就中国文学而言，要真正实现文学间的充分对话和互相照明，以促进文学的健康发展，还要反对和避免两种极端倾向。

一是盲目排外。其中以“西学为体，中学为用”论最具典型性，其特征是于西方之声光电气、色乐器用等物质文明，慨然接纳和享受，而对西方哲学、文学等风雅性理之学，所谓精神文明，则置之不理、避之不及。如“洋务派”的代表冯桂芬就主张，“以中国之伦常名教为本，辅以诸国富强之术”②，另一代表薛福成这样说道：“取西人气数之学，以卫尧、舜、禹、汤、文、武、周公之道”③。不光洋务派，即便是一般的文人学者，此种观念也根深蒂固，体现为民族文学优越论。比如，同光体诗人陈衍即对学西洋文学的青年钱锺书提出过这样的诘问：“文学又何必向外国去学呢！咱们中国文学不就很好么？”④ 当时好多老辈文人都持这种看法，樊增祥的诗句就说：“经史外添无限学，欧罗所读是何诗？”（《樊山续集》卷24《九叠前韵书感》）他们不得不承认中国在科学上不如西洋，就把文学作为民族优越感的根据，而且成见牢不可破。王闿运（《湘绮楼日记》民国3年7月24日）即说：“外国小说一箱看完，无所取处，尚不及黄淳耀看《残唐》也！”⑤ 这种观念在文化的上层是如此，在被儒家文明充分浸染的普通民间社会亦然。《围城》中有一段这样的叙事：“张太太信佛，自说天天念十遍‘白衣观世音咒’，求菩萨保佑中国军队打胜；又说这观音咒灵验得很，上海打仗最紧急时，张先生到外滩行里去办公，自己在家里念咒，果然张先生从没遭到流弹。鸿渐暗想，享受了最新的西洋科学设备，而抱这种信仰，坐在热水管烘暖的客堂里念佛，可见‘西学为用，中学为体’并非难事。”⑥ 这里表明即使在三四十

---

① 钱锺书：《钱锺书英文文集》，外语教学与研究出版社2005年版，第404页。

② 郑师渠：《晚清国粹派——文化思想研究》，北京师范大学出版社1993年版，第28页。

③ 同上。

④ 钱锺书：《七缀集》，生活·读书·新知三联书店2002年版，第102页。

⑤ 同上书，第113页。

⑥ 钱锺书著，胥智芬汇校：《围城》，四川文艺出版社1992年版，第51页。

年代，虽在意识形态领域“西学为用，中学为体”观念，表面上不再占据主流地位，也鲜有人提倡，但因其在一定程度上包含合理的成分，如强调以我为主，吸收外来文化时不割裂传统，并迎合了文化民族主义心态，因此迟迟没有退出历史的舞台，而是以顽强的生命力潜存在中国人的心理结构之中。[①] 对于这种文化存在，钱锺书一再给予猛烈批评。在《徐燕谋诗序》一文中，他这样说道：

> 余尝谓海通以还，天涯邻比，亦五十许年，而大邑上庠，尚有鲰生曲儒，未老先朽，于外域之舟车器物，乐用而不厌，独至行文论学，则西来之要言妙道，绝之惟恐不甚，假信而好古之名，以拖守残阙，自安于井蛙裈虱，是何重货利而轻义理哉！盖未读李斯《逐客书也》。而其欲推陈言以出新意者，则又卤莽灭裂，才若黄公度，只解铺比欧故，以炫乡里，于西方文学之兴象意境，概乎未闻，此皆如眼中之金屑，非水中之盐味，所谓为者败之者是也。[②]

在钱锺书看来，黄公度之诗不及王国维，就在这里。而“林纾的识见超越了比他才高学博的同辈”[③]，也在这里。在《谈艺录·序》中他又重申此种观点：“盖取资异国，岂徒色乐器用；流布四方，可征气泽芳臭。故李斯上书，有逐客之谏；郑君序谱，曰‘旁行以观’。”[④] 在晚年的《管锥编》中他更是明确提出“既济吾乏，何必土产”[⑤] 的主张。可见对于“中体西用”论的危害，钱锺书是有着深刻认识的，对之批评一以贯之。

“中体西用”论，固然不可取，而其对立面，深具民族虚无主义色彩的“全盘西化”论，在钱锺书看来，也是尤需警惕和反对的。

前面所论钱锺书批评的“蔑视复古”论者就带有这种倾向。它其实乃是“五四”新文学普遍的时代风气，例如当时就有人劝青年不要读中国书而要看外国书，更有人认为西方文学是“开千年未有的创局，掘百

---

① 龚刚：《钱锺书的中西文化观》，参见杨乃乔、伍晓明主编《比较文学与世界文学》，北京大学出版社 2005 年版，第 567 页。

② 钱锺书：《写在人生边上·人生边上的边上·石语》，生活·读书·新知三联书店 2002 年版，第 228—229 页。

③ 钱锺书：《七缀集》，生活·读书·新知三联书店 2002 年版，第 113 页。

④ 钱锺书：《谈艺录·序》，生活·读书·新知三联书店 2001 年版，第 1 页。

⑤ 钱锺书：《管锥编》（第一卷），生活·读书·新知三联书店 2001 年版，第 15—16 页。

世不竭的宝藏”，“比起我们的文学，实在完备得多”。诚然，以历史的眼光看，不能否认这些观念在当时具有反封建的积极意义。但从学理的角度考察，其浓厚的民族虚无主义色彩，也是不言自喻的，以致直到现在还被人认为断裂了民族文学的根脉和传统，忽视了文学发展的继承性，从而影响了中国文学的健康发展。钱锺书即是早期的批评者之一。

在《中国文学小史序论》一文中，钱锺书明确指出，白话文学并非承继于传统，而是全盘移植于西方：“民国之新文学，渊源泰西；体制性德，绝非旧日之遗，为有意之创辟，非无形之转移，事实昭然，不关理论。”[①] 这只是对新文学发展的事实判断，指出了它“全盘西化”的事实，没有做价值判定。接下来他写了《论复古》一文，批评了“蔑视复古”——也就是“全盘西化”的倾向——强调了“复古”的必然性与合理性，指出继承与革新是一种对立统一的关系，两者缺一不可：“一切成功的文学革命都多少带些复古”，“若是不顾民族的保守性、历史的连续性，而把一个绝然新异的思想或作风介绍进来，这个革新定不会十分成功”。[②] 根据前文的事实陈述，新文学显然正是这样一种革新，按照钱锺书的理念，“定不会十分成功”，事实上他也从未对新文学有高的评价，其原因就在于它断裂了传统，全盘西化，走向了极端，破坏继承与革新的辩证关系。可以看出，《论复古》一文所显示的观念和意向正是对新文学的价值判断，表达了批评态度。伽达默尔曾在论到继承与创新的关系时说：

> 传统按其本质就是保存，尽管在历史的一切变迁中它一直是积极活动的。但是，保存是一种理性活动，当然也是这样一种难以觉察的不显眼的理性活动。正是因为这一理由，新的东西、被计划的东西才表现为唯一的活动和行为。但是，这是一种假象。即使生活受到猛烈改变的地方，如在革命的时代，它远比任何人所知道的古老的东西在所谓改革一切的浪潮中仍保存了下来，并且与新的东西一起构成新的价值。[③]

在暴风骤雨似的革命浪潮中，传统似乎被完全丢掉了，但实际上它却

---

① 钱锺书：《写在人生边上·人生边上的边上·石语》，生活·读书·新知三联书店 2002 年版，第 106 页。

② 同上书，第 333 页。

③ ［德］伽达默尔：《真理与方法》（上），上海译文出版社 1999 年版，第 361 页。

已化为了我们精神的“自我”，或者说生命“基因”，沉积在了深层心理结构之中，让我们不自觉它的存在，然而却又无处不在，时时刻刻都在影响着我们，并“与新的东西一起构成新的价值”。中国现代文学的现实发展即提供了最雄辩和切实的证据。钱锺书的观点与伽达默尔之理念可谓不谋而合。

总而言之，在钱锺书看来，在中外文学的关系中，只有坚决地反对和避免以上两种倾向，才有可能真正做到文学的平等对话和相互照明，从而使之走上健康发展的道路。这一点已被文学史发展事实反复证明，在当今信息化、全球化的时代仍不失积极的指导意义。

第七章　文学的接受与阐释:“作者未必然,读者何必不然”

钱锺书曾提出“作者未必然，读者何必不然”理念，其中蕴含丰富的阐释学思想。逻辑起点是作者，枢纽是文本，落脚点是读者，紧紧围绕审美复杂性的形成、构成与理解展开，三者之间互为主体，双向超越，形成一种循环反复的对话关系。内含古今中外各种阐释理念，融化于钱锺书对各种文化文学现象的理解与阐释之中。钱锺书的文学阐释论是其对整个“文学性”认知的全面回顾与综合。

第一节　“作者未必然”

钱锺书认为，“诗无通故”，即“诗‘故’非一见便能豁露畅‘通’，必索乎隐”①，表明文学文本不能或无法清晰表达和反映作者的主观意图或意义，也即“作者未必然”，从而为阐释和创造性阅读文本提供了前提和可能。此节立足“作者未必然”来展开对钱锺书文学接受和阐释思想的讨论。

一　“名可名非常名”

“名可名非常名”是《道德经》里的名句，反映的是“道”的复杂性，从语言的角度看，体现的正是语言的局限性：它无法全部和准确表征与传达事物的本质。对此《管锥编》进行了深入阐析：

> 《系辞》上：“一阴一阳之谓道”；《正义》：“以理言之为道，以数言之谓之一，以体言之谓之无，以物得开通谓之道，以微妙不

① 钱锺书：《谈艺录》，生活·读书·新知三联书店 2001 年版，第 722 页。

> 测谓之神，以应机变化谓之易。总而言之，皆虚无之谓也”。……成公绥《天地赋》云：“天地至神，难以一言定称。故体而言之，则曰‘两仪’；假而言之，则曰‘乾坤’；气而言之，则曰‘阴阳’；性而言之，则曰‘柔刚’；色而言之，则曰‘玄黄’；名而言之，则曰‘天地’”……大莫能名，姑与以一名而不能尽其实，遂繁称多名，更端以示。夫多名适见无可名、不能名也。《列子·仲尼》篇“荡荡乎民无能名焉”句张湛注引何晏《无名论》曰：“夫唯无名，故可得偏以天下之名名之，然岂其名也哉?”西方神秘家谓损以求之，则升而至于无名，益以求之，则降而至于多名；故大道真宰无名而复多名。理足相参，即《老子》开宗明义之“可名非常名”耳。①

“道”神秘不定，内涵无限丰富、复杂，从各种角度或层面都可以对之进行界定、命名，关于它也就产生多种不同概念或名称，如“一”“无”“神”“易”“两仪”“乾坤”“阴阳”“柔刚”“玄黄”“天地”等，但这些名称或概念却并非对“道”的真正把握，只是明知不可为而为之，“姑与以一名而不能尽其实”；它们的存在恰恰印证了道的不可表达性，“夫多名适见无可名、不能名也”。“道”“可名非常名”，表明语言概念、名称的多样性正是来源于以“道”为本源的意念或事物的复杂性，因而任何单一的对事物的命名，都是不准确的，人无法找到对于事物的确定的指称：“常名”。这是从事物的复杂性来论述语言的复杂性或者说局限性，语言作为一种符号系统只是对于事物的有限把握，这是中外神秘主义对于语言的基本态度和认识。

从哲学层面论述了语言的局限性、有限性之后，钱锺书以此为逻辑基点，进一步讨论了以语言的运用作为职业的作家对于表达的艰难性的体认：

> 词章之士以语文为专门本分，托命安身，而叹恨其不足以宣心写妙者，又比比焉。陆机《文赋》曰：“恒患意不称物，文不逮意”；陶潜《饮酒》曰：“此中有真意，欲辩已忘言”；《文心雕龙·神思》曰：“思表纤旨，文外曲致，言所不追，笔固知止”；黄庭坚《品令》曰：“口不能言，心下快活自省”；古希腊文家曰：“目所能辨之色，多于语言文字所能道”；但丁叹言为意胜；歌德谓事物之真质殊性非

---

① 钱锺书：《管锥编》（第一卷），生活·读书·新知三联书店2001年版，第71—72页。

笔舌能传。[①]

既然语言无法准确表达事物，关于事物的名称、概念非常贫乏或有限，那么对于作家来说，可以利用来表达的概念或词语也就贫乏与有限。神秘主义者或哲学家是从语言与道或事物的复杂性的角度来探讨语言的局限性、有限性，而作家却是从自我表现的角度来感叹表达的艰难性，后者以前者为前提。本质上来说，两者是一致的，都表征的是事物的复杂与人的表达之间不可调和的矛盾，也就是“作者动机和作品效果——德·桑克梯斯强调的‘意图世界’和‘成果世界’——的矛盾”。正是因为此种矛盾的存在，所以“作者之宗旨非即作品之成效”。作为以语文为安身立命之本的辞章之士，对此钱锺书有着切身感受，在《围城·序》中，他就特别发出这样的感慨：“我渐渐明白，在艺术创作里，‘柏拉图式理想’真有其事。悬拟这本书该怎样写，而才力不副，写出来并不符合理想。理想不仅是个引诱，并且是个讽刺。在未做以前，它是美丽的对象；在做成以后，它变为惨酷的对照”，可谓遗憾满满。

从哲学的角度来看，言意之间的关系属于知行关系，也就是理论与实践的关系，在钱锺书看来，它真实地体现和印证了“知易行难”的哲学命题：

> 盖知文当如何作（knowing how）而发为词章（applicationin practice），一也；知文当如是作（knowing that）而著为科律（formulation of precept），二也。始谓知作文、易，而行其所知以成文、难；继则进而谓不特行其所知、难，即言其所知以示周行，亦复大难。知而不能行，故曰“文不逮意”；知而不能言，故曰“难以辞达”、“轮扁所不得言”，正如《吕氏春秋·本味》伊尹曰：“鼎中之变，精妙微纤，口弗能言，志不能喻”。[②]

既然世间万事万物，知易行难，那么此种言意矛盾所产生之遗憾，也就与人类人生永恒的意愿乖违之情境“亦归一律”：

> 盖事之所能已尽，心之所有亦宣，斐然成章，而仍觉不副意之所

① 钱锺书：《管锥编》（第一卷），生活·读书·新知三联书店 2001 年版，第 637 页。

② 钱锺书：《管锥编》，中华书局 1979 年版，第 507—510、1177—1180 页。

> 期，如丘而止耳，为山尚亏也。事愿乖违，人生常叹，造艺亦归一律。文士之“遗恨终篇”，与英雄之壮志未酬、儿女之善怀莫遂，戚戚有同心焉。西人谈艺，或以理想之据高责备，比歌德《浮士德》中魔鬼，于现实事物都不许可。①

从文学理论的角度来看，言意矛盾显示的是创作的复杂与艰难，无疑属于创作论范畴，但如果立足阅读，却会发现其中也内含了一种文学接受与阐释的意味：如果说创作者无法全部表达或实现自己的意图或目的，文本实际呈现的意蕴并非作者所要表达的意旨，那么读者该如何理解文本，它的意义又来自于哪里呢？如果说不是来自于创作活动，也就只能来自于阅读或阐释活动了，这就为读者能动性或创造性的自我参与和发挥提供了契机。对此，下面一段话有着深刻揭橥：

> 康德评柏拉图倡理念，至谓：作者于己所言，每自知不透；他人参稽汇通，知之胜其自知，可为之钩玄抉微。谈艺者亦足以发也。

这段话是钱锺书前此观点的逻辑发展，虽引述的是康德的话，却符合他关于此一问题的认识。“他人”对于文本的意义的了解甚至要胜于“作者”，这是对作者决定论的有力否定，既然文本的意义不是完全由作者控制和决定，那么接受者就无须从文本去探求和重构作者原意，从而为其从作者宰制中解放出来，进行诸如“参稽汇通”“钩玄抉微”等积极的创造性阅读与阐释活动提供了机会与可能，文本的意义空间也就无限敞开与扩大，正所谓“谈艺者亦足以发也”。可以说钱锺书关于言意矛盾的认识，既是一种创作论，也是一种接受论，互为表里，一体两面。

钱锺书对言意矛盾的强调与阐发，一定程度为“读者何必不然”的接受和阐释理念，从哲学、语言学和文艺美学的角度奠定了理论基础。

二 “天成”与“非我”

钱锺书对创作过程中“天才”的作用是非常重视的，认为是艺术创作的关键，在《谈艺录·性情与才学》中他这样写道：

---

① 钱锺书：《管锥编》（第四卷），生活·读书·新知三联书店2001年版，第1898页。

> 艺之成败，系乎才也。才者何，颜黄门《家训》曰“为学士亦足为人，非天才勿强命笔”；杜少陵《送孔巢父》曰：“自是君身有仙骨，世人那得知其故”；张九龄《与王阮亭书》曰：“历下诸公皆后天事，明公先天独绝”；赵云松《论诗》诗曰：“此事原知非力取，三分人事七分天”；林寿图《榕阴谈屑》记张松廖语曰：“君等作诗，只是修行，非有夙业”。[①]

本著第四章已经论证指出，这里所言之才指的就是中外文学家与理论家所揭示的直觉、悟性、神思等思维形式，它“超越思虑见闻，别证妙境而契胜谛”，“所造尤超卓”；“认识之简捷，与知觉相同，而境谛之深妙，则并在理智之表”[②]，也就是说，其表现形态呈现为神秘莫测、不由自主，不受理性力量支配与控制。关于这一点我国古籍中有大量描述。陆机在《文赋》中说：“若夫应感之会，通塞之纪，来不可遏，去不可止。……虽兹物之在我，非余力之所戮，故时抚空怀而自惋，吾未识夫开塞之所由”。《梁书·萧子显传·自序》：“每有制作，特寡思功，须其自来，不以力构”。《全唐文》卷七九李德裕《文章论》引自撰《文箴》：“文之为物，自然灵气，恍惚而来，不思而至”。贯休《言诗》：“几处觅不得，有时还自来”。《镜花缘》第二十三回林之洋强颜自解：“今日偏偏诗思不在家，不知甚时才来”[③]。“自来”“恍惚而来，不思而至”“不知甚时才来”等，“皆言文机利滞非作者所能自主，已近后世‘神来’‘烟士披里纯’之说”。[④]“烟士披里纯”，是英文词 inspiration 的音译，现在通常翻译为灵感。灵感一般指创作主体无意识中突然兴起的不由自主的神妙能力，所谓“来不可遏，去不可止”。

正是因为非自主，不由理性控制，因而人们会觉得由此产生的结果不是自我的产物，而是代天或神立言，甚至都不承认自己是创作者。如“西人论致知造艺，思之思之，不意得之，若神告之，若物凭之，或曰：不当言‘我思’，当言‘有物［假我以］思’；或曰：言‘我思’，大误；当言‘我为彼所思’。我即非我也”[⑤]。中国文人也有同样的认识与感觉，如钟嵘《诗品》中《谢惠连》引《谢氏家录》载灵运自称其“池塘生

---

① 钱锺书：《谈艺录》，生活·读书·新知三联书店 2001 年版，第 107 页。

② 同上书，第 112 页。

③ 钱锺书：《管锥编》（第三卷），生活·读书·新知三联书店 2001 年版，第 1900 页。

④ 同上。

⑤ 同上书，第 1900—1901 页。

春草”之句，云：“此语有神助，非吾语也”；苏轼《东坡题跋》卷二《书昙秀诗》：“余尝对欧阳文忠公诵文与可诗云：‘美人却扇坐，羞落庭下花’，公云：‘此非与可诗，世间原有此句，与可拾得耳’”；陆游《剑南诗稿》卷八三《文章净》：“文章本天成，妙手偶得之”句即由此典化而来；《儒林外史》第二回周进面誉王惠乡试硃卷：“后面两大股文章尤其精妙”，“王举人道：‘那两股文章不是俺作的，周进道：‘老先生又过谦了，却是谁作的呢，’王举人道：‘虽不是我作的，却也不是人作的！’”[①] 以上，或赞或讽，有谐有庄，“非吾语”“本天成”“不是俺作”等感觉和认识，在钱锺书看来，与西方人的看法没有两样：“‘在我’而‘非余’，‘天成’而人‘偶得’，‘不是俺’却‘也不是人’，此之谓矣。”[②] 由此观之，这种非理性智能的一个主要特征就是能“破除我执”，使作品达至一种“忘我”“无我”“非我”之超越性境界，它与神秘经验是相同的：

> 白瑞蒙谓作诗神来之候，破遣我相，与神秘经验相同。立说甚精。以余睹记所及，西方诗人中布莱克道此綦详。其《弥尔敦》一诗，反复言“破我”、“灭我”之意。破我之说，东西神秘宗之常言，《庄子·齐物论》所谓“吾丧我”，《大宗师》所谓“庸讵知吾所谓吾之乎”，《秋水》所谓“大人无已”。《瑜伽师地论》卷六破十六种“不如理异论”……基督教神秘宗大师爱克哈脱谓我死乃入道之门；《德意志神学》开卷即以破绝我相为天人感会第一义。帕斯卡力言：“我最可恨”，又曰：“虔事上帝，断灭我相”[③]。

钱锺书曾非常认同象征主义诗论家“诗秘通于神秘”的观念，恐怕与以上认识不无关系。不过，他又同时指出，所谓的无我并非真的无我，而是无我执：“白瑞蒙所谓‘有我在而无我执’，释典中亦明此义。”“消除偏执之假我，而见正遍之真我”，而“识得根本我，端赖直觉”。[④] 而我执的表征就是直接明了的“意”，破除我执就是要使诗“不见意诠安排”，呈现为无意的空灵状态，“惟其本无意，故可含一切意，所谓‘诗无达

① 钱锺书：《管锥编》（第三卷），生活·读书·新知三联书店 2001 年版，第 1900 页。
② 同上书，第 1900—1901 页。
③ 钱锺书：《谈艺录》，生活·读书·新知三联书店 2001 年版，第 684—685 页。
④ 同上书，第 685—687 页。

诂’，以免于固哉高叟者也”。[①] 的确，无我，忘我，也就消除了我对文本的主宰，无法施加确定之意，因而意蕴空间得以敞开，从而为阐释及其丰富性提供了可能。进一步言之，如果说，“在我”而“非余”，文本是“神谕”“天成”的结果，或者说非理性力量在其中起着主要作用，而不由理性自我主宰，因而即便“志存良直，言有征信，而措词下笔，或轻或重之间，每事迹未讹，而隐机微动，已渗漏走作，弥近似而大乱真”[②]，并“非余力之所戮”，那么文本的意味就不能被完全看作作者之理性意图，而是一种神秘性存在：复杂、丰富、莫测，这既显示了阐释的必要性，也为接受者立足先在结构对文本的创造性理解和把握，提供了前提。

张隆溪曾在《道与逻各斯》一书中论述了天才的非自觉创作与阐释学和审美接受之间的必然联系，指出：“艺术作为天才的无意识创作，对阐释学在 19 世纪的兴起及其对审美接受的强调具有重要的意义。”[③] 因为一旦创作被视为无意识的非理性过程，阐释就变得不可或缺，这乃是由于艺术本质上是对接受者的宣讲，而接受者往往需要借助于阐释，才能理解一部艺术作品的意义。因而他表明：“浪漫主义关于非自觉的创作的理论和随之而来的解释需要，为施莱尔马赫阐释学的出现准备了一个很好的背景。”[④]

由此看来，任何一种对非理性创作力量的论述和强调，实际上在一定程度上内含着一种阐释学和接受美学的意味。不难看出，钱锺书从创作主体的维度，通过对非理性力量对创作参与性的有力论述，充分说明了阐释的必要性，为创造性阅读之观念找到了坚实的依据。

三　“以默佐言”与“具体化”

钱锺书在《谈艺录·妙悟与参禅》一则中，批评了神秘主义弃绝文字的极端态度，而对于语言文字在表情达意时的含蓄蕴藉、以虚含实的表现特点却相当重视。他将司空图“不著一字，尽得风流”中“不著”一词解释为：“不多著，不更著也。已著诸字，而后‘不著一字’，以默佐言，相反相成，岂‘不语哑禅哉’”，既强调语言的重要性，也指出了“言说”与“静默”之间相反相成的辩证关系。他又拈出当世英

---

① 钱锺书：《谈艺录》，生活·读书·新知三联书店 2001 年版，第 673 页。

② 同上书，第 422 页。

③ 张隆溪：《道与逻各——东西方文学阐释学》，冯川译，江苏教育出版社 2006 年版，第 10 页。

④ 同上书，第 12 页。

国文论家詹姆斯的话，说“默”是诗中至境，示意便了，不复著词，“即由言入默之‘含蓄’”。这种含蓄，甚至包括马拉美、克洛岱尔辈论诗所说的“行间字际、纸首叶边之无字空白处与文字缠组”之情形，因其“自蕴意味而不落言诠”，“亦为诗之干体”。[①] 也与我国古代山水画，以无笔墨处与点染处互相发挥烘托的表现手法相类。

含蓄与短有着必然联系；短即语言少，因此意蕴的空间大。在《谈艺录·随园非薄沧浪》中，钱锺书论及文章之“短”，他说：“长短乃相形之词。沧浪不云乎：‘言有尽而意无穷’；其意若曰：短诗未必好，而好诗必短，意境悠然而长，则篇幅相形见短矣。”又指出此意首发于《文心雕龙·隐秀》“情在词外曰隐，状溢目前曰秀”，或者“余味曲包”的说法。而且认为，杜少陵“意惬关飞动，篇终接混茫”，之“终”而曰“接”也正沧浪谓“有尽无穷”之旨。[②] 显然钱锺书言短，并非着眼于篇幅，而是立足于审美。他之所谓短，与隐、空等美学范畴紧密相关。

诗文语言讲究含蓄空灵，也为重审美想象的西方象征派文论的一条基本原则。如一文论家所言，象征派以还，诗每能有尽而无穷，其结句如一窗洞启，能纳万象。这堪为“篇终接混茫”之解。而且马拉美反复致意“无言无字之诗”。即便在不乏长诗的西方，认为好诗必短的论者也大有人在，列奥巴尔迪、波德莱尔、儒贝尔、爱·伦坡等人就持此种观念[③]，钱锺书认为，“此等主张，未可抹杀”。据此，他批评白香山诗：“词沓意尽，调俗气靡，于诗家远微深厚之境，有间未达。”[④]

不光诗歌体裁之语言需讲究含蓄，叙事文体也是如此。《杜预序》讲到史传的五条范例，就有两例——“隐”“晦”——关乎此。“正《文心雕龙·隐秀》篇所谓‘隐’，‘余味曲包’，‘情在词外’；施用不同，波澜莫二。”因此，“字句含蓄之工”，可“为史有诗心、文心之证”。[⑤] 可以说，含蓄、隐晦乃文学语言的一大特点。

文学语言讲究含蓄静默，固然是创作论问题，但着眼的却是读者接受。依据现代文艺理论，文学的审美空间越大，审美意蕴越丰富，文学作品就越有魅力，而这一切就有赖于远微深厚之境的营造，为的是给接受者留下充分的审美想象空间和余地。否则穷形尽相，词沓意尽，美感就大打

---

① 钱锺书：《谈艺录》，生活·读书·新知三联书店 2001 年版，第 240 页。

② 同上书，第 508 页。

③ 同上书，第 510—511 页。

④ 同上书，第 497 页。

⑤ 钱锺书：《管锥编》（第一卷），生活·读书·新知三联书店 2001 年版，第 271 页。

折扣了。所以中国古人说“读之惟恐易尽”①，而西方文论家佩特也谓：“须留与读者思量”②。对此，钱锺书指出：“夫言情写景，贵有余不尽，然所谓有余不尽，如万绿丛中之著点红，作者举一隅而读者以三隅反，见点红而知嫣红姹紫正无限在。”③“使夫读者望表而知里，扪毛而辨骨，睹一事于句中，反三隅于字外”，从而“晦之时义大矣哉”。④含蓄、隐晦必然带来能动的阅读效应。钱锺书将含蓄、静默、隐晦等文学的审美特征，与读者的创造性阅读紧密地联系在一起。

根据接受美学理论来源之一的波兰文论家英伽登的理论，含蓄、隐晦即是“未分明、不确定处”，或者说“空白”，而“读者三者反”就是对前者的“具体化”。

> 当世波兰论文巨子英加顿有“具体化”之说。略谓小说中人物景象，纵描摹工细，而于心性物色，终不能周全备悉，只是提纲举隅，尚多“未分明、不确定处”，似空白然，待读者拟想而为填补。抒情诗中“未分明、不确定处”，亦须一番“具体化”；诗愈“醇”则正说、确说愈寡，愈能不落言诠。曰“未分明、不确定处”，又几如“隐”“混茫”之释义矣。⑤

关于“具体化”，在英伽登之前，古希腊人 Theophrastus 早已拈出：“不可能所有之点都会被具体化，而是留下一些空间有待听众想象和理解，因此留下不说尽”。只是“尔后继响寥寥”，直到英伽登才扬厉阐发之。如果说，“隐”“混茫”等含蓄静默现象，是“未分明、不确定处”，它犹如“空白”，有待读者拟想，而为填补，加以具体化。那么此种“具体化”，实际上就将读者推到了与作者对等，甚至更高的位置，构成了对文本的再创造。这是英伽登一再强调——他说“具体化表现的基础在于主观活动”⑥——而德国文论家伊瑟尔将之推向极端的观点。在后者看来，读者能动性的再创造竟至比作者的创作都更重要：“文学的本文也是

① 钱锺书:《谈艺录》，生活·读书·新知三联书店 2001 年版，第 512 页。

② 同上书，第 510 页。

③ 同上书，第 562 页。

④ 钱锺书:《管锥编》（第一卷），生活·读书·新知三联书店 2001 年版，第 271 页。

⑤ 钱锺书:《谈艺录》，生活·读书·新知三联书店 2001 年版，第 509 页。

⑥ 转引自［美］韦勒克《近代文学批评史》（第 7 卷），杨自伍译，上海译文出版社 2009 年版，第 673 页。

这样，我们只能想见本文中没有的东西；本文写出的部分给我们以知识，但只有写出的部分才给我们想见事物的机会；的确没有未定的部分，没有本文中的空白，我们就不可能发挥想象。”因此“作者只有激发读者的想象，才有希望使他全神贯注，从而实现他本文的意义”。[①] 这有力表明，所谓含蓄静默的真实和直接的意图，不过是为接受者创造性阅读，提供前提条件而已。正是在这个意义上，伊瑟尔提出了他的文本“召唤结构”理论。前述钱锺书对语言与含蓄相反相成的辩证关系的论述，无疑就内含此意。

尧斯曾经以接受美学的观念看待历史的编撰，“不同意客观历史事实的存在，而最终采取了一个类似的相对的历史观点”[②]，而在历史哲学家海登·怀特看来，“阅读和写作历史的基本方法是与写一部小说相类似的”，“所有的历史均为基本的阐释活动”。[③] 这就是说，对历史的考察，相当于一种对文本的阅读活动，正像文本的创造不可能面面俱到、巨细无遗一样，历史的事实，由于年代以及其他主客观原因，摆在历史学家那里，也是简略、“隐晦”和“含蓄”的，因而史传的写作，就是一种基于已有的历史事实对历史的想象和重构，这与读者对文本的“具体化”并无二致。而这一点尤为钱锺书所揭示，他曾经在论述史具诗心文心观念时这样说道：

> 吾国史籍工于记言者，莫先乎《左传》，公言私语，盖无不有。虽云左史记言，右史记事，大事书策，小事书简，亦只谓君廷公府尔。初未闻私家置左右史，燕居退食，有珥笔者鬼瞰狐听于傍也。上古既无录音之具，又乏速记之方，驷不及舌，而何其口角亲切，如聆謦欬欤，或为密勿之谈，或乃心口相语，属垣烛隐，何所据依？如僖公二十四年介之推与母偕逃前之问答，宣公二年鉏麑自杀前之慨叹，皆生无傍证、死无对证者。……盖非记言也，乃代言也，如后世小说，剧本中之对话独白也。左氏设身处地，依傍性格身分，假之喉舌，想当然耳。注家虽曲意弥缝，而读者终不餍心息喙。纪昀《阅微草堂笔记》卷一一曰：“鉏麑槐下之词，浑良夫梦中之噪，谁闻之欤？”

---

① ［德］伊瑟尔：《阅读过程的现象学研究》，见汤普金斯编《读者反应批评》，《巴尔的摩》1980 年第 57 期。

② ［德］尧斯·霍拉勃：《接受美学与接受理论》，周宁、金元浦译，辽宁人民出版社 1987 年版，第 452 页。

③ 同上书，第 453 页。

> 李元度《天岳山房文钞》卷一《鉏麑论》曰：“又谁闻而谁述之耶?”李伯元《文明小史》第二五回王济川亦以此问塾师，且曰：“把他写上，这分明是个漏洞!”盖非记言也，乃代言也，如后世小说、剧本中之对话独白也。左氏设身处地，依傍性格身分，假之喉舌，想当然耳。①

这种对历史叙述的看法，实际上就是海登·怀特的新历史主义观念，表明“历史与文本的近似性”②。卡西尔指出：“历史学是被包含在阐释学的领域”③。历史的空白无限提供了历史学家想象的空间，为其叙述或创造性地理解历史，创造了条件。钱锺书对纪昀、李元度、李伯元等人所表述的阅读体验或观点的罗列，无疑内在蕴含或表征了一种将对历史的阅读与对文本的阅读相沟通与统一的意向，为我们对文本的理解和阐释提供了启示。

综上所论，基于言意矛盾，也由于非理性力量的参与，再加上文学审美不可或缺的空白或含蓄性特点，“诗无通故”，“作者未必然”，即在作者—文本的角度而言，是一种客观存在。钱锺书对于这些问题的反复重申和揭示，其理论意味在于，为严谨、认真、能动和创造性地理解和阐释文本显示出必要性。钱锺书在其学术著作中给我们所呈现的那些玄奥博大、意蕴深远的中西文化典籍，正是以其“不可穷尽”的独特魅力吸引和召唤着一代代的读者阅读和研究。如果说，诗有通故，“到眼即晓，出指能拈”，作者“必然”，意图与实际合一，那么阐释就是多余的了，而钱锺书对古往今来备受关注的文化名著的阐释，就是一种没有意义的重复劳动，创造性就根本无从谈起。因而从这个意义上来说，钱锺书对“诗无通故”与“作者未必然”的强调，潜在表明了，事物意义的空白性、模糊性和复杂性，是人类一切创造性的文化阐释活动的意义之源。

第二节　“读者何必不然”

既然“诗无通故”“作者未必然”，文本留下无限的阐释空间，那么

---

① 钱锺书:《管锥编》(一)，生活·读书·新知三联书店2001年版，第271页。

② [德]尧斯·霍拉勃:《接受美学与接受理论》，周宁、金元浦译，辽宁人民出版社1987年版，第453页。

③ [德]卡西尔:《人论》，甘阳译，西苑出版社2003年版，第210页。

“读者何必不然”？此语显示了钱锺书对接受者阅读能动性与创造性的充分强调，在他那里，这既是一种理论提倡，也是一种阐释践行。他几乎整个一生的学术活动都是一种阐释实践，其中的基本方法，就是“打通”，对此他曾有明确说明：

> 弟之方法并非“比较文学”而是求“打通”，以中国文学与外国文学打通，以中国诗文词曲与小说打通。弟本作小说，结习难除，故《编》中如67—9，164—166，211—212，281—282，321，etc. etc，皆以白话小说阐释古诗文之语言或作法。他如阐发古诗文中透露之心理状态，（181，270—271），论哲学家文人对语言之不信任（406），登高而悲之浪漫情绪（第三册论宋玉文），词章中写心行之往而返，（116），etc. etc，皆“打通”而拈出新意。①

钱锺书在这里明确宣称了自己的阐释方法是“打通”，从其整个文本的阐释实践来看，此种打通无疑包括局部与整体的打通，古与今的打通，学科的打通，中外之间的打通。正因为两者之间的壁障被打通，因而意义的互参、互识、互证等交互往返活动成为可能，从而其整个文本也就构成一种“阐释的循环”的庞大系统，具体而言，它主要内含两个层面的循环：文本释义之循环和读者理解之循环。

一 “考词之终始”：文本释义之“循环”

在《管锥编·左传正义·隐公元年》一则，钱锺书重点讨论了“不X不Y”句型。他指出“此类句法虽格有定式，而意难一准”。或为“因果句”，或为“两端句”。若只据句型，就不能将两者辨察区分开来，比如《左传正义》“公曰：‘不义不暱，厚将崩’”中的“不义不暱”，杜预解为：“不义于君，不亲于兄，非众所附，虽厚必崩。”其中“不暱”为太叔“不亲”。从杜预的理解，这是两端句。其实这里“不暱”，说的是众不亲附叔段，而不是说叔段不亲于兄。根据语境，此语紧承“厚将得众”而来，遥应前面“多行不义”而申发，“言不义则不得众也”。因而是典型的因果句。由之，钱锺书认为，此种句式“所赖以区断者，上下

① 钱锺书：《致郑朝宗》，“钱锺书研究”编委会：《钱锺书研究》（3），文化艺术出版社1992年版，第299页。

文以至全篇、全书之指归也"。[1] 这即是说，判断这种句型要充分考察其所在语言环境的情形，只有对整体的意义有了把握，才能真正做到对局部意义和结构的准确分析。这里表面探讨的是句式问题，内在涉及的却是语意理解和阐释问题。

由此，讨论自然而然就转入到对语词的解释方法上来了。他引述王安石之语道：

> 王安石《临川集》卷七二《答韩求仁书》："孔子曰：'管仲如其仁，仁也'；杨子谓'屈原如其智'，不智也。犹之《诗》以'不明'为明，又以'不明'为昏；考其辞之终始，其文虽同，不害其意异也。"[2]

对于王安石上述观念，钱锺书给予了高度评价，称之为"明通之论"，以为足阐《孟子・万章》所谓："不以文害词，不以词害志"，亦即《庄子・天道》："语之所贵者，意也，意有所随"。用苏东坡的话来说就是，学者不可以"一字一之"，或者薛蕙所言"不以一物专一字"，"不以一说蔽一字"。一言以蔽之，"观'辞'（text）必究其'终始'（context）耳"。[3]

"text"即文本，"context"即语境。语义学的代表人物英国批评家瑞恰慈将语境理论作为现代诗歌语言研究的核心。继之而起的新批评派，也对之格外重视，布鲁克斯即认为，"任何特殊因素的'意义'都受语境的修饰。"[4] 这意在表明，语言的意义并非自足的，而是由文学作品整体的语言环境所决定和支配。反过来说，语词的意义，就"不可以单文孑立之义释之"，而只有在文本的上下文以及文本所营造的整体氛围中，才能得到深刻和全面的理解。

不仅语词的意义要从整体中来寻找，整体的意义也有赖于对语词意义的把握，局部与整体构成一种循环往复、对立统一的关系。这一点，钱锺书通过对乾嘉"朴学"偏于一边的阐释方法论的批评，给予了充分说明：

---

① 钱锺书：《管锥编》（第一卷），生活・读书・新知三联书店 2001 年版，第 277—278 页。

② 同上书，第 279 页。

③ 同上。

④ ［美］布鲁克斯：《反讽——一种结构原则》，赵毅衡编译《新批评文集》，中国社会科学出版社 1988 年版，第 335 页。

乾嘉"朴学"教人，必知字之诂，而后识句之意，识句之意，而后通全篇之义，进而窥全书之指。虽然，是特一边耳，亦只初桄耳。复须解全篇之义乃至全书之指（"志"），庶得以定某句之意（"词"），解全句之意，庶得以定某字之诂（"文"）；或并须晓会作者立言之宗尚、当时流行之文风以及修词异宜之著述体裁，方概知全篇或全书之指归。积小以明大，而又举大以贯小；推末以至本，而又探本以穷末；交互往复，庶几乎义解圆足而免于偏枯，所谓"阐释之循环"者是矣。《鬼谷子·反应》篇不云乎："以反求覆？"正如自省可以忖人，而观人亦资自知；鉴古足佐明今，而察今亦裨识古；鸟之两翼、剪之双刃，缺一孤行，未见其可。戴震《东原集》卷九《与是仲明论学书》："经之至者，道也；所以明道者，其词也；所以成词者，字也。由字以通其词，由词以通其道，必有渐"，又卷一〇《〈古经解钩沉〉序》："经之至者，道也。所以明道者，其词也。所以成词者，未有能外小学文字者也。由文字以通乎语言，由语言以通乎古圣贤之心志，譬之适堂坛之必循其阶而不躐等"……然《东原集》卷一〇《〈毛诗补传〉序》："余私谓《诗》之词不可知矣，得其志则可以通乎其词。作《诗》者之志愈不可知矣，断以'思无邪'之一言，则可以通乎其志。"是《诗》破"古经"之例，不得由"文字语言"求"通"其"志"，如所谓"循阶"以升堂入室；须别据《论语》一言，以"蔽"全书之"志"，反而求"文字语言"之可"通"，毋乃类粱上君子之一跃而下乎！一卷之中，前篇谓解"文"通"志"，后篇谓得"志"通"文"，各堕边际，方凿圆枘。顾戴氏能分见两边，特以未通观一体，遂致自语相违。①

从钱锺书的分析可知，戴东原的弊病就在于不能"通观一体"，他知"积小以明大"，也识"举大以贯小"，能分见两边，但不能在整体上将两者打通为一体，统一起来，也就是说，他没有从哲学的高度看到局部和整体的内在相通之处。对于此点，钱锺书慧眼独具地结合佛语"一切解即是一解，一解即是一切解"，做了富于辩证法意味的阐发：

《华严经·初发心菩萨功德品》第一七之一曰："一切解即是一解，一解即是一切解故"。其语初非为读书诵诗而发，然解会赏

① 钱锺书：《管锥编》（第一卷），生活·读书·新知三联书店2001年版，第281—283页。

析之道所谓“阐释之循环”者，固亦不能外于是矣。别见《全唐文》卷论柳宗元《龙安海禅师碑》。又参观《老子》卷论第一章。[①]

《全唐文》卷论只是一个构想，并未实现，我们无从考察。《老子》卷论第一章钱锺书批评了“分散智论”，指出“有一而不亡二、指百体而仍得马、数各件而勿失舆”，揭示了个体与整体的对立统一关系。他将阐释之循环与事物局部和整体对立统一之关系相参印，无疑将前者上升到了哲学方法论的高度，表明了阐释的循环就是一种辩证关系，既可“分见”，又可“通观”。在对阐释之循环的注释中，钱锺书表明他这一阐释学观念来自德国阐释学家狄尔泰，但在《管锥编》增订中，他又特别指出“‘阐释之循环’由阿士德首申此义”[②]，并引用了其中一句：“所有理解和认识的基础是，从个体中发现整体的实质，而后通过全体把握个体”，认为“此盖修辞学相传旧教，阐释学者承而移用焉”。阿士德在《语法·诠释学·和批评学基础》一书中写道：“个别只有通过整体才能被理解，反之，整体只有通过个别才能被理解……这种循环只有通过承认个别东西和一般东西的原始统一是它们两者的真实生命才能被解决。这样，整体的精神被包含在每一单个的元素之中……个别确实是整体精神的表现（形式）。”[③] 考之后来的施莱尔马赫、狄尔泰、伽达默尔等人关于阐释之循环的论断，阿斯特关于个体与整体的描述，确乎开启了西方阐释之循环的源头。钱锺书将“一切解即是一解，一解即是一切解”解释为“阐释之循环”，无疑是对阿斯特观念的精当理解。

循环就意味着通畅，而这只有打通才能实现，打通可谓实现阐释之循环的基本途径与方法。那么钱锺书是如何在其文本中“打通”意义壁垒，使其循环往互、相互发明，完成阐释之循环的呢？他主要采用了两种方法：一是其在《意中文学的互相照明：一个大题目，几个小例子》中所提出的“照明”法，即通过“合观”“连类”“参印”“比勘”“相互发明”等方式，将人类文化中在物理、事理、心理方面存在类似之点的文化现象广泛联系、“捉置一处”，打破整体与局部、古今、学科、民族等各种界限，使之在互参、互识、互证等对话活动中，充分“照明”意义，获得“正知确解”。比如他对李壁注《王荆文公诗》的评论，就典型地体

① 钱锺书：《管锥编》（第一卷），生活·读书·新知三联书店2001年版，第283—284页。
② 同上书，第283页。
③ ［德］阿斯特：《诠释学》，洪汉鼎编《理解与解释》，东方出版社2001年版，第9—10页。

现了此种方法。《容安馆札记》指出："雁湖注每引同时人及后来人诗句，卷三十六末刘辰翁评颇讥之。余《谈艺录》第九十三页亦以为言。今乃知须分别观之"[①]。《谈艺录》补订本对此进一步阐述道："仅注字句来历，固宜征之作者以前著述，然倘前载无得而征，则同时或后人语自可引为参印。若虽求得词之来历，而词意仍不明了，须合观同时及后人语，方能解会，则亦不宜沟而外之。"[②] 这里无疑提供了照明法之鲜活实例，表明要"注字句来历"，"宜征"以前著述，也需"参印"或"合观"同时人或后人语。即通过征引、参印、合观与之相关或相类的话语，将文本置于一个更大的时空背景和角度下加以照明，才能更透彻地阐发意义，使之更为圆足。又如对宋诗的选注，他不但批评了宋诗的模仿、剽窃的弊病，更将六朝、唐、元、明、清等时代相类的现象"捉置一处"，通观一体，从而充分显示了"资书以为诗"的中国古典主义模仿传统，同时还将西方文艺复兴时期文论家对古希腊古罗马模仿的时代氛围与之相参印、照明，揭示出人类共同的创作现象与特征。这样，通过前代、同时代、后世以及异域等多维度的通观圆照，便将宋诗复古主义之成因、特点、内容详尽而透彻地展现了出来。

二是移笺法。钱锺书曾说，"妄企亲炙古人，不由师授。择总别集有名家笺释者讨索之"，由此"渐悟宗派判分，体裁别异，甚且言语悬殊，封疆阻绝，而诗眼文心，往往莫逆冥契"。[③] 通俗地说，移笺法指针对特定文本的特定主题，用另一文本中意思相通的言论来加以解释。[④] 两种文本可分属于不同的宗派、学科、语言、民族、时代，但其中内含的人类共同的创作规律，却"莫逆冥契"，可以沟通、发明。如《论语·子罕》："子在川上曰：逝者如斯夫，不舍昼夜！"钱锺书以为孔融《论盛孝章书》其起句"岁月不居，时节如流"正堪为川上之叹作注；"不居"乃"逝者"之诂，"如流"即"如斯"之明文。[⑤] 又如《长笛赋》："奄忽灭没，晔然复扬"即白居易《琵琶行》之"疑绝不通声暂歇"，而"铁骑突出刀枪鸣"。[⑥]《老子》"无状之状，无物之象"可以韩愈"天街小雨润如

---

① 钱锺书：《钱锺书手稿集 · 容安馆札记》（全三册），商务印书馆2003年版，第1050页。

② 钱锺书：《谈艺录》，中华书局1984年版，第389—390页。

③ 同上书，第346页。

④ 李清良：《钱锺书阐释循环论阐析》，《文学评论》2007年第2期。

⑤ 钱锺书：《管锥编》，中华书局1986年版，第934页。

⑥ 同上书，第982页。

酥，草色遥看近却无”，司空图“遇之匪深，即之愈稀等”[①] 移笺。这些体现了“词人妙语以解经儒之诂”[②]。再如《周易·观·象》：“圣人以神道设教，而天下服矣。”正马克思所谓宗教乃人民对实际困苦之抗议，不啻为人民之鸦片。[③] 这是以外国哲学家之语笺注。等等，由上观之，此种移笺法，就是将处于时空、学科、民族等“封疆阻绝”之壁垒中的文本或话语予以打通、移注，从而形成一种往返交互的情境，充分体现了循环阐释的特点。

以上两种方法无疑也是中国古人常用的训诂阐释之法，然而与前者不同的是，钱锺书的阐释建立在打通基础之上，因而才能在学科、时空与民族之间毫无障碍地循环往复，对话交流，沟通照明，形成一种无限开阔的阐释空间，从而使意义得以充分发扬、阐明，达至丰盈圆足之境。

二　“以今度古、即近知远”：读者理解之循环

钱锺书在其庞大的阐释系统中，采用互相照明、移笺等打通方式，将古今中外、各学科门类的知识、范畴，“扫叶都尽，巨细靡遗”，予以循环往复，通观、圆览，目的在于对阐释对象意蕴的充分阐发，从而最大程度地获得正知确解。这更多的是立足于文本的一种阐释活动，不妨称之为“文本释义之循环”。其实，钱锺书在其学术活动中还给我们阐述了另一种阐释的循环，那就是读者的心理结构、知识视野与社会和历史语境的阐释之循环，这种循环与前者不同的是，将理论的重心放在读者那里，强调读者因素对文本的积极意义。

在论述阐释之循环时，钱锺书特意增订指出：

> 当世治诗文风格学者，标举“语言之循环”，实亦一家眷属。法国哲学家谓理解出于演进而非由累积：“其事盖为反复形成；后将理解者即是先已理解者，自种子而萌芽长成耳”“先已理解者”正“语言之循环”所谓“预觉”“先见”也。[④]

这里表明，文本的意义，需要通过阐释之循环才能获得，但同时暗示这种意义不仅仅来自文本，也来自读者的理解。这种理解不是由简单的知

---

① 钱锺书：《管锥编》，中华书局 1986 年版，第 432 页。

② 同上书，第 7 页。

③ 同上书，第 21 页。

④ 钱锺书：《管锥编》（第一卷），生活·读书·新知三联书店 2001 年版，第 283—284 页。

识的机械累积造成，而是在读者的知识视野的更新演进的历史发展中生成，前面的理解构成后面的理解的条件和基础，后面的理解由前面的理解“萌芽长成”，后者包含前者，前者预觉后者，由此形成一种读者理解的循环关系。“正如自省可以忖人，而观人亦资自知；鉴古足佐明今，而察今亦裨识古”。人我、古今——前者是空间关系，后者是时间关系——代表的是不同的读者理解视野；“东海西海，心理攸同”，所以人我之间具有理解沟通的基础，历时与共时混融并列，复古与创新对立统一，于是古今可以对话和交流。我的理解建立在对他人的理解视野之上，他人的理解也包含了我对事物的看法，构成一种理解的循环；古今也是如此，现代人的理解，在古人的视界不断演进发展的基础上形成，古人看待世界的方式方法又是现代人理解的预觉。人的理解就是在此种自我与他者的互动关系中得到发展。

此种理解的循环不是一种封闭的静止不动的圆圈，而是一种向历史时空无限敞开的开放式螺旋结构。我对人的理解，以一种结构性力量参与到我的理解视界之中，他者在变化，我亦随之改变，我的变化又引起他者变化，循环往复，不断调整与更新。古今更是如此，历时与共时的张力，推动着理解的历史不断向前发展。海德格尔以为，理解不是主体的行为方式，而是此在的存在方式。存在永恒发展和改变，因此理解也随之时刻更新和变化。用伽达默尔的话说，理解是一段效果的历史：“理解从来就不是一种对于某个所与对象的主观行为，而是属于效果历史，这就是说，理解属于被理解东西的存在。”① 这就把理解从方法论层面推向了本体论高度，从根本上揭示了理解的变动不居性。

在《管锥编·全晋文二二》一则中，钱锺书讨论了六朝法帖“有煞费解处”的原因，在某种程度上就是对此种理解和阐释的相对性与历史性的揭橥。六朝法帖的文体形式，大半相当于现代所谓“便条”“字条”之类，应该说，“当时受者必到眼即了”，然而“后世读之，却常苦思而尚未通”。这是为何？钱锺书给我们阐析道：

> 黄宗羲《南雷文案》卷一《南雷庚戌集自序》说“古文”之“词”，“唐以前如高山深谷，唐以后如平原旷野”，实亦即言唐文大体“难”，而宋、明文大体“易”耳。如扬雄所作，“难文”也，当时必已叹其非平易，后世则径畏其艰深；司马迁所作，“易文”也，

---

① 转引自洪汉鼎编《理解与解释》，东方出版社2001年版，第24页。

> 当时必不觉其艰深，后世则颇幸其尚平易。此皆从读者言之也。《颜氏家训·文章》记沈约语："文章当从三易：易见事、易识字、易读诵"；然而易读之文，未必易作，王安石《题张司业诗》所谓："成如容易却艰辛。"即当时易读矣，亦未保后世之不难读也。直道时语，多及习尚，世革言殊，物移名变，则前人以为尤通俗者，后人愈病其僻涩费解……盖阅世积久，信口直白之词或同聱牙诘屈之《诰》，老生者见愈生，而常谈者见不常矣。①

这里虽然也提到文本难易有作者因素，但中心却旨在表明文本的难易程度会随着读者与之的历史时间距离的改变而逐步递增。文本之难易的变化本质上意味着文本意义的改变，而这种改变却非建立在作者和文本基础上，而是建立在时间距离体现出的历史效果上。随着与时推移，阅世积久，信口直白文字也会像佶屈聱牙的《诰》一样的深奥费解，因而"老生者见愈生，而常谈者见不常矣"；"当时易读矣，亦未保后世之不难读也"。

伽达默尔所谓理解是一种效果的历史，关键不是在文本，而是在接受者，文本一经形成便是一个客观的存在，其意义向处在不同历史时空的接受者敞开。意义之所以改变，就是因为读者视界的改变。当读者视界与作者视界接近或无限向其趋近而几乎等同于作者，即"读者与作者视界溶化"时，那么其对文本的理解，就处在一种最理想的状态。当然这只是一种设想，事实上不存在。在现实中，读者与作者往往相处于不同的时空，这种差异性决定了理解的障碍，造成了视界的偏差。

钱锺书也从空间的角度，讨论了这一问题。王羲之《杂帖》虽也属于六朝法帖，但钱锺书并没有将两者费解之情形混为一谈，而是从空间维度对之另行阐析：

> 《杂帖》之费解，又异乎此。家庭琐事，戚友碎语，随手信笔，约略潦草，而受者了然。顾窃疑受者而外，舍至亲密契，即当时人亦未遽都能理会。此无他，匹似一家眷属，或共事僚友，群居闲话，无须满字足句，即已心领意宣；初非隐语、术语，而外人猝闻，每不识所谓。盖亲友交谈，亦如同道同业之上下议论，自成"语言天地"，不特桃花源有"此中人语"也。彼此同处语言天地间，多可勿言而

---

① 钱锺书：《管锥编》（第三卷），生活·读书·新知三联书店 2001 年版，第 1759—1760 页。

> 喻，举一反三。故诸《帖》十九为草书，乃字体中之简笔速写，而其词句省缩减削，又正文体中之简笔速写耳。①

相处亲密的人，有着近似的“语言天地”，如阅历、体验、语境以及心理等，因此在作者与读者之间就会存在一种心有灵犀一点通的默契感，前者三言两语，随性而言，后者自然心领神会，了然入胸，不会感到解读的困难。反之，语言天地一改变，默契感顿然消失，费解不明之处，随之产生，文章就难读。这是因为读者与作者相处不同语言天地和空间，视界不会根本地融合，因而解读之难易问题，误读问题，就会客观存在，成为一种必然。

时间上与空间上的差异，本质上是一致的，体现的都是一种读者与作者视界的差异，这种差异导致两者视界无法融合，从而使理解的偏差或创造性阅读成为可能。

不光是文学文本，世间的一切事物的阐释都是如此，随着时空的变幻，其意义与价值也会随着改变。钱锺书在文本中一再宣称的一个历史学观念：“以今度古、即近知远”“苏联史家遂迳称历史乃‘以后世政治向前代投射’”，就深刻反映了这种思想。

在早期的一篇文章中钱锺书这样写道：

> 我以为史学的难关不在将来而在过去，因为，说句离奇的话，过去也时时刻刻在变换的。我们不仅把将来理想化了来满足现在的需要，我们也把过去理想化了来满足现在的需要。同一件过去的事实，因为现在的不同，发生了两种意义。举个例罢：在福禄特尔的时候，中世纪从文化史上看来是黑暗得像白纸一样，而碰到现代理想制度崩溃，“物质文明”膨胀的时候，思想家又觉得中世纪是文化史上最整齐严肃、最清高的时代了。在我们中国，明朝也正在经过这种历程。②

直到晚年，他还反复引用克罗齐“在真正的意义上，一切历史都是现代史”的话，并对之有着深切体会和阐释：“古典诚然是过去的东西，

---

① 钱锺书：《管锥编》（第三卷），生活·读书·新知三联书店2001年版，第1760页。

② 钱锺书：《写在人生边上·人生边上的边上·石语》，生活·读书·新知三联书店2002年版，第282页。

但我们的兴趣和研究是现代的，不但承认过去东西的存在并且认识到过去东西的现实意义”。

过去已是被现在支配着；同一件过去的事实，因为现在的不同，而发生改变，因此过去跟着现在转移。人类根据现在的兴趣、需要和认识水平，创造性地研究与解释历史，这正是历史能动性的典型表现。正如卡西尔所说，历史属于阐释学范畴。文学文本与历史文本存在内在同构性，对文本的解读与对历史的解释没有两样。古今不同时代的文论家对同一文学作品的不同解读，就深刻地说明了此点。

作为一个阐释学者，以上理念显然无形地融化在了钱锺书的阐释活动之中。钱谦益《有学集》对释慧远赞叹不已，其中有两个重要内容：“表扬累臣志士与援掇禅藻释典”，针对此种独特态度与行为，《管锥编》予以了重点研读、分析，指出：

> 亟亟发明慧远“心事”，正复托古喻今，借浇块垒，自明衷曲也。慧远书晋纪元，陶潜不书宋年号，“悠悠千载”，至钱氏而始“比同”，此无他，生世多忧，望古遥集，云萍偶遇，针芥易亲。盖后来者尚论前人往事，辄远取而近思，自本身之阅历着眼，于切己之情景会心，旷代相知，高举有契。《鬼谷子·反应》篇详言：“以反求覆”之道，所谓“反以观往，覆以验来；反以知古，覆以知今；反以知彼，覆以知己。故知之始，己自知然后知人也”；理可以推之读史。宋明来史论如苏洵《六国论》之与北宋赂辽，苏轼《商鞅论》之与王安石变法，古事时事，相映射复相映发，厥例甚众。《荀子·非相篇》曰：“欲观千载则数近日……古今一度也”。又《性恶篇》曰：“故善言古者，必有节于今”；《后汉书·孔融传》答魏武问曰：“以今度之，想当然耳”；《三国志·魏书·文帝纪》裴注引《魏氏春秋》受禅顾谓群臣曰：“瞬禹之事，吾知之矣”，比物此志也。①

在钱锺书看来，钱谦益之所以会“发明慧远心事”，给予高度评价，是与其自身境况分不开的：“自本身之阅历着眼，于切己之情景会心”，本质上乃是一种“以今度之，想当然耳”的自我理解与阐释。按照伽达默尔的阐释学理论，解释学过程的真正实现融合着被解释的对象与解释者

① 钱锺书:《管锥编》(第四册)，中华书局1986年版，第1266页。

的自我理解，钱谦益对慧远的赞许称扬，正是一种托古喻今的自明衷曲与自我理解；此种阅读映射出读者独特的生命体验与存在状态。在此，时间界限与人我界限被打通，古今一度，人我比同，在在契合“一切历史都是现代史”的阐释之旨。又如荷马史诗写一壮士阵亡，丧葬时，诸女俘会哭，同声哀悼国殇，而实各人自悲身世。《儿女英雄传》第二十一回，写邓九公父女哭十三妹之母一节，“各人哭的是各人的心事”[①]。等等，这些例子有力说明了阐释的自我参与性和创造性。

正是因为阅读者或阐释者的预觉与先见等前在视界的存在，因而阅读阐释过程中的所谓误读就不可避免，它不是一种有意识的行为，而是一种在读者前见作用下的不自觉的表现，体现的是阐释者的自我能动性。对于此点钱锺书深有会心，他指出：“误解或具有创见而能引人入胜，当世西人谈艺尝言之……且不特词章为尔，义理亦有之”。如《河南程氏外书》卷六程颐曰：“善学者要不为文字所梏，故文义虽解错而道理可同行者，不害也。”也表示义理中有误解而不害为圣解。[②] 又如黄庭坚诗“人得交游是风月，天开图画即江山”，本意是言山水乃天然图画，画家黄公望把它阐释为云族有如天空上展开山水画本，这是因为心中有画家顾恺之“夏云多奇峰”的意象在，因此在钱锺书看来，“此诀虽乖庭坚诗旨，而自具心得，堪称‘创造性之误解’，不妨‘杜撰受用’”[③]。

总而言之，钱锺书整个一生的阐释活动融会贯通了中西各种阐释理念，既涉及“考词之终始”以释义之循环对具体文本的训诂以获得正知确解，也有不为“文字所梏”，对古人之义做灵活变通、“自具心得”、“杜撰受用”的“创造性之误解”，更有以现代的精神、趣味和观念对历史事件和现象的当代意义的发扬。为我们阅读、理解、评赏的文学接受活动提供了切实可行的方法论，也在实践上为我们树立了一个高山仰止的阐释和接受的光辉范例和榜样，其理论价值和实践意义是不可估量的。

---

① 钱锺书：《管锥编》（第五册），中华书局1986年版，第83页。

② 同上书，第84页。

③ 同上书，第78页。

结语　钱锺书文学思想的精神品质与意义

80年代以来，钱锺书研究成为显学。然而“受累不由于谤而由于誉”。誉满天下，谤亦随之。质疑和批评的焦点主要集中在两个方面：一是认为他的思想缺乏体系性，没有将中国文化提升到令中国人真正感到自豪的高度①；二是认为他只是传统知识的守成者，没有自己的创造，不能为中国文化提供真正新的东西。

以现代通行的标准或者从表面看来，上面两种质疑，不能说完全没有道理，它事实上也代表了很多人的观点。对于前一点本著已做了专门答辩。这里想着重强调的是，对事物的价值判断往往很复杂，既涉及价值标准问题，即立足于怎样的角度看待问题，也与评价者对事物的认识和把握的程度密切相关。价值标准不同，认识程度不一，得出的结论就会存在差异。对钱锺书思想的认识和评价就涉及这样一个问题。

正如第一章指出，钱锺书不主张建立理论体系，他有意以一种中国传统的非体系的方式去表达自己的思想。这就是说，在价值认同上，钱锺书是反对体系的。因而纯然用体系的标准去衡量其学术成就，显然就不是很公允。事实上，体系性也不适合作为衡量一个学者成就的唯一标准。否则，无法理解同样在外在形态上不具备明显体系性的中国古代思想家如孔子、老子，以及西方的尼采等人思想的伟大。而且不主张或有意地放弃理论的体系性建构，并不必然远离体系，比如古今中外那些反对体系的思想大师们，最终都自觉不自觉地建立了自己宏阔的体系——至少在内在上和整体上。钱锺书同样如此。本书的第二至六章，就大致涉及文学的本质论、作品论、创作论、发展论、阐释论等范畴，将钱锺书文本中散为万殊、聚则一贯的文学思想观念给予了系统抉发、整理与总结，使之呈现出

---

① 参见王晓华《钱锺书与中国学人的欠缺》，见《探索与争鸣》1997年第1期；王晓华、葛红兵、姚新勇《偶像的黄昏——关于世纪末人文神话“钱锺书热”的对话》，《中国青年研究》1997年第2期。

一种可观的体系性面貌。不过，对钱锺书文学思想进行体系化梳理，并不意味着是对那些体系论者们的观点的默认——虽然我们也不否认体系建构能力在知识和智能结构中的重要性——从而也硬要在钱锺书文本中寻绎出一个体系来，借以拔高其文化地位。本著所做的，只是如学者胡河清所倡导的那样，“用现代社会的理论表述形式准确地把这些见解概括出来并加以系统化”。之所以这样，是因为整体系统的面貌，比散为万殊的形态更为集中与明确，便于一般人理解和接受，实际上对钱锺书思想的系统化整理的过程就是一种解释的过程，一种意义阐扬的过程。对钱锺书文学思想的认同不在于其体系性，而在于它本身的精神品质，我们只是想通过体系梳理，来突出和张扬这种品质。这直接涉及对第二个问题，即钱锺书的思想，有没有创新性，有没有价值的问题的回答。那么，钱锺书文学思想的精神品质到底涵纳哪些内容，具有哪些价值呢？

第一，高度的问题意识。近代以来，中国文化在西方霸权文化的强势冲击下，渐渐失去了主体地位，特别是“五四”时期就开始的对中国传统文化和学术的全盘否定和新时期开始的对西方文论的翻烙饼似的译介和推崇，人们早已习惯于将西方的理论照搬过来并将之当成我们自己的理论体系，因而中国现当代文艺理论领域患上了严重的“失语症”。其特点是，一旦我们离开了西方的文论话语，我们就没有了自己的学术话语，不会说自己的话了，而只会照搬西方的理论来“强制阐释”我们的文学实践和理论问题，这正如有学者指出的：“当代西方文学理论在中国的本土化问题、民族化问题没有得到很好解决。许多中国学者生吞活剥地把当代西方文艺理论搬到中国来，用西方理论强制地阐释中国的经验和中国的实践。”① 因而如何摆脱“失语症”或“强制阐释”弊病或缺失，重建中国文学理论话语，在世界文论的对话中发出我们中国人自己的声音，是摆在中国文艺理论家面前的时代课题。

钱锺书对这一课题是高度关注的，他既根基华夏又旁涉异域，既立足传统又注目当下，以一种宏阔视野，对古往今来各种文化文学现象予以通观圆览，并结合自己独特审美感受和创作体验，形成了一种中西融合、异质互补的文论话语。它既不同于西方话语，也有异于纯粹传统话语，本质上是钱锺书以一种现代理念对传统话语激活和照亮的产物。因而有学者指出，在钱锺书的文论中，“可以辨别出一个内核，关注着这样重大的论题：中国文学传统与西方理论之间的关系，和这一传统与中国文学在一个

① 张江：《关于强制阐释的对话》，《南方文坛》2016 年第 1 期。

社会、思想动乱的时代延续的可能性之间的关系。”简言之，钱锺书是在“努力把传统与当代文化的创新需求调和起来”。而且在钱锺书矢志不移追寻人类共同的“诗心”“文心”的学术活动中，所表征的文学审美本位思想，体现了力图使文学从历史的或意识形态的功利观中，取得独立地位的文学意图，构成对中国现当代功利主义文学倾向的反叛与纠偏意向。

有意味的是，有人恰恰批评钱锺书的话语缺乏问题意识，对此，余英时先生说道：“我不认为这样的批评是能够把钱锺书的价值减低，他有他的问题意识。不过你自己没有这个程度，到不了他的问题上面去，他的问题层面比你高。换句话说，在他提出并解决问题的时候，你根本就不知道那是问题。”① 诚哉斯言，即如上述对中华文论在西方中心话语挤压下，丧失主体地位以致失语，从而以西方话语强制阐释中国文学经验与实践的弊病的敏感，以及展现出的对主流文坛的纠偏意向，就体现出高层次的问题意识，非一般人所能真切理解和领会。这正是钱锺书文学思想的一大特点。

第二，视野的开阔性。这体现为两个方面：一是沟通中西、穿越古今。钱锺书是一个兼通传统文化和西方学问的大家，这种知识境界使其在具体阐述自己的学术观点时，往往采取一种中西互识、互证、互补的双向对话原则，从而形成了熔会传统与现代、中国与西方各种异质话语于一炉的话语体系。二是贯串学科、融合百家。钱锺书认为人文学科的各个对象彼此系连，交互映发，内在沟通，因此他终其一生，穷气尽力，意欲以谈艺论文为中心，将各学科门类熔铸一炉，化为一家，从而构建出一种百科交叉、融会贯通的诗学话语体系。以上两者，典型地体现了现代文化和文学的全球化、互文化的开阔性和民主性特征，不再偏于一隅、执守一统、自我封闭，不见异量之美，而是广征博引，兼容并包，民主开放，这对于我们致力于在全球化语境和文化相对主义时代，摆脱“失语症”、以自己坚定的声音积极参与世界诗学对话与建构的话语实践，具有极大的示范意义。

第三，实践性。钱锺书的诗学话语不是一种纯粹的理论话语，即通过分析、演绎、综合等逻辑手段进行推理论证所形成的概念化的话语，它们往往是钱锺书对具体的文学现象的讨论、具体的文学作品的鉴赏所得到的感触、看法和认识，有的是对一个创作问题的澄清，有的是对一个审美现象的抉发，有的是对钝根参禅的辨正。钱锺书关注的是历史和现实中广泛

---

① 傅杰：《余英时时隔十年谈钱锺书》，《东方早报》2008 年 5 月 25 日。

存在着的生动丰富的文学现象，我们很少看到他空对空地讨论一个纯理论问题，他对任何一个问题的探讨，都着力于实践性的一面，总要举出尽可能多的事实例证加以参印和证明。可以说，钱锺书的文学观念与具体实践紧密相连、水乳交融，称得上是一种实践性话语。

理论来自实践而又指导实践，理论发生发展的原动力在于实践，可是西方近现代以来的体系化的理论建构——特别是学院派——尤重视理论的一面，而忽视实践性，其甚者成了一种纯粹的理论话语，以致“不少人哀叹现代文学批评已变成了脱离创作实践的学院派纯理论，与报刊书评分了家。结构主义有时干脆地声明他们所谈的文学批评与‘书报式批评’无关”，“新批评之后的现代文论实际上是一种文学哲学，或文学美学”，“不再为创作服务，甚至不再为批评实践服务”①。正是在这一点上，学者张江指出：“很多西方文学理论的生成不是从文学的具体出发，而是从理论的抽象出发，改造肢解具体，造成抽象与具体的错位。”② 这形成西方文论一个突出特征：“背离文学话语，消解文学指征”③。应该说，此种认识是符合当代西方理论的实际情况的。钱锺书深谙西学，对此种现象，不会没有察觉和感触，可以认为，他执着于具体现象的实践立场，从某种意义上说，即是对此的反驳和纠偏。因此在这一点上，钱锺书的文学思想，是具有世界文化意义的。

当然，钱锺书文学思想的精神品质远远不止上面三点，不过在我们看来它们是最鲜明的，最能体现钱锺书文学思想所具有的时代意义。这三个方面实际内在相连：第一点表现出钱锺书深刻的文化使命意识和深广的人文关怀；第二点即是钱锺书为完成他的学术宏图所采取的文化策略、原则和方法；第三点可视为钱锺书超越西方纯粹理论话语，重拾中华传统文论理论与实践混融合一的话语模式，对他的策略、原则和方法的贯彻和实施。

总而论之，钱锺书的文学思想是钱锺书感应于现代社会的时代命题，在现代文化文学语境中，立足传统，通过中西文化广泛交融而形成的文论话语，是一种与20世纪中国的文学发展互为因果的现代汉语文论话语体系，既不是对中国古代文论简单的现代翻版，也有别于对西方文论机械的中文移植，而是古今中外各种话语多方对话交流互动的时代产物。因而

---

① 赵毅衡编选：《新批评文集·引言》，《新批评文集》，百花文艺出版社2001年版，第129页。

② 毛莉：《当代文论重建路径：由“强制阐释”到“本体阐释”——访中国社会科学院副院长张江教授》，《中国社会科学报》2014年6月16日。

③ 张江：《强制阐释论》，《文学评论》2016年第6期。

它的一些概念、范畴、术语就带有传统与现代，中国与西方等各种因素，但同时这一切都通过“自我”的高度涵泳和消纳，而具有钱锺书个体的自身规定性和现实存在的合理性。在这个意义上说，钱锺书的文学思想具有鲜明的创新性和不可忽视的价值。

相信，随着21世纪全球化与学科交融趋势益愈发展，钱锺书文学思想深蕴的精神品质和典范价值会不断得到彰显和焕发，从而被越来越多的人所认识和认同。

参考文献

一　钱锺书著作

[1] 钱锺书:《谈艺录》，中华书局 1984 年版。

[2] 钱锺书:《围城》，生活·读书·新知三联书店 2002 年版。

[3] 钱锺书:《写在人生边上·人生边上的边上·石语》，生活·读书·新知三联书店 2002 年版。

[4] 钱锺书:《宋诗选注》，生活·读书·新知三联书店 2002 年版。

[5] 钱锺书:《管锥编》(全五册)，中华书局 1986 年版。

[6] 钱锺书:《七缀集》，生活·读书·新知三联书店 2002 年版。

[7] 钱锺书:《槐聚诗存》，生活·读书·新知三联书店 2002 年版。

[8] 钱锺书:《钱锺书论学文选》(1—6)，舒展选编，花城出版社 1990 年版。

[9] 钱锺书:《钱锺书散文》，浙江文艺出版社 1997 年版。

[10] 钱锺书:《钱锺书手稿集》,《容安馆札记》，商务印书馆 2003 年版。

[11] 钱锺书:《管锥编》(第 1—4 卷)，生活·读书·新知三联书店 2001 年版。

[12] 钱锺书:《谈艺录》，生活·读书·新知三联书店 2001 年版。

[13] 钱锺书著，胥智芬汇校:《围城》，四川文艺出版社 1992 年版。

[14] 钱锺书、杨绛:《钱锺书杨绛散文》，中国广播电视出版社 1997 年版。

[15] 钱锺书:《钱锺书手稿集·中文笔记》，商务印书馆 2011 年版。

[16] 钱锺书:《钱锺书手稿集·外文笔记》，商务印书馆 2015 年版。

[17] 钱锺书:《钱锺书英文文集》，外语教学与研究出版社 2005 年版。

二　钱锺书的研究资料

[1] 胡志德:《钱锺书》，张晨等译，中国广播电视出版社 1990 年版。

[2] 季进：《钱锺书与现代西学》，上海三联书店 2001 年版。
[3] 李明生、王培元编：《文化昆仑：钱锺书其人其文》，人民文学出版社 1999 年版。
[4] 胡河清著，王晓明等编：《胡河清文存》，上海三联书店 1996 年版。
[5] 田蕙兰等选编：《钱锺书杨绛研究资料集》，华中师范大学出版社 1997 年版。
[6] 田建民：《鲁迅、钱锺书论稿》，人民出版社 2015 年版。
[7] 许龙：《钱锺书诗学思想研究》，中国社会科学出版社 2006 年版。
[8] "钱锺书研究"编委会编：《钱锺书研究》（第 1—2 辑），文化艺术出版社 1990 年、1992 年版。
[9] 何山石：《钱锺书〈管锥编〉的民俗视野考论》，人民出版社 2013 年版。
[10] 陆文虎：《"围城"内外》，解放军文艺出版社 1992 年版。
[11] 张隆溪：《钱锺书谈比较文学和"文学比较"》，《读书》1981 年第 10 期。
[12] 李昶伟：《钱锺书〈外文笔记〉首辑出版》，《南方都市报》2014 年 6 月 7 日。
[13] 张文江：《文学批评和比较文学的一本早期著作——读〈谈艺录〉》，《读书》1981 年第 10 期。
[14] 陈子谦：《论钱锺书》，广西师范大学出版社 2005 年版。
[15] 胡河清：《真精神与旧途径》，河北教育出版社 1995 年版。
[16] 黄延复：《清华的学子们》，中国经济出版社 2006 年版。
[17] 范旭仑、牟晓明：《记钱锺书先生》，大连出版社 1995 年版。
[18] 范旭仑：《钱锺书评论》，社会科学文献出版社 1996 年版。
[19] 冯芝祥编：《钱锺书研究集刊》（第一辑），生活·读书·新知三联书店 1999 年版。
[20] 冯芝祥编：《钱锺书研究集刊》（第二辑），生活·读书·新知三联书店 2000 年版。
[21] 冯芝祥编：《钱锺书研究集刊》（第三辑），生活·读书·新知三联书店 2002 年版。
[22] 许丽清：《钱锺书与英国文学》，博士学位论文，复旦大学，2010 年。
[23] 陈颖：《对话语境中的钱锺书文学批评理论》，中国社会科学出版社 2015 年版。
[24] 焦亚东：《钱锺书文学批评的互文性特征研究》，华中师范大学，

2006 年博士论文。
[25] 季品锋:《钱锺书与宋诗研究》,复旦大学,2006 年。
[26] 李洪岩:《智者的心路历程——钱锺书的生平与学术》,河北教育出版社 1997 年版。
[27] 李洪岩:《钱锺书与近代学人》,百花文艺出版社 1998 年版。
[28] 李洪岩、范旭仑:《为钱锺书声辩》,百花文艺出版社 2000 年版。
[29] 李清良:《熊十力陈寅恪钱锺书阐释思想研究》,中华书局 2007 年版。
[30] 刘桂秋:《无锡时期的钱基博与钱锺书》,上海社会科学院出版社 2004 年版。
[31] 刘玉凯:《鲁迅钱锺书平行论》,河北大学出版社 1999 年版。
[32] 刘中国:《钱锺书二十世纪的人文悲歌》(上、下),花城出版社 1999 年版。
[33] 罗思:《写在钱锺书边上》,上海文汇出版社 1996 年版。
[34] [德] 莫芝宜佳:《〈管锥编〉与杜甫新解》,马树德译,河北教育出版社 1997 年版。
[35] 周振甫、冀勤编著:《钱锺书谈艺录读本》,上海教育出版社 1992 年版。
[36] 汤溢泽:《透视钱锺书》,湖南人民出版社 2006 年版。
[37] 汤晏:《一代才子钱锺书》,上海人民出版社 2005 年版。
[38] 辛广伟、李洪岩:《撩动缪斯之魂——钱锺书的文学世界》,河北教育出版社 1995 年版。
[39] 杨绛:《记钱锺书与围城》,湖南人民出版社 1986 年版。
[40] 杨绛:《我们仨》,生活·读书·新知三联书店 2003 年版。
[41] 臧克和:《钱锺书与中国文化精神》,百花洲文艺出版社 1993 年版。
[42] 张文江:《营造巴比塔的智者——钱锺书传》,上海文艺出版社 1993 年版。
[43] 张文江:《管锥编读解》,上海古籍出版社 2005 年版。
[44] 郑朝宗编:《〈管锥编〉研究论文集》,福建人民出版社 1984 年版。
[45] 党圣元:《钱锺书的文化通变观与学术方法论》,《中国社会科学》1999 年第 4 期。
[46] 郑朝宗:《研究古代文艺批评方法论上的一种范例——读管锥篇与〈旧文四篇〉》,《文学评论》1980 年第 6 期。
[47] 余英时:《我所认识的钱锺书先生》,《文汇读书周报》1999 年 1 月

2 日。
[48] 罗新河:《论钱锺书对人类理性能力的质疑与反思》(上),《船山学刊》2006 年第 4 期。
[49] 罗新河:《论钱锺书对人类理性能力的质疑与反思》(下),《船山学刊》2007 年第 1 期。
[50] 罗新河:《论钱锺书的性恶书写》,《文学评论》2011 年第 1 期。
[51] 王晓华:《钱锺书与中国学人的欠缺》,《探索与争鸣》1997 年第 1 期。
[52] 王晓华、葛红兵、姚新勇:《偶像的黄昏——关于世纪末人文神话“钱锺书热”的对话》,《中国青年研究》1997 年第 2 期。
[53] 钱碧湘:《钱锺书散论尼采》,《文学评论》2007 年第 4 期。
[54] 张培锋:《钱学“体系论”》,《钱锺书研究集刊》,上海三联书店 1999 年版。
[55] 舒建华:《论钱锺书的创作》,《文学评论》1997 年第 6 期。
[56] 敏泽:《钱锺书先生谈意象》,《文学遗产》2000 年第 2 期。
[57] 龚刚:《钱锺书的中西文化观》,杨乃乔、伍晓明主编《比较文学与世界文学》,北京大学出版社 2005 年版。
[58] 傅杰:《余英时时隔十年谈钱锺书》,《东方早报》2008 年 5 月 25 日。
[59] 杨绛:《吴宓先生与钱锺书》,《文汇报》1998 年 5 月 14 日。
[60] 杨义:《钱锺书与现代中国学术》,《甘肃社会科学》2004 年第 4 期。
[61] 阎简弼:《评钱锺书著〈谈艺录〉》,《燕京学报》1948 年。
[62] 郑朝宗:《但开风气不为师》,《读书》1983 年第 1 期。
[63] 郑朝宗:《〈管锥编〉作者的自白》,《人民日报》1987 年 3 月 16 日。
[64] 陈子谦:《〈谈艺录·序〉笺释》,《文学遗产》1990 年第 4 期。
[65] 储安平:《编辑后记》,《观察》1947 年第 1 期。
[66] 刁生虎:《陈寅恪与钱锺书学术思想及治学方法之比较》,《史学月刊》1997 年第 2 期。
[67] 黄肃秋:《清除古典文学选本中的资产阶级观点——评钱锺书〈宋诗选注〉》,《光明日报》1958 年 12 月 14 日。
[68] 胡河清:《钱锺书与清学》,《晋阳学刊》1991 年第 2 期。
[69] 刘阳:《以言去言:钱锺书文论形态的范式奥蕴》,《文艺理论研究》2004 年。

[70] 敏泽：《论钱学的基本精神和历史贡献》，《文学评论》1999 年第 3 期。
[71] 王水照：《记忆的碎片——缅怀钱锺书先生》，《文汇读书周报》1999 年 1 月 2 日。
[72] 吴泰昌：《秋天里的钱锺书》，《新民晚报》1990 年 12 月 2 日。
[73] 钱基博：《钱基博自传》，《光华大学》半月刊 1935 年第 8 期。
[74] 陆文虎：《钱锺书研究采辑》（一），生活·读书·新知三联书店 1992 年版。
[75] 陆文虎：《钱锺书研究采辑》（二），生活·读书·新知三联书店 1996 年版。
[76] 陆文虎：《〈管锥编〉与比较文学》，《厦门大学学报》1983 年增刊。
[77] 乐黛云：《中国比较文学现状与前景》，《中国社会科学》1986 年第 4 期。
[78] 胡范铸：《钱锺书学术思想研究》，华东师范大学出版社 1993 年版。
[79] 龚刚：《钱锺书——爱智者的逍遥》，文津出版社 2005 年版。
[80] 王水照：《〈钱锺书手稿集·容安馆札记〉与南宋诗歌发展观》，《文学评论》2012 年第 1 期。
[81] 孔庆茂：《钱锺书传》，江苏文艺出版社 1992 年版。
[82] 赵毅衡：《〈管锥编〉中比较文学平行研究》，《读书》1980 年第 2 期。
[83]《清华大学第五级毕业五十周年纪念册》，1984 年。

三　其他相关资料

[1] 乐黛云：《比较文学与比较文化十讲》，复旦大学出版社 2004 年版。
[2] 陈平原：《中国文学研究的现代化进程·小引》，北京大学出版社 1996 年版。
[3] 赵炎秋：《形象诗学》，中国社会科学出版社 2004 年版。
[4] 赵炎秋、毛宣国主编：《文学理论教程》，岳麓书社 2000 年版。
[5] 朱立元主编：《西方文论教程》，高等教育出版社 2008 年版。
[6] 朱立元主编：《当代西方文艺理论》，华东师范大学出版社 2005 年版。
[7] 刘小枫：《现代性社会理论绪论》，上海三联书店 1998 年版。
[8] 高旭东：《中西文学与哲学宗教》，北京大学出版社 2004 年版。
[9] 叶秀山：《思·诗·史——现象学和存在哲学研究》，人民出版社 1988

年版。

[10] 梁胜明：《关于文学艺术本质与特征问题再探讨——与董学文、马建辉、李志宏等同志商榷》，《甘肃高师学报》2007 年第 3 期。

[11] 宗白华：《美学散步》，上海人民出版社 1981 年版。

[12] 谭桂林：《本土语境与西方资源》，人民文学出版社 2008 年版。

[13] 黄药眠、童庆炳主编：《中西比较诗学体系》，人民文学出版社 1991 年版。

[14] 童庆炳、程正民主编：《文艺心理学教程》，高等教育出版社 2001 年版。

[15] 童庆炳等编：《文学理论教程》，高等教育出版社 2004 年版。

[16] 童庆炳：《中华古代文论的现代阐释》，中国人民大学出版社 2010 年版。

[17] 张隆溪：《道与逻各——东西方文学阐释学》，冯川译，江苏教育出版社 2006 年版。

[18] 董学文、李志宏主编：《文艺意识形态学说论争集》，吉林大学出版社 2009 年版。

[19] 郑师渠：《晚清国粹派——文化思想研究》，北京师范大学出版社 1993 年版。

[20] 王攸欣：《文学生存论》，《世界文学评论》2007 年第 1 期。

[21] 王攸欣：《选择・接受与疏离——王国维接受叔本华/朱光潜接受克罗齐美学比较研究》，生活・读书・新知三联书店 1999 年版。

[22] 杨义：《"感悟"的现代性转型》，《学术月刊》2005 年第 11 期。

[23] 毛莉：《当代文论重建路径：由"强制阐释"到"本体阐释"——访中国社会科学院副院长张江教授》，《中国社会科学报》2014 年 6 月 16 日。

[24] 张江：《强制阐释论》，《文学评论》2016 年第 6 期。

[25] 张江：《关于强制阐释的对话》，《南方文坛》2016 年第 1 期。

[26] 宋剑华、陈剑辉主编：《20 世纪中国文学批评史》，海南出版社 2003 年版。

[27] 王国维：《人间词话》，人民文学出版社 1982 年版。

[28] 梁宗岱：《象征主义》，《文学季刊》1934 年第 2 期。

[29] 钱谷融：《论节奏》，《文艺理论研究》1994 年第 6 期。

[30] 赖永海：《中国佛教文化论》，中国人民大学出版社 2009 年版。

[31] 朱光潜：《谈美书简》，上海文艺出版社 1980 年版。

[32] 朱光潜：《西方美学史》，人民文学出版社 1979 年版。
[33] 朱光潜：《朱光潜全集》，安徽教育出版社 1987 年版。
[34] 朱光潜：《谈文学》，广西师范大学出版社 2004 年版。
[35] 郑燮：《郑板桥集》，中华书局 1962 年版。
[36] 胡风：《关于题材，关于技巧，关于接受文学遗产》，《胡风全集》（第三卷），湖北人民出版社 1999 年版。
[37] 周宪：《二十世纪西方美学》，南京大学出版社 1998 年版。
[38] 方锡德：《中国现代小说与文学传统》，北京大学出版社 1992 年版。
[39] 鲁迅：《鲁迅全集》，人民文学出版社 1981 年版。
[40] 闻一多：《闻一多论新诗》，武汉大学出版社 1985 年版。
[41] 卞之琳：《人与诗：忆旧说新》，生活·读书·新知三联书店 1984 年版。
[42] 袁可嘉：《新诗戏剧化》，《诗创造》1948 年第 12 期。
[43] 范伯群、朱栋霖：《1898—1949 中外文学比较史》（下卷），江苏教育出版社 1993 年版。
[44] 陈敬容（默弓）：《真诚的声音》，《诗创造》1948 年第 12 期。
[45] 冯友兰：《中国哲学史》，商务印书馆 1976 年版。
[46] 张岱年：《中国哲学大纲》，中国社会科学出版社 1982 年版。
[47] 王国维：《人间词话及评论汇编》，书目文献出版社 1983 年版。
[48] 麻天祥：《禅宗文化大学讲稿》，中国人民大学出版社 2009 年版。
[49]《全唐诗》卷二七三。
[50]《白氏长庆集》卷三十一。
[51]《诗学指南》卷四。
[52] 王文浩辑注：《苏轼诗集》卷三十。
[53]《姑溪居士文集后集》卷一。
[54]《沧浪诗话校释》。
[55]《画溪西堂诗序》《蚕尾续文》卷二。
[56]《陶然集诗序》，《遗山先生文集》卷三十七。
[57] 乐黛云、王向远：《比较文学研究》，福建人民出版社 2006 年版。
[58] 北京大学《荀子》注释组：《荀子新注》，中华书局 1979 年版。
[59] 苏轼：《苏东坡全集》（上），中国书店 1986 年版。
[60] 宁海林：《阿恩海姆的视觉动力学述评》，《自然辩证法研究》2006 年第 3 期。
[61] 董学文、凌玉建：《文学本质界定中"意识形态术语复义考略"》，

《苏州大学学报》2009 年第 1 期。
[62] 董学文、李志宏主编:《文艺意识形态学说论争集》，吉林大学出版社 2009 年版。
[63] 胡晓明:《陈寅恪与钱锺书：一个隐含的诗学范式之争》，《华东师范大学学报》(哲学社会科学版) 1998 年第 1 期。
[64] 胡适:《胡适全集》，安徽教育出版社 2003 年版。
[65] [法] 波德莱尔:《波德莱尔美学论文选》，郭宏安译，人民文学出版社 1987 年版。
[66] [苏] 阿·布罗夫:《美学：问题和争论》，凌继尧译，上海译文出版社 1988 年版。
[67] [俄] 高尔基:《论文学》，人民文学出版社 1978 年版。
[68] [苏] 维戈茨基:《艺术心理学》，上海文艺出版社 1985 年版。
[69] [丹麦] 勃兰兑斯:《十九世纪文学主流》(第 1—6 册)，张道真译，人民文学出版社 1980 年版。
[70] [美] 韦勒克:《现代文学批评史》(第 1—5 卷)，章安琪、杨恒达译，中国人民大学出版社 1991 年版。
[71] [美] 韦勒克:《近代文学批评史》(第 1—8 卷)，杨自伍译，上海译文出版社 2009 年版。
[72] [美] 韦勒克、沃伦:《文学理论》，刘象愈等译，生活·读书·新知三联书店 1984 年版。
[73] [美] 韦勒克:《批评的概念》，张金言译，中国美术学院出版社 1999 年版。
[74] [德] 黑格尔:《小逻辑》，贺麟译，商务印书馆 1980 年版。
[75] [德] 黑格尔:《美学》(第一卷)，朱光潜译，商务印书馆 1996 年版。
[76] [意] 维柯:《新科学》，朱光潜译，商务印书馆 1989 年版。
[77] [法] 罗素:《西方哲学史》(下卷)，马元德译，商务印书馆 1976 年版。
[78] [德] 恩格斯:《反杜林论》，人民出版社 1970 年版。
[79] [法] 拉康:《拉康选集》，褚孝泉译，上海三联书店 2001 年版。
[80] [美] 理查·罗蒂:《哲学和自然之境》，李幼蒸译，生活·读书·新知三联书店 1987 年版。
[81] [法] 狄德罗:《狄德罗美学论文选》，施康强译，人民文学出版社 1984 年版。

[82]［法］狄德罗：《狄德罗美学论文选》，徐继曾、陆达成译，人民文学出版社 1984 年版。
[83]［美］威廉·詹姆斯：《心理学原理》，田平译，中国城市出版社 2003 年版。
[84] 胡经之主编：《西方文艺理论名著教程》，北京大学出版社 1986 年版。
[85]［美］海登·怀特：《元史学——十九世纪欧洲的历史想象》，陈新译，译林出版社 2004 年版。
[86]［德］恩斯特·卡西尔：《语言与神话》，于晓等译，生活·读书·新知三联书店 1988 年版。
[87]［德］恩斯特·卡西尔：《人论》，甘阳译，上海译文出版社 1985 年版。
[88]［德］莱辛：《拉奥孔》，朱光潜译，人民文学出版社 1984 年版。
[89]［德］狄尔泰：《体验与诗》，胡其鼎译，生活·读书·新知三联书店 2003 年版。
[90] 曹葆华译：《十九世纪英国诗人论诗》，人民文学出版社 1984 年版。
[91]［英］艾略特：《艾略特文学论文集》，百花洲文艺出版社 1994 年版。
[92]［美］特雷·伊格尔顿：《二十世纪西方文学理论》，伍晓明译，北京大学出版社 2007 年版。
[93]［英］特伦斯·霍克斯：《结构主义和符号学》，瞿铁鹏译，上海译文出版社 1987 年版。
[94]［美］乔治·J. E. 格雷西亚：《文本性理论：逻辑与认识论》，汪信砚、李志译，人民出版社 2009 年版。
[95]［美］P. 蒂利希：《评让——保尔·萨特的〈恶心〉》，《文艺理论译丛》（第 3 辑），中华文联出版公司 1985 年版。
[96]［德］立普斯：《再论移情作用》，朱光潜译，伍蠡甫、胡经之主编《西方文艺理论名著选编》（中卷），北京大学出版社 1986 年版。
[97]［德］康德：《实用人类学》，邓晓芒译，重庆出版社 1987 年版。
[98]［德］康德：《判断力批判》，宗白华译，商务印书馆 1964 年版。
[99]［意］克罗齐：《美学原理美学纲要》，朱光潜译，人民文学出版社 1983 年版。
[100] 赵毅衡编选：《新批评文集》，百花文艺出版社 2001 年版。
[101] 赵毅衡编译：《文学符号学》，中国文联出版社 1990 年版。
[102]［德］席勒：《审美教育书简》，冯至、范大灿译，上海人民出版社

2003 年版。
[103] [俄] 列夫·托尔斯泰：《艺术论》，人民文学出版社 1958 年版。
[104] [意] 克罗齐：《美学原理/美学纲要》，朱光潜译，外国文学出版社 1983 年版。
[105] [意] 克罗齐：《美学或艺术和语言科学》，黄文捷译，中国社会科学出版社 1992 年版。
[106] [美] 哈罗德·布鲁姆：《影响的焦虑》，徐文博译，生活·读书·新知三联书店 1989 年版。
[107] [美] 乔纳森·卡勒：《文学理论入门》，李平译，译林出版社 2008 年版。
[108] [德] 爱克曼辑录，朱光潜译：《歌德谈话录》，人民文学出版社 1978 年版。
[109] [美] 简·布朗：《歌德与"世界文学"》，《学术月刊》2007 年第 6 期。
[110] [美] 鲁道夫·阿恩海姆：《艺术与视知觉》，滕守尧、朱疆源译，中国社会科学出版社 1984 年版。
[111] [美] 鲁道夫·阿恩海姆：《艺术与视知觉》，滕守尧、朱疆源译，四川人民出版社 1998 年版。
[112] [俄] 普列汉诺夫：《普列汉诺夫哲学著作选》（第三卷），生活·读书·新知三联书店 1974 年版。
[113] [俄] 普列汉诺夫：《普列汉诺夫选集》，人民出版社 1983 年版。
[114] [德] 伊瑟尔：《阅读过程的现象学研究》，汤普金斯编《读者反应批评》，《巴尔的摩》1980 年第 57 期。
[115] [德] 尧斯·霍拉勃：《接受美学与接受理论》，周宁、金元浦译，辽宁人民出版社 1987 年版。
[116] [美] 莫尔顿·怀特编著：《分析的时代》，商务印书馆 1987 年版。
[117] [英] 约翰·伯瑞：《进步的观念》，范祥涛译，上海三联书店 2005 年版。
[118] [美] M. H. 艾布拉姆斯：《镜与灯——浪漫主义文论及批评传统》，郦稚牛、张照进、童庆生译，北京大学出版社 1989 年版。
[119] 中共中央马克思恩格斯列宁斯大林著作编译局编译：《马克思恩格斯选集》（第 1 卷），人民出版社 1995 年版。
[120] 中共中央马克思恩格斯列宁斯大林著作编译局编译：《马克思恩格斯选集》（第 2 卷），人民出版社 1995 年版。

[121] 中共中央马克思恩格斯列宁斯大林著作编译局编译：《马克思恩格斯全集》（第13卷），人民出版社1962年版。

[122] [德] 伽达默尔：《真理与方法》（上），洪汉鼎译，上海译文出版社1999年版。

[123] [美] 马丁·巴科：《韦勒克》，李遍野译，中国社会科学出版社1992年版。

[124] [法] 斯达尔夫人：《论文学》，徐继曾译，人民文学出版社1986年版。

[125] 李凯尔特：《文化科学与自然科学》，涂纪亮译，商务印书馆1986年版。

[126] [德] 叔本华：《叔本华论说文集》，范进等译，商务印书馆2008年版。

四 英文资料

[1] R. Wellek, *Concepts of Criticism*, New Haven and London: Yale University Press, 1963.

[2] James W., *Principles of Psychology* (Vol. I), New York: Holt Press, 1890.

[3] Platu, *Phaedo*, *Plato*: *Complete Works*, Indianapolis: Hacketet Publishing Company, 1997.

[4] Hayden White, *Tropic of Discourse*, Baltimore: John Hopkins University Press, 1978.

[5] Aristole, *Poetics*, *The Complete Works of Aristole*, Princeton: Princeton University Press, 1961.

[6] Wellek, Warren, *A Theory of Literature*, New York: Harcourt Press, 1949.

[7] Harold Bloom, *Poetry and Repression*: *Revisionism from Blake to Steven*, New Haven: Yale University Press, 1976.

[8] Qian Zhongshu, *Acollection of Qian Zhongshu's Essays*, Peking: Foreign Language Teaching and Research Press, 2005.

[9] R. W. Ingarden, *The Literary Work of Art*, trans by G. Grabowiez, Evanston: Northwestern University Press, 1973.

[10] Benjamin, *The World of Thought in Ancient China*, Berkeley: University of California Press, 2004.

[11] R. Wellek, *Discriminations: Further Concepts of Criticism*, New Haven and London: Yale University Press, 1970.

[12] Henry Remak, *Comparative Literature: Method and Perspective*, Carbondale: Southern Illinois University Press, 1971.

[13] Alfred Owen Aldridge, *Comparative Literature: Matter and Method*, Urbana: University of Illinois Press, 1969.

[14] Ulrich Weisstein, *Comparative Literature and Literary Theory*, London: Indiana University Press, 1973.

[15] Harry Levin, *Grounds for Comparative*, Harvard: Harvard University Press, 1972.

[16] Charles Bernheimer, *Comparative Literature in the Age of Multiculturalism*, Baltimore: John Hopkins University Press, 1995.

[17] Rew Chow, *In the Name of Comparative Liteature*, in Charles Bernheimer ed, *Comparative Literature in the Age of Multiculturalism*, Baltimore: John Hopkins University Press, 1995.

后　记

与钱锺书发生关系，源自少时一段观剧和阅读经历。那是 1990 年，当时电视剧《围城》在热播，正读高一的我被其中幽默、诙谐的剧情深深吸引，在第一次知道演员陈道明的同时，也第一次知道了作家钱锺书。同时也发现同学们都在传阅一本同名小说，于是直接到新华书店买了一本一睹为快，感觉书比电视剧更有趣，作者的机智、渊博、幽默以及对人性的洞察，使涉世未深、肤浅稚嫩的我佩服得五体投地。那种阅读体验在当时对于少年人来说似乎只有从金庸和琼瑶的小说才能得到，在表征了一种除闯荡天下、追求爱情之外的最基本心理欲求，对知识、智慧的好奇和渴慕。

90 年代据说是“思想退出，知识突出”的时代。钱锺书在知识界受到普遍推崇。然而在一般中学生与大学生的阅读视野中，他只是一个作家，而非学者。直到 2002 年考上中国现代文学史专业研究生，我才对他有更全面的认知。也许是少时阅读体验的潜在牵引，硕士论文选题时，自然选择了他作为研究对象。但涉足钱学的艰难，是当时的我所不能完全了解的。好歹完成了硕士论文，心想在钱锺书这里就到此为止了！

然而当 2007 年考上博士研究生，在第二年开题时，我还是选择了他作为研究对象。当时的想法是，自己在知识储备和学术功底上，先天不足，希望通过研究活动本身予以弥补和加强。而钱锺书知识视野横跨中西、融通古今，涉猎人文社科各门学问，乃公认之文化昆仑，以他作为研究对象，将逼得自己不得不尽可能多接触中西古今各知识领域，从而在学养上获得一个大的提升。

然而博士论文的写作远非硕士论文可比，尽管早就有了充分的心理准备，但与研究对象之间太大的知识鸿沟所形成的研究的困难还是大大超出了自己的预想，很多次都做不下去了，到了崩溃的边缘，要放弃了，骑虎难下呀。说实话直到现在仍然有像著名钱学家陈子谦所说的越研究就越“害怕”的感觉，但最终还是挺下来了。

《围城》写完之后，钱锺书曾发出这样的感慨："悬拟这本书该怎样写，而才力不副，写出来并不符合理想。理想不仅是个引诱，并且是个讽刺。在未做以前，它是美丽的对象；在做成以后，它变为惨酷的对照。"此种创作的矛盾心理和悖论情境也完全贴合本书的写作。虽然自己并不自信，但出乎意料的是，盲审专家和答辩专家都给予了本文较高的肯定和鼓励，把它评为优秀毕业论文。两年之后，又对文章进行了进一步补充、完善，拿它申报国家社科基金后期资助，最终幸运立项。再经过两年多的精心修改，便形成了今天的书稿。

从博士论文开题，到书的出版，竟已整整过去十年。这十年里，外部的世界，丰富、精彩、激荡，充满诱惑：房子、股票、基金……成为整个社会追逐的热点，平凡的人们尽情分享着太平盛世的红利，机会焦虑也在心头蔓延。而我灵府的一大片空间却不得不与一个姓钱，而又潜心书斋、淡泊名利、对钱丝毫不感兴趣的人，以及以其为中心所构成的思想文化场域纠结在一起，不觉有一种世外桃源的写意。或者，本书的写作与出版是我在这个世界的另一种生存，另一种生命的呈现。在这里，我痛并快乐着！

在此，不禁要向在这种生存的艰难与快乐中，给予我支持、鼓励的人们表示衷心的感谢。

首先要感谢的是我的导师王攸欣教授，承蒙不弃，硕博皆收于门下，多年来在我的培养上倾注了大量的心血和精力，王老师为人低调，治学严谨，处世淡泊，学德俱隆，在他那里收获的不仅仅是知识、学问，更有道德的提升与完善。我特别要感谢赵炎秋教授，虽非其门下弟子，却得到一视同仁的关爱与帮助，尤其是博士论文答辩，导师因故不能出席，赵老师代为组织，不厌其烦，尽心劳力，使答辩能如期进行。我还要感谢论文答辩委员会的汪剑钊教授、蒋洪新教授、詹志和教授、孟泽教授、张文初教授，他们的鼓励与支持，使我增强了研究的信心。本书的写作与出版，一直得到工作单位湖南工业大学文学与新闻传播学院领导郑坚教授、陈卫华教授等的关心和支持，在此也表示衷心感谢。在读博期间，与陈娟、杨姿、李中华、刘长华、文浩、谭文鑫、符继成、褚俊海、龙永干、吴正锋等学友之间，经常互相切磋、砥砺，收获良多，与他们的友谊是我岳麓山下最重要的收获之一。本书的责任编辑陈肖静女士，虽然至今尚未谋面，但通过电话、邮件的多次联系，让我感受到她是一位做事认真、业务精良、为人热情的人，正是她不厌烦琐的细致工作才使本书变得更为完善，在此尤要深深表示感谢。此外还有众多给予本书写作与出版支持与帮助的人们，特别是两次送审的十位盲审专家，他们客观公正、默默无闻的工作给我带来了极大的支持，虽无法一一列举，但他们的恩德我永远都不会忘记。

除了学术上的师友之外，家人的贡献同样重要。爸爸曾经那么关心我的学业，我的成长，可惜他不能看到本书的出版了；妈妈每每打电话叮嘱我不要熬夜、不要工作太晚，给我温暖的关怀和积极的精神慰藉；哥哥罗林干事创业上的吃苦耐劳、坚忍不拔、百折不挠的精神一直在激励我前行。尤其是我的爱人何利芳女士多年来一直在身后默默支撑，承担了家里的绝大部分家务，使我心无旁骛投身工作。这十年，我的女儿罗雨珊，由一个活泼、顽皮的小女童，成长为具有独特个性和思想的中学生，正在为中考奋力拼搏，这么多年我埋首书斋，对她疏于关心和照顾，她的懂事与体谅使我能专心学业与科研，在此也表达对她的深深歉疚与祝福！

最后还要衷心感谢国家社科基金对于本书出版的大力资助！

罗新河

2017 年 9 月 26 日